親親後娘 1

文創風 155

紅景天 著

目錄

序

紅景天

親親後娘，其實是紅景天的怨念之作。

當時種田文剛流行，紅景天也看了許多，可是許多挺好的作品，到了後期，都歪樓了。

一開始，女主角都是起於微末，努力地捍衛家人，脫貧致富。可是，讓人糾結的後續發展來了——好好的種田女主竟然走上了女強人之路，跑去宅鬥宮鬥了，後面當皇后、王妃的不在少數。

當時某怨啊，妳好好地種田不行嗎，非得去摻和這些權力之爭？

某一直以為，一個人的能力受其生活環境及所受教育局限，特別是性格，不可能因為穿越而變得萬能。

因為某怨念一發作，便想寫一個老老實實一心一意種田的女主，於是便有了這篇文。

其實這篇文也是紅景天投入感情最多的一篇文，特別是女主羅雲初的刻畫、情節的安排，都用心下了功夫。

即使是現在，在讀者群中，許多讀者都對紅景天說，看了我寫的這麼多本小說，最喜歡的，還是這篇文，感情細膩真摯，時常想起來都會去翻閱一下。

廢話不多說了，咱們說說和這本書相關的內容吧。看到這些，想必大家也知道了，《親親後娘》，其實就是一篇純種田文。

女主角羅雲初穿越前是個從農村出來的職場小菜鳥，還沒來得及進化成白骨精便穿越了。

女主角和許多人一般，大智大能是沒有的，至少讓她去和那些官場老油條鬥，是鬥不贏的。但勝在性子隨遇而安，面對不可為之境地時，懂得妥協，樂觀，並且看得開。所以她才能在半推半就的婚姻中，與男主宋二郎一路相互扶持，最終經營出了一個溫馨美滿的家庭。

男主角宋二郎呢，是個村夫，有點小本事，曾娶過兩任妻子，一死一被休，羅雲初是第三任。

說實話，這姻緣一開始並不美好。

幸而，羅雲初是個喜歡孩子的人，宋二郎的兒子飯糰才三歲，正是可愛的時候，為他爹掙了不少分。羅雲初愛屋及烏，這才慢慢地對宋二郎上了心，進而細心地經營起他們一家子的生計。

而宋二郎呢，娶過兩回妻子，更明白了羅雲初的好。特別是第二回，他漸漸感到自己在婚姻生活中的不足，也發現了他有做得不好的地方。就著這些經歷，他在媳婦與老娘、家人的相處中尋找處理的平衡點，引著羅雲初適應宋家的生活。

男主角並沒有讓人很驚才絕豔的本事，但勝在疼愛妻兒，懂得維護他們，而且思想也相對開明，不古板，對羅雲初的一些想法，會認真考慮，不會一味地抵制。

夫妻感情也隨之日益加深，最終相守一生。

第一章 穿越

唐嫵睜開眼，看到自己躺在一間泥屋裡，周圍顯得破舊但很乾淨，明顯不是自己租的十五坪套房。

看了一眼周圍的環境，擰了自己一下，會痛；再扯了扯那頭長髮，也會痛，不是假的。其他的暫時不說了，唐嫵很淡定地接受自己穿越的事實。

唐嫵躺在床上，閉了閉眼，努力的消化著另一個人的記憶，感覺像作夢一樣。這具身體的主人叫羅雲初，今年十八歲了。名字很好聽，據說是當秀才的爹給取的，但這個秀才爹在她十五歲時已經去世了。如今家裡剩下一個三十出頭的老娘，還有一個十六歲的弟弟。

按理說，這個年紀的姑娘應該早就成了親的，奈何前些年這個秀才爹在的時候，挑女婿挑得緊，這個不行那個不要的，羅雲初直到十五歲還沒訂親。

也是在這時候，這個秀才爹得了急症死了。於是，羅雲初和她弟弟羅德都得守孝三年。這不，都十八了，才剛除服。

這羅雲初比起農村裡的女孩來，可以說是長得白白嫩嫩的，既不高大又不健壯，非農村裡挑媳婦的優先人選。而且因為欠債，估計是沒什麼嫁妝的了，古代很重視女子的嫁妝，因此，好兒郎的家人都看不上羅家，而那些游手好閒不正經的羅家又看不上，所以羅雲初遲遲還沒有說上一門比較好的親事。

消化著從小到大的記憶，她在床上挺屍（注），穿越就穿越了吧。穿越前，唐嫵一直有買保險，保險受益人是唐父唐母。雖然額度不是太大，但也還可以讓父母晚年不用為經濟擔心。

而且唐嫵的弟弟唐瀾是個能幹孝順的人，月薪也有五、六萬，加上穿越前，弟媳快生了，雖然唐嫵的離去會讓他們傷心，但新生兒的降臨可以沖淡她離開的悲傷，家裡的一切都可以放心了。

過去的就讓它過去吧，重要的是現在的生活。

羅雲初家住在理村，前兩天，媒人替隔壁古沙村的宋楊來提親，這宋家倒也不是不好，家有薄產，男人又有一身的力氣，是幹活的一把手，更別說，他那身打獵的本事，村前村後多少女孩想嫁與他。

只一點不好，就是他娶過兩個妻子。第一任妻子劉氏在給他生了個兒子就難產死了，一個大男人既要在地裡幹活又得照顧兒子，雖然有老娘幫襯著，但畢竟不太方便。所以第二任妻子李氏是聽著自己的舅媽說不錯，在第一任妻子死後半年娶的。

據說這李氏一開始對這元配留下的兒子還是不錯的，至少表面上看來不錯。但是成親都一年多了，她肚子不爭氣，一直沒懷上，壞脾氣就漸漸暴露了出來，不過打罵孩子都是趁著宋楊不在家的時候，於是這孩子長到兩歲，身體也不結實，性子懦懦弱弱的。

這李氏表面功夫做得不錯，如果不是一次宋楊把獵來的皮毛動物拿到城裡去賣，賣得快，提早回來一天，這事還沒人知道呢。宋楊才進了大門就看到李氏在大廳裡一邊拿著藤條打著這孩子一邊罵：「叫你摘個菜也不會，標準的喪門星，剋死你娘不說，還害得老娘現在還沒有兒子。」

把宋楊氣得趕緊上去奪了她的藤條，甩了她一巴掌，並且當場寫了休書。且不說後面李氏怎麼呼天搶地說再也不敢了，以及李氏族人後來怎麼交涉，都沒讓宋楊回心轉意收回休書。

但家裡沒有一個女主人操持，實在不像一個家。於是宋楊他娘多方打聽，務必要找個人品好，溫柔賢淑的女子，家世不好也沒關係。這不就相中了羅雲初，前前後後一打聽，都說這羅雲初是個孝順的，雖說有點肩不能挑，但是勝在是個溫柔孝順，知書達禮的女孩。全家一合計，就決定向羅家提親。

羅母也向媒婆打聽了男方的情況，再結合親戚朋友給的消息，覺得男方是個實誠的人，在農村來說還算有本事。而且據說聘禮還不少，這些東西除去嫁妝也夠幫兒子娶個媳婦了，

注：多用為睡覺的罵詞或謔詞，延伸意為一動也不動的發呆。

於是就同意了這親事。羅雲初本人知道了對方是個有過兩任妻子的男人，心裡不願意。她曾暗戀村頭的阿牛哥，但一直覺得自己配不上他。如今說了親，自己和他就更沒希望了，心灰意冷的她決定回屋裡躺一下，不知怎的，唐嫵就穿到她身上了。

事情實在是太戲劇化了，唐嫵也不能淡定地挺屍了。今後該怎麼辦呢？是像前期穿越的前輩一樣搞得風生水起，詩詞歌賦、宮鬥經商樣樣精通，還是像後期一樣安靜地融入社會？算了，以羅雲初的性格和能力，前面的生活不適合她，還是好好的生活吧，在哪兒不是生活呢？

目前首要解決的事是處理宋家提親的問題，先勸勸她母親，嗯，姑且叫母親吧。如果不行，那就另說，大不了嫁了就是。這種想法，並不是她意氣用事，而是經過一番思考才下的決定。

原來的羅雲初覺得宋楊結過兩次親不好，但對現在的羅雲初來說並非死也不能接受，反彈是有，卻不會以死相逼。

女孩子總是要嫁人的，特別是在這古代，過了十六都難找到好婆家，不像現代，就算不嫁人，有份工作也餓不死自己。但在這世道，就行不通了，太艱難了。

接收了羅雲初的記憶，唐嫵知道羅母不是不疼這個女兒，只是家中本來就清貧，顧得了兒子，對女兒難免會疏忽。可畢竟還是親生的，不可能會把女兒往火坑裡推。

所以對羅母這個長輩的眼光，唐嫵還是信得過的，羅母覺得好的男子，應該不會太差吧。

宋楊的名聲是不好聽，尤其是剋妻這一點，但僅此而已，並沒有什麼吃喝嫖賭的惡習。說句不中聽的，如果不是這剋妻的名聲，不知道多少姑娘上趕著嫁進宋家呢。

作為現代人的唐嫵，對這些古人極避諱的事倒不在意。

再者，她接收了羅雲初的身體，不說得全盤接收她的身分以及社會關係，但對羅家、對羅母，確實有一份責任在的。

生活都是需要自己經營的，對現在的羅雲初來說吧，其實在哪兒生活都一樣。

這種想法其實也是無奈之下的自我安慰罷了，畢竟唐嫵在現代就不是一個掐尖好強的人，只要不把她逼到絕境，她一般都隨波逐流的多，最多是在被限制的區域裡努力地爭取，讓自己活得更好而已，這不得不說是現代人的無奈。

想明白理清楚了事情，羅雲初從床上爬起來，走出房間就看到羅母在天井裡摘菜剝花生。

羅母看到羅雲初起來了，關切地說道：「起來啦，過來幫摘下菜，天色快晚了，咱們趕緊煮好了等德兒回來吃。」

羅雲初知道她弟今天去田裡幹活了，於是拿了張小凳子坐在羅母旁邊拿起了豆莢剝。

「嗯，好的。」

想起女兒的親事，羅母歡喜地說：「估摸著還有幾個月妳就要成親了。」

羅雲初很驚訝，覺得時間有點倉促。「娘，這是不是有點趕了？」

羅母瞄了她一眼。「趕是趕了點，但宋家那邊想儘快，而且妳嫁了後妳弟還要趕在年前討房媳婦呢。」

羅雲初無語了。

羅母囑咐：「妳嫁過去後，記得好好孝順婆婆，好好待宋二郎的兒子，可千萬不能再使小性子了啊。」

羅雲初只說知道了。

剛煮好飯，羅德回來了。

吃過晚飯，趁羅雲初去廚房燒水，羅母就對羅德說：「今天隔壁村的宋家來納采，你姊的親事也快定下來了。過兩天合八字了，然後挑個日子納吉，之後再納徵（注），沒什麼大問題的話，估摸著三、四個月便要來迎親了。這段時間可有得忙了，好在現下是農閒的時候。」

羅德聽完了，問：「男方人品如何？」

羅母答：「人品尚可，只一點，娶過兩房媳婦，有一個孩子。」

羅德擔心羅雲初嫁過去會受氣。「這樣好嗎？到時姊生了孩子，那該……」

羅母擺擺手說：「今天我觀宋二郎人品還是行的。哪家沒有一些不如意的事，男人性子好、有本事，比啥都強。」

羅德見羅母完全放心，也不好再說什麼。

羅母看了看羅德，笑道：「我的兒，等你姊嫁了，咱們也該討房媳婦了，娘我還等著抱孫子哪。」

說得羅德滿臉通紅，只得找個去外面井裡提水的藉口出去了。

宋家第三天就合好了八字，宋母親自過來商量小定、大定以及成親的日子，親事定在兩個半月後。

時間很趕，於是羅雲初悲劇了，羅母打算把羅雲初培養成全能主婦的一把手，全天都給羅雲初安排了學習內容，如果學過了，行，那當複習好了。

早上天剛剛亮，就被羅母叫起來，學習怎麼種菜，養雞、養鴨以及養豬。中午，被羅母勒令趕工繡被套等成親要用的物品，憑著原主留下的記憶，羅雲初的繡活雖然剛開始的時候

注：納采，說媒提親；納吉，也稱「小定」，代表女方同意婚事；納徵，也稱「大定」，男方送上聘禮，婚約成立。

有點不順手，但是慢慢的就好了，雖說繡得不是頂級的好，但也還過得去。

而且每到飯點，總被羅母督促教導廚藝。

羅雲初穿越前的廚藝不錯，但古代的菜色與灶房炊具和現代的可不能比，怎麼生火、怎麼控制火候、怎麼做菜，都得一一學好。

下午麼，學習編織，是用竹子編的。把竹子砍下一截對半劈開，再把柔韌的部分和易折的部分分開來，取柔韌的部分慢慢地編織簸箕、菜籃等物。不過這活兒男女都可以幹的，不一定非得男性幹。羅雲初在現代對編織滿感興趣的，曾在網上找了教程，上淘寶買了些塑膠材料慢慢學習，雖然編的東西不是很實用，但勝在美觀。現在有機會學習這個編織活兒，羅雲初自然是願意的。

近段時間羅母忙著張羅她的婚事，沒大注意到羅雲初的不同。即使注意到了，也不會太在意，只以為是新嫁娘臉皮薄，性子有點小變化，也是情理之中。

下定的時候，聘禮是宋楊親自送來的，親朋好友以及鄰居都來湊下熱鬧，看著一箱箱不斷抬進來的聘禮，大夥兒嘴上不斷地笑著恭喜，羅母更是笑得合不攏嘴，聘禮越多就代表宋家越重視自家的女兒，她也就越有面子。

羅母老早就請了自家的大嫂和村裡燒得一手好菜的方大廚來掌勺，畢竟這是羅家事隔十幾年才辦的喜事，再怎麼清貧，也不能慢待了自己親家不是？於是，這一大幫人都吃得心滿意足地歸家了。

晚上，羅雲初看著這一大堆聘禮，心想看來宋家還是有點家底的，至少不愁被餓著。

把家裡的活兒幹完後，羅雲初把晚上倒在陶罐裡的淘米水拿了出來，準備用它來洗臉。沒辦法，在古代嘛，就別想有什麼洗面乳之類的，能有點淘米水就已經不容易了。

洗了臉又洗了澡後，羅雲初就著月光回到了自己的屋裡，躺在木板床上時，她吁了口氣。這農村生活真累人，好在以前她小時候在農村待過，這些活兒做起來駕輕就熟，累是累了點，但很充實。

摸了摸自己乾癟的身材，羅雲初噘了噘嘴，這古代生活真沒油水，這具身體雖然十八了，但還是一枚乾煸四季豆的樣子，胸部完全沒有什麼看頭，頂多就B的規模而已。不過好在她的臉蛋還長得不錯，要不，就太虧了。

她翻了個身，看著紙糊的窗戶外面隱隱透露的光亮，想著想著，她就想到那門親事上了。

對於這件親事，羅雲初並沒有像身體原主那麼反感，也不覺得自己是二十一世紀的人就非得自由戀愛，當相親是不能接受或者丟臉的事，非叫嚷著要推翻這種封建思想。要知道，每個時代都有每個時代的規則，改變，總是需要付出代價的。

羅雲初就是那種保守派的，對她來說，日子能過下去就行了，才懶得去當什麼引領時代的先鋒呢。槍打出頭鳥，在這個古樸的村子裡，如果真有什麼異動，搞不好就被人當作瘋子或魔怔了，羅雲初想想就不寒而慄。進步固然是好的，但也得有命享受才行啊。

結婚不就是兩個人湊合著過日子嘛，父母包辦婚姻也是一種保障，對她這種懶人來說，門當戶對並沒什麼不好，在此同時父母肯定也把對方的家庭關係打聽清楚了，這多省事啊。

在她的想法裡，成親無非就是床要分一半給別人罷了。

第二章　成親

兩個多月就這樣不緊不慢地過去了，羅母教的東西，羅雲初不說學了個十成十，至少也學了個七七八八的。距離成親還有十來天的時候，羅母就讓她把其他的事都停了，只留了刺繡這活兒讓她慢慢做，並且得按時休息，好好地養身體。

羅雲初依言照做，最後的十來天，她的皮膚也越來越細緻了。

成親那天一大早，羅雲初就被挖起來了。從天沒亮一直折騰到天黑，辭別家人，上轎，過火盆，過馬鞍，拜堂，入洞房。等到新郎來了，挑了蓋頭之後看到宋楊，她才有了成親的感覺，以後自己的後半生就和這個人休戚相關了。

宋楊長得高大壯實，大概有一米八，五官很男性。

宋楊挑開蓋頭後，看到羅雲初那張妍麗的臉，眼都直了。並不是說羅雲初長得國色天香，只是比一般的農村女孩子白一點，五官長得周正一些。

「新郎新娘喝合巹酒咯。」喜娘把酒杯交給兩人，兩人喝了合巹酒後，宋楊還沒得說什麼，就被自己大哥拖出去陪客了。

過了一個時辰，一幫朋友調侃著宋楊說要鬧洞房。

「二郎，今晚咱們來玩個遊戲，如果沒完成，你今晚就甭想洞房啦。」一個胖子說。

「二嫂，這二郎平時也太一本正經了，難得看他出糗，咱們可要對不住啦。」一個叫阿文的男子笑著說完，一幫人就起鬨，嚷著要開始了。

聽到這聲二嫂，羅雲初的臉紅了紅，但也沒說什麼。她拿眼神窺了一眼旁邊的男子，他憨厚的臉上傻傻地笑著。

他們小心地取了兩枝蠟燭；要知道，平日裡在農家能有盞油燈就不錯了，蠟燭這等金貴事物，也就在操辦喜事時才捨得用上了。

他們將兩枝蠟燭點燃置於桌上，阿文說：「看到沒？遊戲規則是這樣的，新郎新娘雙眼用布紮實，相對而立，開始吹蠟燭。」

馬上就有人幫他們用布把眼睛蒙起來，又有人快速的換上了一小撮麵粉。

於是，「一、二、三，吹。」眾人喊完口號，趕緊離他們遠遠的。

頓時，麵粉揚起，兩人立刻成了白人。

「恭喜恭喜，白頭偕老，呵呵。」眾人都大笑。

又鬧騰了好一會兒，那群傢伙才被喜娘推出新房到宴席上吃酒去了。

「去去去，喝你們的酒去！你們這幫傢伙，孩子都會打醬油了，做事還這般沒大沒小的。」人稱福二娘的喜娘揮著手絹笑罵道。

「福二娘，您別推、別推啊。俺身子板鐵打般結實，萬一傷著您哪，俺可賠不起呀。」趙大山順勢出了新房，口中還不忘占點便宜。

此話一出，惹來大夥兒哄然大笑，福二娘嗔怒道：「你這小滑頭，嘴巴硬是不饒人，連你福二娘的便宜都占，該打！」

「輕點輕點，福二娘，妳別掐得那麼用力啊。」趙大山哭嚎著。

「二郎，你小子別以為不作聲就可以糊弄過關！走，陪咱們喝酒去！」阿文眼明手快地一把扯過傻站在一旁的宋楊。

「就是就是，機會難得，俺肚子裡的酒蟲早就咕咕叫了。」孔大富附和道：「你媳婦瞅著是漂亮，但也不急於一時嘛，現在才戌時，離春宵還早著呢。」附帶送上一臉曖昧的表情。

直說得宋楊滿臉通紅，好在他皮膚黝黑，不太看得出來，要不就糗大了。

沒多大工夫，新房裡安靜下來了。

福二娘囑咐羅雲初好好地待在新房後，也藉機出去吃喝了一番，新房裡就只剩下羅雲初一人。說實話，沒經過這等陣仗，她還真不知道做些什麼，只好安安分分地端坐在床邊，雖然身子不能動，但眼睛可是不受限制的，於是她開始不住地打量起新房來。

這新房整個格局很是簡單，甫一進門就看到一架獨扇屏風放在顯眼處，屏風後即是她端坐著的床。羅雲初看了看又摸了摸，暗嘆這就是榆樹大架子床啊。這床緊靠著右側的角落擺放，左側的角落擺了個胡桃木製成的櫃子，房子裡還擺了張小桌子和幾張椅子。

新房裡的幾件大家具都是她的嫁妝呢，全是羅德把屋前屋後幾棵長了幾十年的樹砍了後打造的。為此羅德還和羅母鬧了一場，他覺得收了宋家那麼多的聘禮，給不出相應的嫁妝就罷了，至少也要拿出像樣的嫁妝嘛，如此才不會丟了臉面，也不讓自家阿姊嫁過去後處境尷尬。

要砍這幾棵樹，一開始羅母死活不肯，她一直都把這幾棵樹當寶貝。而且這是她預備留給兒子娶妻時用的，哪能全給女兒用了？後來拗不過她的寶貝兒子，終於肯點頭了，不過卻提出了先給家裡打一套全新的家具，剩下的材料才能給羅雲初打一套嫁妝。羅德自然是不肯如此委屈唯一的姊姊，可是這次羅母的態度很強硬，如果不這麼做的話，任何人都別想砍了那幾棵大樹。

無奈之下，羅德只好同意了，同時歉然地看著他姊姊。羅雲初倒是無所謂，她早就知道羅母偏心了，況且哪個古人不偏心兒子？這裡都是靠兒子頂門立戶的，在鬧饑荒的年代都能為了兒子賣掉女兒，她還有什麼看不開的？就是在現代，她父母的心也大多偏向弟弟，若她一味地計較，恐怕她早就成怨女了。

不知過了多久，羅雲初實在是坐不住了，正想起來走動一下。外頭就傳來了一陣腳步聲和說話聲，羅雲初趕緊端坐好。

「嘎吱」一聲，門被推開了。

趙大山伸頭進來，看到羅雲初後，笑嘻嘻地道：「二嫂，俺們幫妳把二郎送回來了。」

說完抓了抓頭，退了出去。

「廢話那麼多，趕緊幫我扶著二郎啊，這小子身子結實著呢，呼呼，我一個人都扛不動了。奶奶的，早知道就不灌他那麼多酒了，真不知道他今晚能不能動了?嘿嘿。」

「來嘞來嘞，真受不了你，二郎再重也就百來斤的重量，這你都扛不動了？是不是你家媳婦太招人，把你的身子掏空啦？」後面那句語氣很促狹。

「作死啊你！敢取笑你大爺我？」孔大富作勢要教訓趙大山。

兩人合力把宋楊抬進新房，後面還跟著一個婦人。

「福二娘呢？」孔大富疑惑地問。

「剛才在大廳裡見著她人呢，喝得不比咱們少，現在指不定在哪兒醉著呢。」趙大山道。

「這福二娘也忒沒規矩了，好在我叫了自家媳婦跟著來，要不……」孔大富不滿地道。

「可不是?不過你也瞭解福二娘那嗜酒的性子。算了，甭說那麼多了，把二郎放下咱們趕緊出去吧。」說完兩個男人和羅雲初略打了招呼後，合力把宋楊放到床上。

羅雲初站在一旁看他們忙和完。

「二嫂，二哥就麻煩妳啦，俺們走了。」趙大山搓著手，笑著說道。

羅雲初遲疑了下，微笑著頷首。

趙大山還等著說什麼，被孔大富一把攬過肩膀。「走了，還囉嗦什麼？礙人眼！」說完對著羅雲初點了點頭，就拖著趙大山出門了。

羅雲初站在旁邊躊躇不前，這情況她還真沒遇到過，真不知道該如何處理才好。話說穿越前她也是個感情小白，戀愛都沒談過呢，過來後沒多久就略過了戀愛的步驟，直接成親，修成了正果。所以這情況，還真棘手。

羅雲初也不知此時是什麼時辰了，估計是亥時了吧？外面的聲響已經漸漸歇了，不過具體時間她也說不準，唉，古代就是麻煩，連個手錶都沒有，她如今完全淪落成不知今夕是何夕的人。唉，又扯遠了，還是想想怎麼處理床上的男人——她的丈夫吧。

湊近一點，羅雲初就聞到來自他身上濃烈的酒氣，她皺了皺眉，這床上的被套、枕頭等用品都是新的，如今一個渾身酒氣的男人躺在上面，真讓有點小潔癖的羅雲初受不了。瞧了瞧新房，她在小矮桌下找到一只木桶，裡面盛了小半桶水。羅雲初笑了笑，是剛才跟在趙大山後面的女人提來的，當時她還不解，如今倒是明白了，這婦女還是挺細心的嘛。

羅雲初打開木衣櫃，從裡面拿出一條新的手巾，浸濕了，準備給床上的醉漢擦把臉。

當她拿著濕濡的手巾來到床邊時，發現床上的男人已經醒了，正不錯眼地看著她。

羅雲初一怔，驀然笑道：「你醒了？」

她納悶，剛才還醉得一塌糊塗的人現在卻清醒得很，那只有一個解釋了——剛才他在裝醉。想不到這男人看起來挺老實，裝醉的功力挺深厚的嘛，一連把幾個人都矇過去了。真應了那句話了，老實人騙起人來真是騙死人不償命。

「嗯。」宋楊仍然是一瞬不瞬地盯著羅雲初看，臉上掛著憨傻的笑容。

羅雲初被他看得不甚自在，於是她把手巾遞了過去。「先擦把臉吧。」

那男人一骨碌坐了起來，接過她的手巾，胡亂地往臉上擦了一把。

「你……」

「妳……」

兩人同時開口，對視一眼後，宋楊有點侷促地道：「妳先說吧。」

「我沒什麼想說的。」她剛才只是想打破沈默尷尬的局面而已。

雖然這是宋楊第三次成親了，但他似乎還是沒掌握和妻子相處的訣竅。娶第一任妻子的時候，他都十八了，也是因為給父親守孝才拖到那個年紀的。

剛除了服，女方那邊就迫不及待讓他們擇個吉利的日子好成親，好在宋家也能體諒女方都快十七了拖不起，匆忙挑個日子就成了親。當時的他完全沒有做好準備，而且又正逢災年，一家子為了生計奔波勞碌，基本都是早出晚歸，回到家都是吃了飯、洗了澡倒頭就睡的，少年夫妻兩人連基本的溝通時間都沒有。

而娶第二任的時候，光景雖然好了，但那李氏是個頭髮長見識短的婦人，鎮日都是東家長西家短的，他不愛聽。

想到此，宋楊心裡嘆了口氣，希望這是他最後一次成親了，連年做新郎，他也很累的說。他的心思很單純、很美好，他認為既然娶了老婆，就該好好地過日子，只希望他的妻子盡到她的本分，他就高興了。

此時門外傳來一陣低低的腳步聲，兩人往門口望去，只見門被推開了，門口站著一個約三歲的小男生，一雙小爪子緊緊抓著門邊，怯怯地探出頭來，眼眶紅紅的，看到宋楊時，眼裡迅速地分泌出淚液，淚水在眼裡滾來滾去，咬著嘴唇，委屈地望著他。

看到兒子這副模樣，宋楊一驚，趕緊下了床，走到門邊，把他的小身子抱了起來，焦急地問：「飯糰，你怎麼跑到這兒來了？」

「爹爹，大胖說……說你成了親就……就不要飯糰了，嗚嗚嗚……」飯糰雙手緊緊抱著宋楊，把頭靠在他的頸項，抽抽噎噎地說著。

宋楊急得團團轉，雙手笨拙地拍著飯糰的後背，嘴裡不斷地說著：「飯糰，乖啊，別哭了。」

但飯糰反而哭得更凶了，他完全沒轍了，反射性地朝羅雲初看了過去，眼裡放射出求救的訊息。

其實羅雲初從小不點出現的時候，眼睛一直沒離開過他。穿越前她也年近三十了，女人一到這個年紀母愛就氾濫，羅雲初也不例外，有時在路上看到那些可愛的孩子就恨不得上前去抱抱捏捏。她不曾談過戀愛，一直遇不上那個對眼的人，她也不強求，當時她就想了，如果過了三十歲還找不著可心的人嫁的話，就去孤兒院領養一個孩子，她一定會好好愛他或她的，盡自己所能地讓那孩子過上舒心的日子。

如今飯糰一出現，羅雲初就不錯眼地望著他，小小的身子，紅撲撲的臉蛋，因哭泣而顯得濕漉漉的雙眼。在接收到宋楊求救的眼神時，羅雲初一個箭步來到他們跟前，想抱他又不得要領，只能站在一旁乾著急。

小孩子的傷心事來得急又去得快，哭過一場後，在他爹爹的安慰下，飯糰漸漸停止了抽泣。當他看到站在一旁的羅雲初時，眼中閃過一抹好奇。

但不知道想到什麼，他的眼睛黯了下來，接著身體不由自主地縮了縮，嘴巴癟了癟，頗有一種即將開哭的預兆。

宋楊看兒子停止了哭泣，提著的心終於放了下來，還沒等他放妥當，又發現兒子不對勁了。「飯糰，你怎麼了？誰欺負你了？來，告訴爹爹，爹爹給你報仇！」說完還伸出右手展示他的拳頭。

「爹爹，大胖說，你娶了後娘就會和她再生一個小飯糰，然後就不要飯糰了，嗚嗚嗚……」說到最後，飯糰又開始哭了起來，小手不斷地抹著淚。

羅雲初一看孩子又哭上了，也沒轍，現在還不是她說話的時候。

宋楊聽了這話，看了羅雲初一眼，大為尷尬，暗自惱恨這大胖也真是的，怎麼和一個三歲的孩子說這種話，厚實的大掌拍了拍他寶貝兒子的背。「他說錯了，爹爹不會不要飯糰的。」

「真的？」飯糰睜著圓潤的眼睛看著他爹爹。

「嗯，真的！」宋楊重重地點了點頭。

得到保證的飯糰破涕為笑，羅雲初心裡鬆了口氣，臉上也笑了開來。注意到飯糰好奇的目光，羅雲初給了他一個大大的笑臉。

「來，飯糰，見過你新娘親。」宋楊把孩子抱得離羅雲初更近了點。「叫娘啊。」

宋楊雖然憨直，但大多道理他還是懂的，以後他們一家子就要生活在一塊兒了，他可不想因為兒子的稱呼惹得羅雲初不快，哪個女人能忍受一個孩子天天叫自己後娘的？為了他不著家的時候兒子得到妥善的照顧，適時的低頭是有必要的。況且只是一個稱呼問題而已，逝者已矣，活著的人才是最重要的，沒必要為了這麼個小事傷了和氣。

飯糰明顯對這個稱呼很抵制，抿緊雙唇就是不肯開口。

「飯糰，快叫啊。」眼見情況僵在那兒，宋楊也是一臉焦急。「這孩子，平時挺乖巧禮貌的啊，今天怎麼……」

但飯糰就是不聽，也不出聲，把頭搖得像撥浪鼓似的。

宋楊還待再次催促，羅雲初阻止了他。「算了，日子長著呢，在這時候逼孩子做甚？」

宋楊鬆了口氣，頓時覺得自己此次娶的妻子算是個識大體的，記得當初那李氏……算了，不想她了。於是他笑了笑道：「妳說得對，以後機會多得是，也不急於一時。」

就在他們兩個大人說話的當兒，飯糰被桌上的饃饃和糕點吸引了，不錯眼地盯著它們，末了，還嚥了嚥口水。

羅雲初暗笑，桌面上就那麼三、四樣東西，味道她嚐過，也就一般。看到飯糰明明想要卻不敢開口的樣子，羅雲初頓時生起一股憐惜，這事要是放在她娘家鄰居的那群孩子身上，早就哭鬧上了。於是她伸手拿了一塊桂花糕，這東西金貴，整盤也就四塊而已，純粹是為了面子而添上的，她把它遞給飯糰。「來，飯糰，吃塊桂花糕吧。」

那孩子盯著桂花糕看了許久，或許是感覺到羅雲初的善意吧，才緩緩伸出小手，接過桂花糕，小口小口地吃了起來，好看的眼睛瞬間眯成了一條縫。

看到兒子和媳婦相處得好，宋楊站在一旁傻樂呵。

「哎呀，二郎啊二郎，飯糰不見啦！」此時，門口跌跌撞撞跑進一位四十多歲的大娘，臉上滿是驚慌失措。

「娘，別擔心，飯糰在我這兒呢。」

「這孩子，怎麼跑到這兒來啦？」驚魂甫定，宋母一屁股坐在椅子上，拍了拍胸脯，她抱怨道：「累死我這把老骨頭了，害我擔心被拐子拐走了呢。」

吃喜酒的人剛散去，這小孫子就不見了，找也找不到，頓時驚得她三魂掉了兩魂。

等她看到羅雲初時，頓時猛拍了下大腿。暗罵自己，真是忙暈了。加上剛才飯糰不見，她以為被拐子拐走了，嚇得失了魂，竟然顧不得今天是老二的好日子就急哄哄地來了新房，真是。「老二、老二媳婦，今天是你們的好日子，也忙了一天了，你們就好好歇息著，飯糰我帶走了。」說完就想接過宋楊懷裡的飯糰。

從宋母出現，羅雲初就暗自留意她的舉動和神情，約略明白她是個和善的，她提著的心也放下了大半。俗話說家和萬事興，若家中的長輩老和妳對著幹，生活豈不煩死累死？

豈知平時很乖巧的飯糰此時緊抱著宋楊的脖子，不肯放開。宋母拔也拔不下來，一拔他就大哭，惹得宋母大急，板著臉訓了他幾句，但小孩子知道什麼呀，光知道哭了。

「娘，算了，讓飯糰待在這兒吧。」宋楊看了一眼羅雲初，開口說道。

宋母一怔。「這怎麼行？」今晚是他們的洞房花燭啊，一個孩子夾在中間，成什麼事呀？

「沒事。」

羅雲初也跟著點了點頭。

窺了兩人一眼，又看到小孫子理也不理自己，擺明了不肯跟自己走，宋母悻悻然地道：

「既然這樣，我就走了，你們也早點安置吧。」

第三章 白麵饅頭

宋母走後，只剩下新出爐的一家三口，飯糰懵懂無知，所有的注意力都放在桂花糕上了。而兩位大人則都有些不知所措，完全不知道怎麼開口。

好不容易挨到飯糰吃完桂花糕，只見他用雙手揉了揉眼睛，耷拉著眼皮，一副昏昏欲睡的樣子。

羅雲初見狀，頓時忘卻了剛才的尷尬和陌生，忙對宋楊說道：「你去打盆水來，我收拾一下房間。」

「嗯。」宋楊應了聲，正待出去，復又遲疑地看著羅雲初。「今晚他睡這兒妳不介意吧？」

介意？當然不介意了。她心裡還鬆了口氣呢，上輩子她雖然活了二十好幾，但仍然是黃花大閨女一枚，就是人們俗稱的老處女，咳咳。此刻能逃離就地正法的命運，她心裡暗喜還來不及，怎麼會介意呢？不過她臉上卻裝作一副賢淑的樣子，搖搖頭表示不介意。

宋楊從問出這個問題時就一直在細細觀察她的表情，見她不似作偽，心裡鬆了口氣之餘隱隱有一股失落感。他甩了甩頭，像要將這抹怪異的感覺甩開，來日方長，他不必急於一時。

心裡有了個安慰，他再次瞧了瞧快睡著的兒子，隨即踏出婚房，朝左側的廚房走去。

羅雲初忙站起來，抱過飯糰的小身子。他掙扎了兩下，或許是感覺到她的善意吧，便軟下身子，雙手摟住她的脖子，把小腦袋靠在她肩上點了點，閉上了眼睛。

羅雲初抱著他軟呼呼的身子，笑了笑。她喜歡孩子，不在乎做後娘，況且這個孩子的親生母親已死，她相信，只要她真正對他好，孩子必不會負她。在出嫁前她就想好了，要好好生活，她就不信，憑著她的努力和付出，不能整出個和諧幸福的家庭！

羅雲初是個樂觀又安於現狀的人，她討厭賴以生存的環境發生劇烈的變動。就像此次的穿越，雖然心理上能接受，但她也是花了好長時間才適應過來，要不是她前世小時候有在農村生活的經歷，恐怕早就露出破綻了。

穿越到羅家，比上不足，比下有餘。雖然未能穿越到富貴之家，但也沒有悲慘到重生在青樓女子或什麼大戶人家的丫鬟身上，這已足夠讓她慶幸的了。穿越前，她就只是一個小小的銷售員，雖然也幹過不少行業的工作，但都做不長久，是個文不成、武不就的人，沒啥特長。

如今看來，宋家雖不是富貴之家，但看起來還是不錯的，不過這只是她的初步印象，具體如何還有待觀察。

士農工商，農民的社會地位還是挺高的，雖然聽起來是個虛名，但也聊勝於無不是？以後宋家的子孫能出個秀才舉子之類的，享福的日子還在後頭呢。

直到手臂有點瘆了，羅雲初才發現自己想得有點遠了。

將飯糰放在大床上，把床上一些殘留的花生紅棗之類的東西收拾好，她可不想半夜被硌得皮膚生疼。才收拾好，就看到宋楊端了一盆水進來。

「我來吧。」羅雲初示意他將木盆放在桌子上，接著便將布巾浸濕，擰乾後往大床走去，細心地給飯糰擦了把臉，然後將他的口腔清潔了一下，再將他的小手小腳也擦了擦。

小孩子最討厭的就是洗臉、清潔口腔之類的了，儘管羅雲初已經很輕手輕腳了，但飯糰還是皺起了小臉，癟癟嘴，一副快要哭的樣子。好在沒有醒過來，要不，又得哭一場了。

羅雲初下了床，將用過的布巾擱在椅子上，想了想，從她的隨嫁之物中取出了一條布巾，泡濕擰乾後遞給宋楊。「擦把臉吧。」

宋楊一直看著她忙碌，臉上掛著憨厚的笑容，此刻見她仍記掛他，心裡更是歡喜，不過他忙擺擺手。「妳洗妳洗，我剛才在外面已經洗過了。」

羅雲初微微一笑，也不推辭，忙洗了把臉，她都快被臉上的濃妝給憋死了，臉上的皮膚感覺呼吸不到新鮮空氣一般，黏黏膩膩的。洗好了臉，她瞧了瞧自己一身累贅的嫁衣，遲疑地看了宋楊一眼。

發現他正不錯眼地瞧著自己，她臉一紅，雙手更不知道怎麼擺了。一想到對面的男人是她名正言順的丈夫，她心裡就禁不住呻吟了一聲，天啊，她從來沒有遇過這種情況，也完全不知道怎麼處理啊，誰來告訴她，在此情此景下她應該說些什麼啊？

俗話說，燈下看美人，別有一番風味。儘管宋家二郎知道這話，但他此刻真覺得自己的媳婦兒真好看，身材窈窕，臉蛋粉嫩粉嫩的，就是村子裡黃地主家的小姐也比不上。

羅雲初心一橫，牙一咬，決定拚了。不就是在自家相公面前寬衣解帶嘛，她有什麼好怕的？況且又不是脫光光。想當年，她們一個班級學游泳那會兒，當著那麼多男人的面都敢穿著性感的泳裝走來走去了。現在這個，小Case啦。

宋二郎看著只著裡衣的娘子，喉結不自覺地上下滑動，吞了吞口水，他不安地動了動，以遮掩他已經興奮的慾望。

他略有點結巴地道：「娘子，我們安置了吧？」

羅雲初看了他一眼，自然看得出他的緊張，心裡微微平衡了點。她心一橫，反正以後都要生活在一起了，就先從身體開始熟悉吧，於是微微頷首。

宋二郎打橫抱起她，羅雲初害羞地將頭埋在他的胸前，不敢抬眼。

宋二郎將她放倒在床上，眼睛的餘光瞄到睡在一旁的兒子，滿腔的慾火頓時被澆熄。

兩人的身體緊緊貼合，羅雲初自然感覺到了他身體某處的變化，順著他的視線瞧了過去，亦看到了熟睡著的飯糰，他的嘴角還流著口水呢。

宋二郎悶悶地說道：「安置吧。」

羅雲初偷偷一笑，不是她不給啊，是他不要的。

將亞麻布做成的帳子放了下來，隔絕了外界，床上一家三口自成一個世界。

羅雲初很放心地睡去，以她對他的初步瞭解，既然他剛才顧忌孩子在場，沒道理半夜會來偷襲她的。

可惜她料錯了一個男人的慾望，特別是一個禁慾了好一陣子的男人的慾望！

羅雲初睡得香甜，宋二郎就難受了，特別是鼻翼間又傳來少女清甜的氣息，讓他更是意動不已。看著睡在旁邊的兒子，他挫敗地閉了閉眼。

不行，他實在忍不住了，於是他坐了起來，小心翼翼抱起兒子。

睡得好好的飯糰被他爹抱了起來，不舒服地哼唧兩下，直嚇得宋二郎以為他要醒了，全身僵了僵。等了好一會兒，見他又沈沈睡去，宋二郎才鬆了口氣，不過卻在心裡笑罵道，這小兔崽子！

他將飯糰輕輕放在裡側，放好後，靜待了一會兒，見兒子照樣熟睡沒鬧騰，心裡暗讚了句，好兒子！知道爹爹要辦事，就乖乖的，好！

轉過頭，他看向一旁熟睡的羅雲初，憨憨一笑，嘴角有可疑液體溢出，他忙一抹。然後覆在羅雲初身上，朝她的嫩唇出發，啃咬了起來。唔，媳婦兒的嘴真好吃，甜甜的，香香的，又嫩又滑，讓他欲罷不能。

熟睡的羅雲初漸漸覺得呼吸困難，全身動彈不得，猶如鬼壓床一般。她迷糊地睜開眼睛，瞧見眼前有一抹黑影正伏在自己身上，頓時嚇了一跳，下意識就要尖叫起來。

宋二郎是個狩獵好手，視力很好，即便大晚上的，也比一般人要看得清楚事物。如今見媳婦瞪大了眼睛看著自己，一副飽受驚嚇的樣子，眼看就要叫起來，他忙用手捂住。「媳婦，別怕，是我！別叫喔，大晚上的，將鄰居吵醒就不好了。」

媳婦?!是哦，她昨天嫁人了。羅雲初這才記起這一事實，她忙用手扳開他的大掌，微惱道：「大半夜的你不好好睡覺，壓我身上幹麼？」

剛醒過來的羅雲初有點迷糊，腦袋有點短路。

宋二郎不說話，蹭了蹭她，眼睛幽深幽深的。

羅雲初的臉紅了紅，她自然知道那是什麼。天啊，來道天雷劈死她吧，她剛才怎麼問了那麼白癡的問題?!

「媳婦，來吧，趁那小子睡著，要不然咱們的洞房花燭不知道還要耽擱多久。」宋二郎吻住她的耳垂，開始舔咬起來，而他的雙手則溜進她的裡衣，挑開小衣，直接罩上兩座山丘。

在這方面完全是生手的她哪裡是他的對手？看過一些「動作片」和愛情小說又如何？哪及得上人家宋二郎真槍實彈練過的。所以，很快，羅雲初就身陷其中，意識迷糊了。眼瞧著兩人的衣服都褪得差不多了，正當兩人意亂情迷之際，飯糰小豆丁不知道作了什麼夢，一腳踹到他老子黝黑健碩的屁股上，紅紅的小嘴還嘟囔了句。「打死你個壞蛋！」宋二郎被他嚇了一跳，本來抬頭挺胸的傢伙頓時軟了下去。他臉黑黑地看著自家欠揍的兒子，更氣人的是，那小混蛋在夢中扯出了一抹笑容，彷彿打贏了壞蛋。

羅雲初看著此情此景，一個沒忍住，噗哧笑了出來。

這明媚的笑容差點沒讓宋二郎看直了眼，完全忘了動作。「媳婦，妳真好看。」

在黑暗中待久了，羅雲初眼睛也漸漸適應了黑暗，加上窗邊有月光流瀉進來，房內倒也不是黑壓壓的不見五指。

此時見他直直地看著自己，嘴裡還情不自禁地說了句讚美的話，她不禁笑嗔了他一眼。「呆子！」她現在蓬頭垢面的，哪裡好看了？

不過哪個女人不想別人讚美自己容貌的？何況這人還是自己的丈夫，所以此刻，她的心情非常好。

她笑中含媚的表情再次讓他看癡了，那傢伙隱隱有抬頭的趨勢。

「媳婦兒。」宋二郎呢喃，接著便俯下身。

羅雲初渾身漸漸熱了起來，意識再次迷糊了，心底有個聲音在耳際響著——給他吧、給他吧。

宋二郎的胸膛起伏著，見媳婦兒已經動情，他眼睛一黯。

「爹爹，你們在做什麼？」

這句話不亞於平地驚雷，宋二爺的動作一頓，緩緩轉過頭去，看著不知道什麼時候已經坐起來正在揉眼睛的兒子，正一臉困惑地看著床上的另外兩人。

羅雲初直接捂臉，天啊，太丟人了。她現在知道了，洞房，是個技術活！臉皮不夠厚或者技術不過關者，千萬別輕易嘗試，小心身上某部件報廢。

宋二郎扯出一抹難看的笑容，向滿臉好奇的兒子解釋道：「這個、這個，你娘身子疼，讓爹給壓壓。」原諒他吧，他實在想不出別的藉口了。

「哦。」飯糰看向羅雲初，突然，他眼睛一亮。「白麵饅頭！」

白麵饅頭?!羅雲初困惑地順著他的視線……天，羅雲初撫額，讓她死了吧，她真的不想活了。

宋二郎自然也瞭解自己媳婦兒的窘境，忙給她拉了被子蓋好，轉向兒子說：「飯糰，乖，那不是白麵饅頭。」

「不是白麵饅頭，那是什麼？爹爹，飯糰要吃，別藏起來啊。」飯糰咬著手指，不相信他爹爹的話，見他爹爹不給，就要哭起來了。

「那是，那是……」宋二郎急得團團轉，想不出啥名堂來了。

「嗚嗚嗚，爹爹不疼我了，有兩個白麵饅頭也不讓飯糰吃一個！」飯糰直接哭上了。

「飯糰乖啊，那是生的白麵饅頭，還沒蒸熟啊。等明天爹再給你好不？」

聽到明天就能吃到了，飯糰立即破涕為笑，使勁點了點頭。「嗯，聽爹爹的。爹爹，明天一定要給我白麵饅頭喔，不准賴皮！」

「行，明天給你。」宋二郎擦了擦虛汗，總算把這小祖宗給哄住了。「現在乖乖睡覺喔。」

得到滿足的飯糰小豆丁很配合，在宋二郎的輕拍下漸入夢鄉。

「咱們也安置吧。」宋二郎對羅雲初輕聲說道。

她點了點頭。

宋二郎躺在外側，將娘兒倆護著，這次他可不敢有什麼不良想法了。心裡則是淚流滿面，洞個房而已，還給他來個一波三折，他容易嗎他？剛才那種情況再來幾次，他那玩意兒就要報廢了。他心裡後悔不迭，剛才怎麼不讓他娘將這小祖宗帶走呢，他美好的洞房花燭啊，就這麼過了。

第四章　敬茶

古人睡得早，起得也早。

卯時剛過，宋二郎就摸著黑起床了。

羅雲初聽到聲響，又瞧了一眼正在穿衣服的男人，才恍然記起自己嫁人了。她趕忙爬了起來，顧不得自己穿好衣服，就下了地，給他整理衣服去了。

見她穿得單薄，宋二郎不高興地皺了皺眉頭。「媳婦，我自己穿得了，妳趕緊穿衣服吧，省得著涼了。一會兒洗漱了，我們就去娘那兒奉茶。」

宋二郎穿好衣服出了門，沒一會兒就從井裡打了一桶水上來，給她端來了一盆水。

羅雲初發現他還細心地折了一枝新鮮的嫩柳枝，她好奇地看了宋二郎一眼。她知道古人很講究也很迷信，屋前、屋後甚至連院子裡都不會種植柳樹、槐樹的，他這柳枝是去哪兒折的？

或許是看出了羅雲初的疑惑，宋二郎憨憨一笑，抓了抓頭。「門口右轉一丈處有棵柳樹，我剛才打水的時候順便去折了一枝。」

羅雲初笑了笑，輕輕地道了聲謝謝。

羅雲初一笑，宋二郎又呆了，愣愣地看著她。

羅雲初看了一眼他的呆眼，低低笑了兩下，也不去管他，拿起嫩柳枝咬開一頭，沾上青鹽。「呆子，看著我做什麼？去叫飯糰起來，漱個口洗個臉，去娘那裡了。」

宋二郎聽聞她的笑聲，知道她在取笑自己，黝黑的臉紅了紅，但因臉部膚色太黑了，看不出來，只能瞧見耳根後面的皮膚紅了點。

「哦哦，好，我就去叫他。」

飯糰沒一會兒就被他爹給叫醒了，揉揉眼睛，伸伸小胳膊，就讓他爹抱了起來。

飯糰一見羅雲初，不知怎的，「白麵饅頭」四個字就脫口而出。

羅雲初拿著布巾的手僵了僵，這孩子，怎麼老惦記著白麵饅頭啊？

宋楊的臉也黑了。兒子，你咋那麼不給爹長臉呢？

「爹爹，我要白麵饅頭，你昨晚答應過的。」飯糰可憐巴巴地看著宋二郎。

和小孩子講道理是沒用的，宋二郎嘆了口氣，將飯糰抱了起來，說道：「一會兒爹去集市就給你買回來，現在乖乖漱口洗臉好不？」

飯糰睜著霧濛濛的眼睛，似懂非懂地看著他爹，疑惑地問道：「爹，昨晚家裡不是有兩個嗎？怎麼還要去集市買啊？」

宋二郎不自在地看了自家媳婦兒一眼，板板地回答道：「那兩個壞掉了，被爹扔了。」

羅雲初決定畫圈圈詛咒他，你才壞掉了，你全家都壞掉了！

「哦。」飯糰不疑有他，在孩子心中，父母的話都是正確的，不存在說謊的可能。

「乖，飯糰現在先洗臉好不好？」羅雲初實在不想繼續這個話題了。

飯糰睜著圓溜溜的眼睛，神情怯怯又好奇地看著羅雲初，見她笑著看向自己。小孩子最能感受到善意，所以他乖乖點了點頭。

羅雲初拿著布巾蹲下來，給他細細地擦了把臉，小心翼翼將他眼角乾硬的眼屎給去乾淨，然後仔細地端詳了眼前這個小不點。她不得不感嘆，宋二郎和他第一任妻子的基因真的很好，至少兩人的結晶長得不錯。

白白嫩嫩的臉蛋，粉妝玉琢一般，大大的眼睛，黑亮如珍珠，小巧卻挺俏的鼻子，殷紅如櫻桃般的小嘴。這樣的飯糰，俏生生的，宛如小仙童一般，羅雲初真不敢相信他前一任妻子怎麼下得去手？

她喜歡孩子，源於內心深處的母性。眼前的男孩，她名義上的兒子，以後就歸她了，想到此，她禁不住想好好抱抱他，將她滿腔的愛都傾注於他。但不行，這孩子明顯還怕她，神情依然帶了絲怯懦。

「飯糰乖，咱們漱口了哦。要不然以後牙齒會長蟲蟲，長蟲蟲了就會咬飯糰，飯糰會痛痛喔。」羅雲初拿起昨晚給他用的布巾，從盆裡取出一些乾淨的水將它弄濕。

「嗚嗚嗚，飯糰不要長蟲，不要痛痛。」小孩子明顯被她那番話給嚇住了，捂著嘴要哭不哭地看著她。

羅雲初恨不得甩自己一巴掌，怎麼亂說話的。

「嗯，不要長蟲，不要痛痛。來，張嘴，娘給洗洗就不會了。」羅雲初攬過他的小身子，輕聲安慰著。

估計是她說的情況實在是太嚇人了，所以飯糰很配合地張開嘴。

羅雲初將裹著濕布巾的食指探入他的小口腔，溫柔將他的牙齒擦了一遍。

「好了，以後每晚睡覺前和起床的時候要記得擦一遍喔，這樣才不會長蟲。」羅雲初笑道，將用過的布巾洗了洗。

小飯糰苦著臉，為了不長蟲，他只好點了點頭。雖然漱口擦洗不痛，但張著小嘴巴，腮幫子好痠哦。

宋二郎見新媳婦兒和兒子相處得好，心裡也很滿意，臉上露出傻傻的笑容。他上前將飯糰抱起來，然後牽過羅雲初的手，笑道：「走，咱們去給娘敬茶吧。」

羅雲初點了點頭。「嗯。」

走出房門，羅雲初打量著她的新居。宋家是標準的四合院，整個家宅還算可以，房屋占地約一畝多，如果加上東西廂後面的地，大概有近兩畝吧。宋宅和古代大多數住宅一般，是座北朝南的方位，有個木製的大門開在南邊，大門兩旁用半舊的籬笆圍著。院裡有正屋三間，西廂和東廂各兩間，羅雲初他們住的正是西廂，這幾間房都是用黃泥土夯成的，屋頂上面蓋著青灰色的大瓦，隱隱綽綽可見上面長了一些綠色的青苔雜草。

正房東邊還挨著一間稍矮、帶有煙囪的房子，估計是廚房，矮房子外邊還有一張小石桌。

院子很大，東西兩頭各栽了一棵大樹，羅雲初只認出西邊那棵是棗樹，另一棵沒認出來。東邊樹下挖了一口井，用圓木蓋子蓋著。

「正房靠東邊那間是娘住的，中間那間房是用來待客及吃飯的，靠西那間是三弟住的。東廂是大哥一家子住的地方，食糧農具以及一些雜物就放在我們旁邊那間房間裡。」一走出門，宋二郎就見她四處張望，遂耐心地給她解釋著。

羅雲初點了點頭，表示明白。

當一家三口來到上房時，宋母已經醒了。不出意料，宋家所有人都來到了上房，大哥宋宏威，大嫂方曉晨，三弟宋銘承，以及大哥的兩個孩子宋天孝、宋語微。

宋宏威長得也是一副老實樣，話不多，大多數時候都是沈默居多。大嫂方氏給人第一眼的感覺就是有點尖酸刻薄，不過羅雲初告訴自己，不可以貌取人，是好是壞，路遙知馬力，日後自見。而宋銘承則很單薄，或許是不常出門的關係，整個人顯得很瘦很白，不過也是禮數最周的一位，一開始和她視線相對就朝她微微一笑，點了點頭。

敬茶的過程很順利，宋母喝過她的茶後，在托盤上放了一個用紅布包著的東西，羅雲初沒看出來是什麼，不過她也沒過分在意，長者賜不可辭，回頭再看看是什麼就是了。倒是一旁看著的宋大嫂臉色微微一變，臉上的笑容也不自然了許多。

輪到給宋大嫂敬茶的時候，只見她接過茶，慢條斯理地喝了幾口，直到大哥暗中扯了扯她的袖子，她才不甘不願地從袖中拿出一對銀製的耳環放在托盤上，皮笑肉不笑地說道：「大嫂我呢，可沒有娘的家底豐厚，只有一對銀耳環拿得出手了。」

羅雲初假裝沒有看見他們交流那一幕。

這話說得眾人都皺眉不已。

「大嫂別說那麼見外的話，這對耳環款式很好呢，我很喜歡，謝謝大嫂了。」宋大嫂還待說什麼，卻見自家丈夫不悅地瞪著自己，這才閉上了嘴。

給眾人都敬了茶後，羅雲初才拿出三個一樣款式、一樣大小的銀製長命鎖，給三個孩子戴上。

眾人見她沒有厚此薄彼，都善意地笑了笑。

「好了，茶也喝了，老二一家子留下，你們該忙啥就忙啥去吧。」宋母將他們都打發出去了。

宋大嫂不甘願地站了起來，臨走前還瞄了兩眼那紅布包的東西。

回到房裡，宋大嫂驢拉磨般直打轉，嘴裡唸唸有詞。「欸，死鬼，你說娘給二弟妹的見面禮是啥子呢？」

宋大郎不理她，逕自將身上八成新的衣裳脫了下來，換上打了補丁的破舊外衣。

「我瞧那形狀就像以前我見過一次的金步搖。」宋大嫂想想，覺得很有可能，頓時肉痛又嫉妒地說道：「娘也真捨得，那金步搖少說也有一兩重！是她壓箱底的寶貝，以前我想借來戴兩天她都不給，真是偏心眼！」

宋大郎瞥了她一眼，借給妳？借給妳的東西，妳有還回去過嗎？

「欸，和你說話呢，你倒是應我一下啊。」久等不到回應的宋大嫂不爽地朝自己冤家發起火來。

「妳就知足吧，以前娘也給了妳不少東西。況且妳剛才送了那對銀耳環，弟妹不是送回兩只長命鎖給天孝他們了？」對於自家婆娘的斤斤計較，宋大郎也很無奈。

宋大嫂想想也是，臉色才稍霽，不過一想到那金步搖，她心裡還是不痛快。

話說上房這邊，宋母抱著小飯糰，親了親，問道：「飯糰昨晚睡得好嗎？」

飯糰歪著腦袋想了想，道：「嗯，很好，床香香。」

羅雲初心裡納悶，以她所見，宋母是疼孫子的，那怎麼會讓他被他第二個娘虐待那麼久而不得知呢？

羅雲初不知道，宋母最疼的孫子不是飯糰，而是大兒子家的兩個娃娃，若不是發生了李氏那件事，恐怕她現在仍沒注意到這第三個孫子呢。

宋母問宋二郎。「二郎，今天有什麼安排？」

「吃過早飯我想拿家裡囤的幾張皮毛去鎮上賣。」宋二郎抓了抓頭笑著回道。

「鎮上，白麵饅頭！」飯糰一聽到鎮上兩個字，就想起他的白麵饅頭。

宋二郎一聽兒子的話，差點沒暈過去。

而羅雲初的一張笑臉也僵住了。該死的，她恨白麵饅頭！果然白麵饅頭什麼的，最討厭了。

宋母疑惑。「什麼白麵饅頭？」

宋二郎生怕兒子再語出瘋狂，忙道：「飯糰早上得知兒子要到鎮上，就嚷著要吃白麵饅頭，估計是想念得緊了吧。」然後他一把抱住兒子，捂住他的嘴，笑著說道：「娘，天色不早了，我也得出去準備準備了，從家裡到鎮上要一個時辰呢。」

「嗯，去吧。」宋母想了想，也不明白他們是怎麼回事，索性也就丟開了手。

回到自己房前，宋二郎將兒子放了下來，決定和他認真溝通一下。「飯糰，想吃白麵饅頭，就和爹娘說，不准在外面和別人亂說，要不，不給你買。」

飯糰歪著頭想了想，奶聲奶氣地說道：「不准在外面說，只能和爹娘說，飯糰聽懂了。」

「嗯，飯糰好聰明。」羅雲初摟著他的小身子，誇道。

宋二郎打發飯糰跟著天孝去玩了，這才攜著羅雲初，進到西廂的房間裡。

羅雲初看到他將房門關緊，有點不明所以，她望向窗外，青天白日的，想幹點什麼現在也太早了點，白日宣淫不太好吧？

「媳婦，妳過來，給妳看好東西。」關好了門，宋二郎就朝床鋪走去，還不忘回頭招呼一下羅雲初。

果然，羅雲初慢吞吞地挪步過去，心裡則在思索著怎麼拒絕才不傷和氣。

宋二郎也不理她，從床底挖出一個精緻的木盒子，朝她招了招手，笑道：「媳婦，過來。」

羅雲初這才心道，自己誤會他了。想起剛才她那非常不純潔的想法，她的臉就一陣發燙，熱氣猛往上冒。

宋二郎看著自家媳婦臉紅紅的樣子，不明所以。他一把拉過她，摸了摸她的額頭，焦急地問道：「媳婦，妳咋啦，發騷了？」宋二郎一時口齒不清，騷和燒講起來竟是一樣的發音。

羅雲初當下腹誹，你才發騷，你全家都發騷！

「沒事，突然關了門，我覺得有點悶而已。嗯，你叫我進來就是讓我看這個木盒子啊？」

宋二郎見她確實不像發燒的樣子，放下心來，點了點頭。

羅雲初垮下臉，誤會大了，她進門的時候怎麼會有這麼淫蕩的想法呢？嗚嗚，都怪他，都是他誤導自己的，人家一直都是粉純潔的說。

「媳婦，這些都是咱的家底了。」宋二郎將盒子塞到羅雲初手裡。「以後就交給妳收著。」

工資全交給老婆收著，嗯，算是好男銀一枚。

「你真要交給我保管啊？」她該不會走了狗屎運了吧，隨隨便便就嫁了個三手好男人？

「是啊。」宋二郎不好意思地抓抓頭，靦覥地笑道：「我這人老忘東忘西的，管不了這等細緻的東西，以後就由媳婦妳管著吧，我放心。」

羅雲初心中一暖，從此舉可以看出，眼前這男人是真心想和自己好好過日子的。於是她柔柔笑道：「嗯，我打開瞧瞧。」

宋二郎滿臉期待地看著她。

這個盒子很精緻，外面一層棕櫚色偏黑，拿在手上很有質感。她看了宋二郎一眼，見他笑著點了點頭，方打開那盒子。只見盒子裡分左右兩格，左邊放著一些碎銀子，估摸著有十三、四兩的樣子。右邊則放了一些銅板，兩吊外加一些零散的。

羅雲初瞇著眼快速地在心裡盤算著，按照此時的物價，一兩銀子大約可以購買大米兩石，換算起來將近一百九十公斤的大米，現代售價一公斤差不多三十元，那麼如今她手裡這些大約也有七萬多元。

「娘婦兒，怎麼樣？」宋二郎猶如一個正等著表揚的孩子。

「唔，很好，想不到相公你也頗有家底嘛。」羅雲初打趣他。對於一個面朝黃土背朝天的農民來說，這點錢已算是小有家底的了。

得到肯定，宋二郎很高興，傻乎乎地笑道：「哪裡哪裡。」

「對了，媳婦，妳以後就叫我二郎吧，相公兩個字我聽著渾身彆扭。」

「好的，二郎。」羅雲初從善如流，其實她也不習慣那個文謅謅的稱呼。

「二郎，你拿著。」羅雲初將手上的盒子遞給他，然後在他疑惑的視線中，將自己的家私翻了翻，拿出她一直收著的二兩碎銀子放進盒子中。

「媳婦——」宋二郎一臉動容地看著她。

「這是咱們共同的家底，咱們存著，以後蓋個新房子或留給飯糰討媳婦都成。呵呵，可不許嫌少喔。」

宋二郎猛的搖了搖頭，他握著羅雲初的手，認真地道：「媳婦，我會認真工作，努力賺錢，不會讓妳和孩子吃苦的。」

「嗯，我相信你。」羅雲初笑著答道。

接著兩人又聊了會兒，通過這次聊天，羅雲初得知了宋家大體的情況。

宋家總共有兩畝水田、三畝沙地、五畝坡地，山地是自家開墾的，約有十畝。水田主要種植稻穀小麥，沙地主要種植番薯、玉米、黃豆等，山地、坡地則種木薯，雖然山地亦能種植黃豆、花生，但畢竟產量比不上沙地。

這些地無論種類一共二十畝，若是分了家，一家約能分到近七畝左右。除去水田產量高點較值錢外，其餘的沙地、坡地、山地之類的，真的很雞肋。這些年老天賞臉，年成好，交了稅後宋家才略有盈餘，若遇到光景不好的，恐怕一家子溫飽都難以為繼。

兩人說了會兒話，宋二郎看了一眼天色，就匆忙收拾了那些皮毛，趕著去鎮上了。羅雲初見他早飯也不吃就要出門，忙拿了兩個昨晚放在桌上的窩窩頭塞給他，讓他路上吃。怕他在路上渴了隨便喝溪邊的水，又從井裡勺了些水上來，給他裝上，這才放他出門了。

羅雲初剛才裝水時，發現宋家都習慣喝井水。孩子的胃弱，喝多了生水容易鬧肚子，她尋思著要燒點開水，放進水壺裡備用。

農村人沒那麼金貴，儘管她是新婦，現在正是農閒的時候，地裡的活兒也不用她去做，但不代表她就能閒著，雖然她要躲幾天懶，也沒人會當面指責什麼，但背地裡就難說了。所以在送走宋二郎後，羅雲初打算去廚房吃點東西，然後將屋子裡的桌椅給洗一洗、擦一擦。昨天宴了客，肯定髒了，大嫂和婆婆現在還抽不出時間來整理吧。

想到就做，羅雲初換了一套比較耐髒的衣裳，然後來到緊挨著東廂的廚房。

「天孝、語微，快點兒吃。」宋大嫂刻意壓低了聲音，慈愛地看著自己的兩個孩子。

這話剛說完，宋大嫂就瞧見羅雲初站在廚房門口，她臉上的笑僵了僵，看著羅雲初乾笑著。「呵呵，弟妹，吃早飯啊。」

羅雲初自然看見了兩個孩子碗裡幾塊小塊的東坡肉、雞肉之類的，她嘴角一抽，一大早的，給孩子吃那麼油膩，也不怕他們拉肚子啊？

宋大嫂乾巴巴地解釋著。「弟妹啊，這個，昨晚宴客後還剩下點兒肉，我瞧著這天氣估計沒法留到中午了，就自己作主給孩子吃了。可憐的孩子，都有近半個月沒碰過葷腥了，身板瘦小瘦小的，讓我看著心疼啊，想著這肉壞了也可惜，給孩子補一點兒是一點，弟妹不會介意吧？」

見羅雲初搖了搖頭，宋大嫂鬆了口氣。

宋天孝身子瘦?!那飯糰不是更瘦弱？怎麼沒見她招呼飯糰一起吃？可見宋大嫂明顯只顧著讓她的孩子吃獨食。說到飯糰，羅雲初沒見著人便問了一句。「天孝、語微，剛才飯糰不是和你們玩的嗎，他現在人在哪兒呢？」

「嬸嬸，飯糰在咱們家旁邊的大胖家玩得正起勁呢。我們回來時他還不樂意回來，一會兒我給他帶個窩窩頭去。」宋天孝乖巧答道。

「哦。」聽到這個回答，羅雲初略微放下了心。

復又瞅了一眼他們碗中的菜，心裡盤算了一下。宴會剩下的菜，都是別人吃剩的，她還怕有什麼不乾淨的病菌呢，怎麼願意吃？她再次看了一眼那明顯是別人吃剩的菜，猶豫著要不要提醒一下宋大嫂。

「大嫂，一大早讓孩子吃那麼油膩，不太好吧？」點到為止，宋大嫂不聽她也沒法了。她不可能將病菌什麼的理由抬出來的，一說出來不將周圍的鄰居得罪死啊，她才沒那麼二（注）呢。

宋大嫂以為羅雲初心裡有什麼其他的想法，嘴上一套，心裡一套，對她的好意完全曲解了。她擺了擺手，不以為然地說道：「這沒什麼，我剛才都給他們熱過了。」

見她說不聽，羅雲初也不管了，反正又不一定會出事。從鍋裡舀了一碗玉米粥，就著廚房的小桌子，她慢悠悠地吃了起來。

羅雲初挾了一塊蘿蔔乾，嚼了兩下，嚥了下去，心裡暗道，呸呸呸，怎麼那麼難吃？又乾又老又韌，要不是她牙口好，恐怕都吃不動呢，這醃蘿蔔的手藝比起她前世鄉下的姥姥差遠了。想起姥姥醃的又脆又爽口的蘿蔔乾，她嚥了嚥口水，心裡下了一個決定，為了挽救這些被糟蹋的蘿蔔，以後得自己動手來醃製才行。

什麼事一有了比對，好的顯得更好，差的顯得更差了，羅雲初索性不吃那蘿蔔乾了，就著玉米粥喝了起來。這玉米粥，說是粥，其實一碗粥裡幾顆大米數都數得出來，幾乎可以說全是碾碎了的玉米，羅雲初嘆了口氣，她都好久沒吃過一碗真真正正的白米飯了，這些飯不是和番薯煮就是和芋頭煮。沒出嫁前，每頓飯都是這樣，二兩米卻放了一、兩斤的雜糧。

羅雲初苦笑，她在現代時還折騰著減什麼肥，吃什麼雜糧餐，到這古代來走一遭，就是一百公斤的胖子也能減到五十公斤。

注：沒那麼二，意思是沒那麼差勁、沒那麼遜。

第五章　菊花與仙人掌

羅雲初吃了早飯，和宋母、宋大嫂一道將昨天用過的桌椅抬到院子裡清洗起來，邊忙邊嘮叨一下家常，氣氛倒也頗為融洽，婆媳妯娌間也漸漸熟悉起來。

「嗚嗚嗚，娘、奶奶，妳們快去啊，大哥、飯糰、大胖和村尾的二狗子打起來了。」宋語微小朋友邊跑邊哭，或許跑得太急，一個踉蹌，撲倒在地上了。

「什麼?!」宋大嫂一聽兒子和別人打起來了，立即站了起來，抹布掉了也顧不得撿，就往大門疾步而去。經過女兒身旁時，她看也不看一眼。

羅雲初和宋母跟在後面，雖然她也很擔心飯糰兩兄弟，但看著倒在地上的宋語微，只見她眼睜睜地看著宋大嫂背影，不哭了，倔強地抿著嘴。

宋母把她抱起來，嘆了口氣道：「夭壽喔。」

「娘，您年紀大了，還是我來抱吧。」對宋大嫂的重男輕女，羅雲初也很無語，不過她膝下一男一女，著緊點兒子也是可以理解的。

宋母點了點頭，就讓雲初將孩子接過去。「咱們走快點，趕緊去看看。」

當羅雲初她們趕到大胖家時，正看到宋大嫂和一個年近三十的婦人在門面吵得起勁，周圍的鄰居都聚在一起了。而大胖的娘，也就是趙大山的媳婦正摟著大胖一臉心肝肉地叫。

天孝則被宋大嫂護在身後，飯糰則一個人坐在髒兮兮的地上揉眼睛，臉上還掛著淚痕，想來是哭了許久了。

羅雲初將宋語微交給宋母，自己則將飯糰抱了起來。

「娘，嗚嗚嗚，二狗子打我！他推了我一把，好用力好用力。」小包子一上來就告狀，眼淚啪嗒啪嗒地往下掉。

「莫哭莫哭。」羅雲初用袖子給他擦了擦臉。

有人心疼，飯糰小包子哭得更起勁了。

「你們家三個孩子欺負我家二狗子，還有理了?!」二狗子的娘——風二娘梗著脖子和宋大嫂及趙家嫂子對罵著。

「是妳家孩子先動的手，瞧瞧，我兒子的手被他咬了一圈，都腫起來了。」宋大嫂捏著宋天孝的手，捋起他的袖子讓眾人看。

「就算是我兒子咬了，你們家的孩子也不能把他推到仙人掌堆裡啊，沒瞧他屁眼周圍都滿是刺?!還流血了。」提起兒子遭的罪，風二娘也是一臉心疼，對幾個孩子更恨之入骨。

在她身後，果然看到一個約莫九、十歲大的孩子，一臉菜色地站在那兒。聽到他娘將他的醜事抖了出來，他的臉頓時紅了，瞪向大胖、天孝幾個孩子的眼睛更狠了。

「哼，風家的，妳一貫會顛倒是非。比起狠毒來，誰家的孩子能越過妳家二狗子？瞧瞧我們大胖，大腿內側有個明顯的腳印，要不是他見機躲得快，恐怕這會兒他的命根子就報廢了。」說起這個，趙家嫂子就是一陣後怕。

圍觀的眾人一看，果然如此。讓人斷子絕孫這種陰毒事，都招人恨的，於是不管孰是孰非，眾人紛紛譴責起二狗子來。

「風家的，二狗子這樣的品性不得啊，妳得拎回家教育教育啊。」

「就是就是，斷人子孫的事怎麼能做呢？小小年紀這麼狠心，長大了還了得？」

「不行，我得叫我家大娃離二狗子遠點才行。」

眾人毫不避人的討論，聽在風二娘耳中頓覺得刺心無比。這些人也太偏心眼了吧，打架這種事，一個巴掌拍不響，為什麼四個孩子吵架，就她家的娃兒得接受眾人的譴責？

風二娘的眼神游移，當然瞧見了羅雲初這對新出爐母子的互動，心裡一股邪火直起。柿子挑軟的捏，吵不過那兩個有人脈的潑婦悍婦，她還拿捏不住一個新婦人？剛從大姑娘變成媳婦兒，一般這樣的人臉皮都薄，即便被她說得狠了，也不敢扯開嗓子和她對掐的。

「喲，才進門第一天就叫上娘了，果然是有娘生沒爺教的野孩子！」風二娘對這種有奶便是娘的孩子頗為不齒。

見她轉移目標，周圍的眾人也都安靜下來，紛紛拿眼瞧羅雲初，想看看她是怎麼處理的。槍打出頭鳥的道理誰都明白，因此誰也不會在此時出頭的，這風二娘在村裡是有名的潑婦，誰惹上都挺麻煩的，他們犯不著為了一個沒啥交情的新媳婦得罪她。

宋大嫂見她將炮口轉向羅雲初，幸災樂禍地看了羅雲初一眼，便裝作檢查兒子，一陣忙碌的模樣，就是宋母要站出來，也被她拉住了。

宋母沈著臉看了宋大嫂一眼，再看了一眼抱著飯糰的羅雲初，閉了閉眼，終是沒有站出來。這是第一戰，以後二媳婦可能遇到的挑釁和爭鬥更多，自己也不可能護著她一輩子，她得快速成長起來獨當一面才行。自己得看看她的手段，如果不行，做婆婆的也不會讓她吃虧便是。

小孩子都是敏感的，懵懂不代表他們無知，他們最能從大人的態度神色中判斷好壞善惡。風二娘的話，飯糰聽不懂，但他知道肯定不是什麼好話，於是他停止了哭泣，緊抿著嘴瞪著她，不說話。

羅雲初拍拍他的小背脊，等飯糰小包子將小臉蛋埋在她胸口後，她才微微一笑。「風二娘，請妳說話放尊重點，我家孩子怎麼樣不用妳來教訓，妳要是得空的話，還是多管教管教妳家二狗子吧，省得以後長大了禍害鄰里。」

「喲，瞧瞧，剛嫁進咱們村子就橫起來了啊？哼哼，怪不得呢，有什麼樣的父母就有什麼樣的兒子，小小的孩子也知道以多欺少欺負人了！」風二娘被羅雲初的話氣得一個倒仰兒，二狗子是她的么兒，她對他指望大著呢，豈容別人這般詛咒?!

「哼，我家飯糰才兩歲多，妳家二狗子九歲了吧？我家飯糰不懂事，妳家二狗子也不懂事？淨和一個奶娃娃計較了？」她不出聲就當她是麵團，任人揉捏？

「妳……」潑辣的風二娘再次被人堵得啞口無言。

「風二娘，如果沒什麼事的話，我就回去了，飯糰不知道被哪個殺千刀的推了一把，小屁股都瘀青了。」她這招暗諷把風二娘說得臉上一陣青一陣白的，羅雲初也不管她，將飯糰抱著，站了起來，臨走前，她對風二娘說道：「對了，風二娘，如果妳覺得是飯糰不對，打了二狗子，咱們可以隨時上里正那裡評理去。」

評理？評個鬼理，周圍的人明顯都站在他們那邊，她去評理不是自取其辱是什麼？

風二娘不甘心地看著羅雲初的背影，叫道：「宋二郎家的，妳這般待我，我不介意。我叫住妳只為提醒妳一句，妳可別以為妳懷中的孩子是塊寶，他呀，就是個掃把星白眼狼，一出生就剋死了親娘，又把第二任繼母剋走了。想想吧，妳待他那麼好，到最後莫不要被他剋著了才好。」說到最後，她話裡話外那股幸災樂禍的意味傻子都能聽得出來。

「謝謝妳的關心，不過我不需要，妳有空還是多多擔心妳家二狗子吧。這樣下去，不會有好下場的。」羅雲初頓了頓腳步，頭也不回地說道，說完就繼續往家門走去。她是新婦，只能點到為止。

這話可氣得風二娘銀牙咬碎，握著拳頭，憤怒地瞪著她的背影，彷彿要將她瞪出個窟窿來。想不到她也有看走眼的時候，本以為是個軟柿子，卻沒承想是比那兩個潑婦還厲害的硬茬兒，說話溫溫柔柔的，但渾身是刺啊。

「這宋二郎家的，人長得柔順，想不到嘴巴如此厲害啊。」

「是個不好惹的。」

「看人果然不能看表面，能將風二娘氣成這樣的人，不是個麵團人物啊。我得回家提醒一下我家婆娘，別得罪她才成。」

「嗚嗚，痛痛……」小飯糰趴在床上，撅著小屁屁。

「乖啊，娘幫你呼呼，一會兒就不痛了。」羅雲初倒了點從宋母那兒拿的芝麻油，塗抹上去後輕輕揉一揉，並給他吹了吹。

飯糰被那二狗子狠推了一把，屁股朝下，摔得狠了，都瘀青了，也腫了。

「嗯。」飯糰抽抽噎噎的，沒一會兒就趴在床上睡著了。

羅雲初用扇子給他輕輕搧了一會兒風，等小屁屁上的芝麻油乾了，拿起一件薄被給他蓋上。才回頭，就看到自家大嫂在房門外探頭探腦。

羅雲初笑了笑道：「大嫂，妳這是做什麼？」人性自私，都是自掃門前雪，各自的仗靠自個兒打，宋大嫂不幫她說話，她沒什麼可置喙的。

「飯糰沒事了吧？」宋大嫂不住地拿眼打量羅雲初，剛才那事她算是看明白了，她這弟妹也不是個善茬。

「給他上了點藥，好多了。」羅雲初搖搖頭。

「都是二狗子那殺千刀的，這麼小的孩子他也能下得去手！」宋大嫂一臉憤憤。

「呵呵，不說這個了。對了大嫂，妳過來找我有什麼事嗎？」

「呵呵，是這樣的，剛才看妳在娘那兒拿了瓶芝麻油給飯糰治傷，知道妳是個行家。就想問問妳有沒有偏方能給天孝止痛消腫的？他手被二狗子那小犢子咬了，又紅又腫，真真心疼死我了。」

羅雲初知道她說的是客氣話，以她那種緊張兒子的性子，不把兒子照顧妥當了，能離得開他？於是她臉上笑道：「大嫂妳說客氣話呢，要說生活經驗治病偏方的，我哪裡及得上妳啊。聽說天孝、語微從小到大沒請過郎中，都是妳一手治好的。」

被奉承了一句，宋大嫂心裡很滿意，臉上的笑容也更濃了。「弟妹妳說的是哪裡話，我只不過憑著比妳癡長幾歲，懂得多點罷了。等妳到了我這年紀，估計做得比我還好。」

見羅雲初對自己的態度沒什麼不對，宋大嫂放下了提著的心，笑道：「喲，這都快午時了，妳大哥快回來了，我得去整治飯菜才行。」

午時？快十一點了？羅雲初真的很佩服這些古人，只瞄一眼天上的太陽月亮就知道現在是幾點幾刻，真比鐘錶還靈。

「大嫂，我去幫妳打下手吧，妳可不能藏私喔。」羅雲初不認為此時自己能躲懶。

「好嘞，今天做個豆腐韭菜，再加個嗆炒豆角，孩子們可愛吃了，每次做這個菜，他們都能多吃半碗。」

羅雲初和宋大嫂都是手腳麻利之人，沒多久，飯菜都做好了。宋大郎從地裡回來了，宋大嫂忙從井裡打上半桶水伺候他洗乾淨手腳，又換上乾淨的衣服，這才罷了。

羅雲初也回房裡，將飯糰叫醒，省得他睡過頭，醒後沒飯吃。飯糰被叫醒，小手揉揉眼睛，揉揉鼻子，任羅雲初將他抱起來，雙手摟著她的脖子，將頭埋在她的頸項，蹭了蹭。

「怎麼了？」摸摸他的腦袋，羅雲初輕問。這孩子脾氣挺好的，見慣了二十一世紀的小霸王，連睡醒都帶著起床氣，飯糰起床的樣子著實讓人稀罕得緊。

「睏。」他立即打了個小哈欠。

拍拍他的頭，羅雲初笑道：「先去吃飯，吃了再睡，要不然菜菜都被你天孝哥和語微姊吃完了喔。」嘿嘿，這娃兒穿著開襠褲，手感不錯。

「唔，飯糰知道啦。」說了一會兒話，飯糰也精神了，摟緊羅雲初，撅了撅小屁股，大聲說道。

羅雲初和飯糰到的時候，宋母和宋銘承也已坐在位子上了，見了她都笑著點點頭。

「來了？坐下吃飯吧。」宋母笑了笑道。

她將飯糰放在她的左側座位，問清楚小傢伙是想吃糊糊還是地瓜飯後，給了他想要的。

「飯糰，娘餵你吧。」

孩子的模仿能力很強，他見哥哥姊姊都沒讓人餵，搖了搖頭，奶聲奶氣地說道：「不，我要自己吃。」

羅雲初見他堅定的小臉，笑了笑，給自己盛了一碗地瓜飯。

看著滿滿一碗的地瓜，不見半粒米飯，羅雲初臉色不變地吃下去，對宋天孝、宋語微兩個孩子碗裡的半碗子米飯視而不見。番薯能保護皮膚，延緩衰老，預防痔瘡，她權當吃營養餐了。

自己媳婦的行為讓宋大郎臉上很不好看，雖然他娘和弟弟、弟妹沒說什麼，但卻比給他甩臉色還讓他難看，他白了宋大嫂一眼，決定吃過飯後回房得說說她才行。

飯糰自己拿勺子慢慢吃了起來。手短，挾不到什麼菜，也不像別的孩子一樣嚷著要吃這個要吃那個，基本上是宋雲初挾什麼，他就吃什麼，乖巧得讓人心疼。

不過羅雲初都是挾豆腐給他，這東西有營養又好入口，比起摘得長長的豆角好吃多了。

吃過飯，一家子窩在正屋稍作休息，順便討論一下事情。

「今天仨孩子和那二狗子打架了？」宋銘承問道。

「嗯。」羅雲初點了點頭。

宋大嫂一臉氣憤地道：「可不是嘛，那二狗子還把天孝兄弟兩人都打傷呢。瞧瞧天孝手背上那個牙齒印，那傢伙就是屬狗的！」

「二狗子不是什麼好東西，以後少讓孩子們跟他湊一塊兒。」宋大郎皺著眉頭說道。

「知道了，以後讓孩子們離他遠遠的。」宋大嫂點點頭。

「大哥、大嫂、二嫂，每天下午申時這段時間，我給三個姪子、姪女啟蒙吧，天孝也七歲了，再拖下去就耽誤了。」宋銘承斟酌了片刻，說道。

宋大嫂大喜，她可指望著兒子以後有大出息的。「好好好，就這麼說定了。」

宋大郎橫了他家婆娘一眼，猶豫地道：「這樣恐怕不太好吧，耽擱了你的學習可怎麼辦？」

宋銘承微微一笑，蒼白的臉上多了點溫暖。「大哥，放心吧，我有分寸的，教他們這些東西正好也可以溫故而知新。」

「那就好。」聽到不會耽誤弟弟，宋大郎才放下心來。

羅雲初知道這只是他的藉口，他不想讓他們不安。教孩子啟蒙的書不過是一些《百家姓》和《三字經》，能溫什麼知什麼呢？所以羅雲初誠心地向他道了謝。「小叔，謝謝你。」

羅雲初不同於他大嫂的好脾性，讓宋銘承很高興，嘴上笑道：「一家人，客氣什麼？」

宋銘承今年十六歲，十四歲那年考了童試，於當年獲得了秀才資格，當時他們宋家可謂是風光無比。要不然以宋家二郎鰥夫的身價怎麼會遭人惦記？還不是沾他那秀才弟弟的光。

這些資訊，還是羅雲初訂親後陸續聽羅母說的。

穿來這裡也有些時日了，羅雲初知道她目前所在的國家名叫大雲國，皇帝姓元，年號永明。今年是永明三年，正是皇上勵精圖治之時。

初聞這個國號時，羅雲初納悶了好一陣子，中華上下五千年，她雖然不甚熟悉，但她的記憶中絲毫沒有大雲國的存在，一點熟悉感都沒有。架空就架空吧，反正以她那白癡的歷史知識，連皇帝是誰都記不清，就算穿到中華上下五千年，她也不見得有什麼優勢。

吃過午飯，都各自回房了。羅雲初抱著飯糰回到西廂，讓他將平時玩的玩具拿出來玩。

飯糰聽到玩具，眼睛一亮，屁顛屁顛地從最左邊的抽屜裡拿出兩件東西，獻寶地拿給羅雲初看。「娘，這些都是飯糰的玩具喔，咱們一起玩啊。」滿眼撲閃撲閃期待地看著她。

她看了一眼，發現他的玩具還真少，就一個泥塑，還有一個木製的九連環。她尋思著得空了就給飯糰做些現代的玩具，飯糰如今快三歲了，像七色的套圈、動物玩具等都適合，而像積木等益智玩具，就等他長大點再說吧。

「好呀。」羅雲初欣然答應，將飯糰抱在腿上，兩人親暱地玩著九連環。時不時地，你蹭我一下，我蹭你一下，羅雲初更是偶爾捏捏他的耳朵，摸摸他的脖子，逗得他癢癢的，格格笑起來，清脆的聲音迴盪在房間裡，讓人心底暖暖的。

單純的喜悅讓飯糰的小臉紅撲撲的，眼睛也亮亮的，他的情緒很高昂。玩了近一個時辰，飯糰就犯睏了，小腦袋點啊點的，眼皮耷拉著，又被他用力睜開，沒一會兒又垂下來。

羅雲初看著他奮力抵抗睡意的可愛模樣，樂了。「飯糰，去睡個午覺吧。」

「不，還要玩。」飯糰搖晃著腦袋，不依，小手緊緊抓著雲初的手指，生怕一放手她就不見了般。

「飯糰乖，去睡吧，娘在房間裡做點針線。」她知道這孩子很缺乏安全感。

小傢伙艱難地點了點頭，羅雲初把他抱到床上，又給他蓋上了被子。這才從衣櫃裡挑了一些脫線的或破了洞的衣服出來，其中有宋二郎的，也有飯糰的。

當她將這些衣服放在桌子上，坐下來時，往床上看了一眼，只見小飯糰睜著大眼睛定定地看著她。羅雲初朝他笑了笑，他也回了個笑容，小小的，暖暖的。

羅雲初便不去管他，認真地將這些衣服縫補起來。其間飯糰又朝她所在的方向看了幾眼，見她不會離開，這才放心地閉上眼睡過去。

第六章 新婚夜

宋二郎回來時，飯糰已經睡醒了，他安靜地坐在椅子上看羅雲初做針線，時不時會好奇地問上兩句。羅雲初讓他去和哥哥姊姊玩，他搖了搖頭，不肯去。

宋二郎回來時是一臉喜色的，不單買了十個白麵饅頭，還割了一斤豬肉。

聽聞兒子挨欺負了，他憤怒地扔下東西，就想出門去風二娘家理論。

羅雲初忙拉住他。「飯糰塗了些芝麻油，已經沒事了。而且他們只是孩子打鬧，你一個大男人氣沖沖地去找人家，人家不說你小題大作啊。」

「那這事就這麼算了？」宋二郎不甘心，本來這事也不算嚴重，但看在對兒子心懷愧疚的老爹眼裡，就覺得是件大事了。

羅雲初緩緩說道：「二狗子被大胖推到仙人掌堆裡，被那些刺扎了一屁股，估計現在還不能坐呢。」潛在意思就是飯糰沒吃多少虧，二狗子也得到應得的報應了，就算了吧。

其實宋二郎真殺上風二娘家也不過是顯得他睚眥必報罷了，又不可能將二狗子往死裡揍，若這樣的話，說出去就是他沒理了。

被勸住的宋二郎氣悶地坐在那兒，羅雲初見他聽進去了，也不去管他。數了數白麵饅頭的數量，十個！在飯糰期待的眼光中，拿了一個給他。「喏，吃吧。」

飯糰拿到了心心念念想著的白麵饅頭，笑得可歡了，見他爹爹和娘都沒吃，忙拉了拉羅雲初的褲腳。「娘，吃。」

羅雲初低頭，看著他期待的樣子，低下頭，咬了一小口。

「娘，好好吃的，對不？」

羅雲初覺得一入口，麵粉就散散的，顯然麵粉的品質不是很好。嚼了嚼，淡而無味，沒有嚼勁也不香，唉。沒有她在現代吃的一半好吃，不過為了不傷孩子的心，她還是笑著點了點頭。

「爹吃。」

宋二郎也是咬了一小口，看著羅雲初嘆道：「想不到才一天，飯糰就和妳這麼親暱了。」隨即臉上露出憨厚的笑容，他是那種很傳統的男人，渴望母慈子孝，渴望家和萬事興。

「爹、娘，這白麵饅頭沒有昨晚我看到的兩個那麼白。」小飯糰一臉糾結地說道。

此話一出，兩個大人對視一眼，都微紅著臉轉過頭。兩人目光游移，都不正面回答飯糰的話，權當沒聽到了。

「媳婦，妳給我縫補衣服啊？」宋二郎這才注意到桌面上的衣物有一大半是他的，心裡暖暖的，眼底熱熱的，他終於也有媳婦幫忙縫補衣裳，不用麻煩老娘了。以前劉氏是個秀才的女兒，如珠如寶地養大，針線一般，但身體弱，每天就唸些或者寫些悲秋傷春的詩文，拿筆的時間都比拿針線的時間多。李氏則成天喜歡往外跑，愛和別人扯些東家長西家短的是非，要不就是和大嫂爭當家的大權，對他也是挺疏忽的。

被他灼熱的目光看得不自在，她低聲說道：「是啊，今天得空，我就翻了翻，把脫線的、破洞的拿出來補補。」

「呵呵，媳婦，妳真好。」

羅雲初被他如此直接的讚美羞得不好意思，推了推他。「快把這些豬肉拿去廚房給大嫂整治吧。」她手腳麻利地拿出三個饅頭，剩下六個讓他一道拿去給大嫂，讓她吃飯那會兒按人頭分一分。

十個自己這邊分到了四個，羅雲初可是一點都不愧疚，比起大嫂來，她覺得自己算好的了。況且多一個分出去的話，還不是進了大嫂的兜裡？如今一人一個也正好派分。這種饅頭她不愛吃，留著給飯糰做零嘴或者讓二郎早上去田裡的時候帶上墊肚子正好。

宋二郎也沒說什麼，拿了東西就往廚房走去。

晚飯的時候，因為加菜了，一家九口都吃得挺歡實的。吃飽後收拾妥當桌子，宋二郎從衣袖裡摸出一小包碎銀子。「娘，這是今天賣了皮毛後的所得，共有二兩四十文，我花了十八文買豬肉，八文買饅頭，剩下的全在這兒了，您收著吧，充作家裡的開支。」

宋母只拿了一半，將一半推向羅雲初，道：「如今你也是有媳婦的人了，錢就由她管著吧，回頭你來我房裡一下，我把平時你積攢在這裡的銀子交給你。當然，我會扣下一部分充作家裡的開支。你們做大哥、小弟的，沒有什麼不服吧？」宋母看了另外兩個兒子一眼。

宋大嫂一臉焦急。

「娘，您就幫我們拿著吧，家裡要用什麼儘管拿去用。而且過了年，銘承也要考鄉試了，用錢的地方多著呢，而且我和雲初也沒什麼用錢的地方，哪裡急就用在哪裡先吧。」宋二郎看了自家媳婦一眼，見她沒有反對的意思，心裡很高興。

「你們瞧見了吧，二郎都緊著你們，但咱卻不可這樣做。你們兄弟幾個，如今除了交到公中的錢，你們各自存在我這兒的銀子，成了親我都退回給你們，讓你們自個兒保管。老大當初是如此，老二也是如此，等老三成親了，我也是如此。」宋母不緊不慢地說道。

羅雲初此時對她的婆婆很有好感，處理公正，不偏心眼兒，而且最難得的是，還不貪財，這樣的婆婆真的很難找。

話說到這個地步，宋大嫂即便有什麼不滿，也不便在此時說了。

沒多久眾人便散了，宋二郎一家子被宋母留了下來，二郎跟著宋母進了裡屋，沒多久便出來了。

「飯糰，今晚和奶奶睡好不好？」宋母笑得一臉慈祥。

「我想和爹娘睡。」飯糰抱著羅雲初的大腿，不肯放開。

「飯糰是乖孩子，你想想，那張床才那麼點大，睡了你爹你娘，飯糰還要躺上去，你爹娘會很辛苦的，連翻個身都不行喔。飯糰是乖孩子，也不忍心爹娘睡得不舒服吧？」宋母循循善誘。「而且奶奶的床大，飯糰和奶奶睡上頭也不擠啊。」

飯糰點了點小腦袋瓜子，眼眶卻微微紅了。「飯糰真的很占地方嗎？」

眾人絕倒。

「那讓爹過去和奶奶睡吧，這樣就不擠了。」飯糰歪著腦袋想出了這麼個好主意。

除了飯糰本人之外，宋二郎等人要暈了。

「你爹和你娘不能分開睡啊。」

「為什麼嘛？」願望不能達成，小飯糰的臉都糾結成一團了。

「不為什麼，就是不能。」宋母板著臉道。

「那，飯糰睡地上好了。」既然他那麼占地方，那他不睡床上了，不就行了嗎？

飯糰一臉乞求地看著他奶奶，生怕他奶奶再說不。

如此黏人的孩子，宋母覺得頭好疼，但她仍得哄他。「飯糰，你今晚和奶奶睡，明天奶奶給你買你最愛吃的松仁糖好不好？」

飯糰猶豫了好久，才艱難地點下了頭。

眾人見目的達成，在心裡都鬆了口氣。

「娘，飯糰就跟您睡了，我們先走了。」宋二郎生怕兒子反悔，擁著媳婦就快速往門外走去。

飯糰看著沒入夜色中的爹娘，癟了癟嘴，眼看著就要拔腿衝出去了，宋母眼明手快地抱起他往房間走去。「飯糰，奶奶給你講故事啊。」

甫一進門，宋二郎就湊了上來，羅雲初推了推。「我們還沒洗澡呢。」

宋二郎聞言，深吸了口氣，道：「媳婦，我給妳提熱水去。」

沒一會兒，他抬進來一個大的木澡桶。「媳婦，等著，我這就去給妳提水來。」

沒多久，澡桶就七分滿了，趁他拿水桶出去那會兒，羅雲初快速地脫去衣服，泡了起來。

當她洗澡那會兒，宋二郎提了兩桶井水去家裡的公共浴室洗了起來。

縮在床上，羅雲初心裡既期待又緊張。嚴格說來，今晚才是她的洞房花燭夜。

「媳婦？」她耳畔傳來宋二郎低沈試探的叫喚。

「嗯。」她低低應了一聲。

「媳婦，我們，嗯？」宋二郎粗糙的手伸了過來，從羅雲初的腰際蜿蜒而上，察覺他媳婦沒穿肚兜，宋二郎硬得狠了，他狠狠抓住那對嫩白的大桃子。

硬長的凶器抵著她的腿，羅雲初的臉紅得可以滴出血來了。

宋二郎灼熱的氣息從耳際漸漸來到她的唇邊，感覺到她嫩唇的香甜，忍不住將唇貼了上去。

嘴對嘴封著，過了一會兒還是嘴對嘴封著，一點花式也沒有。

羅雲初訝異，有過兩任妻子的二郎接吻竟然還如此單純？她腦中回憶了一下以前看電視劇時那些濕吻舌吻的場面，她微微挪了一下嘴巴，在他不捨的追過來時，伸出舌頭舔了舔他性感的唇肉，並輾轉了幾個角度膠合著雙唇，再……用軟軟的舌頭，描摹著他豐厚的雙唇。

宋二郎在愣了一下後，有樣學樣，伸出粗大的舌頭，在她的嘴上輾轉，羅雲初嘗試著輕啟檀口，宋二郎得門而入後，羅雲初再次伸出舌尖勾引他。

宋二郎渾身一震，接著便開始追逐索求羅雲初的丁香小舌，強迫她與他嬉戲。

一時之間，滿室春光，旖旎無比。咿嗚咿嗚的一對新人沈浸在甜蜜的深吻裡，連窗外的月亮都羞得躲進了雲朵裡。

拉扯間，兩人的衣裳盡去，順著清冷的月光，入眼的是白皙的頸項，美好的弧度勾引著他產生一股啃噬的衝動。宋二郎嚥嚥口水，視線繼續下調，映入眼簾的美好風景不禁讓他呼吸一窒，只見下滑的被子覆在小人兒的腰側，她誘人的曲線，那兩塊軟滑白嫩的水蜜桃，勾得他的手愈加蠢蠢欲動起來。而他也確實這麼做了，他一把握住一方柔然，感覺這入手的細嫩，大手開始輕輕的揉搓，讓那傲然的紅梅綻放開來。

在他雄性氣息的包圍下，羅雲初身體痠軟，幾乎克制不住叫出聲來。這副身體雖然才十八歲，但裡面的靈魂卻是快三十了，對情慾雖不熟悉，卻有著渴望。在他打量自己的同時，她用眼睛的餘光瞄向他的下身，看得不真切，但感覺得出來是個大傢伙。

羅雲初的反應惹得宋二郎一頓，直到感覺那嬌嫩的紅桃挺立於他的掌心，他下腹一緊，手下更是開始大力的揉搓，甚至將那蜜桃捏擠成不同的形狀。

「嗯啊……」

她綿軟無力的聲音傳來，搔得宋二郎更加心癢難耐，他又覆上她的身體，用力將其壓在身下，大嘴猛的吻上那對嫩唇，吮吸啃咬。

可以說宋二郎的學習能力很強，才沒多久就懂得用這招主動進攻了。

羅雲初的玉臂圈住他的脖子，伸出小舌與大舌勾纏，惹來他更加狂猛的吮吸舔弄，絲毫不給她合唇的機會，來不及吞嚥的唾液順著她嘴角慢慢的流下，直至脖頸。

宋二郎順著那條銀河向下吻舔，大嘴來到她敏感的脖頸，放肆的啃咬吮食，一個個紅印在白嫩的膚上綻開，大手再度覆上她的蜜桃，大力的揉搓。「媳婦，妳的桃子真好摸。」

聽著他粗喘著的讚美，惹來了她貓叫般的呻吟，身體火熱極了。下身泌出的玉露讓她不安地扭動著身體，豈知這舉動完全是惹火燒身。

他略帶薄繭的大掌，爬上那曲線性感的臀，使勁的捏了兩把那豐嫩的臀肉，讓自己置身於她的兩腿之間，將自己的亢奮抵在那私密的丘地上，來回的摩擦。

察覺到頂端的濕潤，他深吸了口氣，兩手將她的雙腿抬起，用力一送。

「啊！痛。」羅雲初因疼痛而曲腿，勾住了他的腰身，反而使宋二郎更加的深入，她劇烈的收縮，希望將入侵的異物排擠出去。

看著她眉頭緊皺的樣子，宋二郎一陣心疼，但箭在弦上，他只好忍耐著等她的疼痛過去，不斷地撫摸她，希望能讓她得到適當的緩解。

他的後腰被她緊緊圈住，兩條大腿內側的白嫩不斷摩擦著他的腰側。他感覺她鬆懈了幾許，便開始毫不留情聳動起來。看著自己的凶器在她身體裡進進出出，翻帶出些許嫩肉和血液，他只覺得一陣電流直擊後腦，亢奮的凶器又脹大了幾分。

疼痛過去，她只覺得自己渾身酥軟，火熱無比。宋二郎騎在她身上，狠狠地填滿了她。兩條白嫩的腿圈著他結實精悍的腰身，感受濡濕的幽澗被他的巨大摩擦撞擊著，一陣說不出來的快慰，從交接處蔓延開來，她壓抑地低叫著。

宋二郎從小生活在農村，家裡外面的活兒一般都是他幹，早就練就了一身的好耐力，尤其在這房事上，不整個半個時辰他是不會過癮的。

不知做了多久，不知做了幾次，只知道她最後實在不行了，暈了過去才完事，當時耳畔似乎已傳來了雞鳴聲。

吃飽喝足的宋二郎滿意地摟著暈過去的媳婦，閉上了眼睛。

「娘、娘，起床啦，太陽曬屁股了。」

天剛濛濛亮，小傢伙就等不及了，一大早就鬧著要起床，宋母鬧不過他，只得起床給他穿好了衣服。

「這小兔崽子！」被拍門聲吵醒的宋二郎一臉鬱悶地起身穿衣。

羅雲初也醒了，不小心瞄到他雙腿間那半甦醒的大傢伙，想起昨晚的瘋狂，臉微微一紅。

「娘，開門，爹，開門啊，讓飯糰進去！」小傢伙依然在門外叫嚷著。

「等一下啊。」宋二郎朝門外吼了一聲，等媳婦穿妥了衣裳才去開門。

讓飯糰溜進來後，宋二郎笑道：「媳婦，我去給妳打盆水來。」說完就往外走去。

開了門，飯糰撒歡子般鑽了進來，見羅雲初還在床上，他搖搖晃晃地邁動著小短腿跑到了床邊。他想爬上去和她膩在一起，可惜他現在人小腿短的，怎麼著也爬不上那高高的炕床，試了幾回都不行，小臉皺成一團，委屈地看著羅雲初。

羅雲初忍著笑，伸出雙手叉過他的胳膊，將他抱了上來，讓他坐穩床沿後，再幫他把鞋子脫掉。

脫了鞋後，小飯糰就歡呼一聲，撲倒在羅雲初懷裡，頭朝她的豐滿處拱了拱。羅雲初忍著身體的疲疼和他玩鬧了一陣，哈他的癢，讓他樂不可支，格格的笑聲歡快極了！一點也不害羞靦覥。

「娘，你們的床好大喔。爹睡那兒，娘睡這兒，飯糰睡最裡邊，飯糰那麼小，完全夠睡啦。」飯糰小包子原來一直都惦記著昨晚說他占地方的事，如今上了床，他就比劃開了。

羅雲初很尷尬……

「娘，今晚我和你們一起睡覺覺好不好嘛？」小飯糰抱著羅雲初的手臂，蹭蹭，撒嬌。

「這個……」一對上飯糰的星星眼，羅雲初就敵不住，不過還真不是她能決定的。「問你爹去吧。」

沒一會兒，宋二郎就回來了，捧著一盆清水。「媳婦，水打來嘞，妳用吧。」

「爹，今晚飯糰跟你們睡好不？」飯糰滑下炕，抱著他爹的大腿，仰著頭奶聲奶氣地問道。

燙手山芋終於丟開了，羅雲初抹了抹汗，差點兒招架不住了。

宋二郎低頭看了一眼懵懂無知的兒子，求救。「媳婦——」聲音拉得低低長長的，求救的意味很深重。

羅雲初假裝沒聽見，直接忽略過去。

見自家媳婦沒理會自己，絲毫沒有伸出援手的意思，宋二郎直接逃跑。「媳婦，我去弄田了。」

「等下。」羅雲初叫住他，把昨晚留下的白麵饅頭拿出一個給他。「拿著。」又把飯糰招過來，給了他一個，樂得他笑瞇了眼，也不再糾纏剛才的問題了。

「媳婦，這些留給妳和飯糰吃吧，我去廚房拿個饃隨便對付過去就成。」好東西要留給媳婦娃子。

「讓你拿你就拿，囉嗦什麼？」羅雲初嗔道，廚房那饃還沒蒸好吧。

「呵呵。」被嗔了，宋二郎傻笑，接過饅頭，咬了一口，覺得比以前吃過的都香。他口齒不清地道：「媳婦，我走了。」

待她和飯糰洗漱罷，羅雲初就牽著他慢慢往廚房走去。

看到羅雲初牽著飯糰過來，宋大嫂酸酸地說道：「二郎就是貼心，一大早起來就給弟妹打水洗漱，真是讓人羨慕得緊啊。」

羅雲初站在那兒抿著嘴，不答。

這話明著說宋二郎體貼，暗地裡的意思不就是指責她嫁進宋家後就益發嬌貴起來嗎？

果然，一旁的宋母聽了，也皺了皺眉，眼睛淡淡地瞥了她一眼。

這讓本來心情很好的羅雲初突然間像吃了一隻死蒼蠅似的。自己夫君對自己好，關別人什麼事呀，她們真是莫名其妙。

羅雲初很想回一句干卿底事的，但想到這是古代，長嫂如母，如果她這話出口了，宋大嫂第一個饒不了她，她想好好過日子，也不想宋二郎回來知道後難做，所以她忍！

其實也難怪宋大嫂了，瞧見羅雲初明顯經過雨露滋潤變得益發嬌豔的容貌，比對昨晚她受到的冷遇，怎不讓她憋悶難受？

她昨晚只不過是略提了下宋母給宋二郎銀子的事，宋大郎就朝她低吼開了。說她小氣猜忌，又提了中午吃飯的事，還說不准她再給天孝、語微開小灶，要和大家一起吃，家裡人吃什麼他們就吃什麼。這話堵得她心裡難受，她這般斤斤計較是為了啥，還不是為了他們這個小家，可宋大郎倒頭就睡，根本就不管她的辯解。

這讓她昨晚一晚都沒睡好，今早和羅雲初兩相一比對，她的心情好得起來才怪。

「老二家的，妳去西廂後院摘點菜回來吧。」宋母知道這會兒二郎剛新婚，兩人膩乎著呢，她現在可不想太為難二媳婦，適時敲打敲打就行了。唉，她這做婆婆的也難，總怕兒子對媳婦太好，心眼偏向媳婦。做母親的都不希望兒子被他媳婦吃得死死的，傳宗接代是一回事，但對媳婦言聽計從又是另一回事了。

「哦。」羅雲初應了一聲，放開飯糰的手。「飯糰乖，在這兒和奶奶玩吧，娘去摘點菜就回來。」

飯糰搖了搖頭。「同去同去。」聲音脆脆的。

「菜園裡蚊子多喔，會咬飯糰的。飯糰會痛痛。」

飯糰瑟縮了一下，還是搖了搖頭。「飯糰不怕啦。」

「飯糰，過來。」宋母威嚴地道，這孩子什麼時候變得這麼黏人了？

飯糰看了羅雲初一眼，她點點頭後，他才抿著嘴慢吞吞地挪動到了宋母身邊。

羅雲初笑笑，往西廂後面那個小門走去。東西廂房後面都有一片地，東廂那邊用來養雞，西廂這邊用來種菜。

第七章　回門

吃過晚飯，在宋二郎灼熱的目光下，羅雲初臉紅心跳地洗過澡。

「媳婦，咱們早些安置吧？」聞著她清爽的體味，宋二郎略微侷促地看著她，眼睛很亮，彷彿有團火在燒。

羅雲初尚來不及有什麼表示，門外就傳來「叩叩」的敲門聲。

兩人疑惑地對視了一眼，宋二郎就跑去開門，打開門一看，咦，沒人？

「爹，這裡啦。」飯糰見他沒看到自己，有點氣悶，噘著個嘴。

宋二郎低頭，果然看到一隻不到胯部高的小人兒，只見他人小力微，拖著一件布包著的小東西，若他沒看錯的話，貌似是他的專用枕頭？

「飯糰，你這是幹麼？」宋二郎皺著眉，千萬不要是他想的那樣。

「爹，今晚飯糰和你們睡好不好？奶奶睡覺會打呼嚕，吵得飯糰睡不著覺！」飯糰皺著臉，可憐兮兮地說道。

「飯糰乖啊，昨晚不是和你說過了嗎？爹的床不夠大，只夠爹和娘躺在上面啦。」宋二郎試著和兒子講道理。

羅雲初在房裡早就聽到爺兒倆的對話，本來還好奇這麼晚是誰來敲門的，瞄了一眼，見到是飯糰拖著家當來了，趕忙往裡一縮，決定讓他們爺兒倆對壘，自己則當作什麼都不知道了，啦啦啦。

「爹騙人！床明明很寬，加上飯糰還有空隙呢。」飯糰仰著頭，不滿地嘟囔著。「人家不管啦，就要和你們睡啦。」說完從他旁邊的空隙鑽了進去，可惜枕頭他橫著拖的，被卡住了。小飯糰只好停住前進的步伐，回頭，把它豎直，抱起來，一步三搖晃地準備往炕床走去。

「娘，飯糰來了。」看到坐在床沿的羅雲初，飯糰一喜，小短腿跑得更快了。

沒承想，卻被他老爹從背後撈了回去，宋二郎抱著他小小的身子，臉黑黑地低吼。「宋飯糰！」

飯糰沒察覺他家爹爹的怒氣，在他印象中，爹爹從不像之前的那個娘一樣大聲罵他打他的，所以他還以為他爹正在叫他呢，於是他吃力地抱著個大枕頭，一臉純潔地糾正他爹。

「爹，我不叫宋飯糰啦。」

宋二郎被他氣樂了。「那好，你不叫宋飯糰，那你叫啥？」

噗哧，送飯糰?!羅雲初笑倒在床上。

「我小名叫飯糰，大名叫宋天仁，爹，你忘啦？」爹連他的名字都忘了，飯糰覺得很委屈，一臉控訴地看著他。

此時，從遠而近傳來了陣沈重的腳步聲。

只見宋母踉蹌地小跑過來，來到宋二郎他們房前時，微喘了起來。「二郎，飯糰那孩子在不在你們這兒？」

「在呢。」宋二郎抱著兒子無奈地轉過頭。

宋母鬆了口氣，隨即抱怨道：「這孩子也真是的，我只不過是去洗漱，一轉眼回到房裡人就不見了。嚇得我趕緊過來瞧瞧。」

宋母來了，羅雲初不可能還待在裡面不動了，於是從屋裡走了出來。聽聞宋母的話，借著微弱的油燈光，看到她耳際的髮尾略濕。

「娘，累著您了。」宋二郎歉意地說道。

「說什麼呢，其實飯糰這孩子一直都挺乖巧的，最近才變得好動了些。」說完，她朝飯糰伸出手。「來，飯糰，跟奶奶回去睡覺，以後可不准一聲不吭地跑出來了啊，這樣會讓奶奶擔心的。」

「屋裡黑，飯糰怕。今晚跟娘睡，不回去了。」飯糰把頭搖得像撥浪鼓似的，軟軟糯糯地說道。

「飯糰跟奶奶睡不好嗎？」宋母想著怎麼把他好好哄回去。其實她也不愛帶孩子，而且她現在都四十有二了，老年人覺少又淺眠，帶著個孩子，往往每晚得起來一、兩次讓他小解，實在是太折騰了。但現在還不行，都說多子多孫多福氣，如果晚上她不帶著孩子，她兒子媳婦哪有機會那個啊，不那個她又哪來的孫子？

飯糰閉著嘴不說話，搖了搖頭，然後眼睛不住地往羅雲初身上瞅。

「算了娘，讓飯糰睡這兒吧，省得他一會兒回去哭，鬧得您睡不著覺。」羅雲初開口。

折騰了一天，宋母也累了，當下也不推辭。「也好，讓他跟你們睡一晚吧。我先回去了，累死我這把老骨頭了。」

待宋母走了，飯糰歡呼一聲，把枕頭遞給羅雲初。「娘，幫飯糰拿枕頭。」

羅雲初寵溺地笑笑，接了過來，扯了下宋二郎的衣袖，示意他不要板著臉了。

宋二郎無奈地把飯糰放下了地，湊近她道：「媳婦，別急，等飯糰睡著咱們再……」

羅雲初很無語，誰急了？她一點都不急好不好？

三朝回門的時候，羅雲初特意挑了套紅色的衣服，顯得人更加精神喜氣一點。

「娘，這雞天天都下蛋。我看還是讓二郎跟莊稼戶買一隻算了。」

「這個，大嫂，一會兒就要出門，這，哪還來得及呀？」宋二郎急得直轉圈。

「哪裡來不及了？現在才剛卯時，這裡最近的莊戶就一里路。」宋大嫂心裡冷哼，自己荷包滿滿的，還想將公家的雞占為己有？沒門兒。

見宋大嫂這個樣子，宋二郎也不看他娘，不想讓她為難。

「行，這雞就留著吧，我到李叔那邊買去。」他回頭到屋裡和羅雲初略交代了一下。

羅雲初聽了，嘴上沒說什麼，反而安慰起他來，讓他不要介意。

宋二郎感激地笑笑，沒再多說什麼，拿了錢就去買雞。

看著他遠去的背影，對於他那個大嫂，羅雲初心裡很不以為然，照她看來，這家遲早會被宋大嫂折騰得分了。她嘆了口氣，到時再看看吧。或許，分開，未必不是一件好事。

備好物事已將近辰時，飯糰要當跟屁蟲，宋二郎投過來一個詢問的眼神，羅雲初笑著點點頭。

宋二郎背後揹著飯糰，還把沈重的東西拿了過去提著，壯勞力堅決不要新婚嬌妻提任何重物。羅雲初也樂得有人服務，一路上興致勃勃的。

羅家與宋家所在的村子中間只隔了一條馬路，他們走二里路便到了。

是羅德來開的門，當他瞧見姊姊的氣色很紅潤，姊夫的神情也很愉悅的時候，才把心裡的擔子放了下來，露出明朗的笑容。

羅母看到女兒女婿時也是一臉喜色，但瞧見宋二郎後背睜著圓滾大眼好奇地四處打量的飯糰時，眼裡閃過一絲不豫，接著便又笑了起來，未曾讓人察覺。

宋二郎把飯糰放下地，瞧見院子中間有一堆未劈完的柴，自動自發地過去幹起活來。

羅德見了要阻止，卻被羅雲初攔下了。「他那人閒不下來，你讓他忙去。」

羅德有點不安地看著他姊夫，見他沒有不悅，這才放下心來，轉身去找了一把小一點的斧子來幫忙。

羅雲初被宋母拽進廚房裡幫忙去了，讓飯糰隨便在院子裡玩。

「看著宋二郎對妳好，我就放心了。」羅母手腳麻利地殺起雞來。「對了，他家的人對妳怎麼樣？」

羅雲初慢吞吞地剝著蒜米。「還好啦。」

「那就好，我告訴妳呀，咱們做女人，可不能太貪心。自己男人對自己好才是真的，以後有妳好日子過。其他的一些事，沒什麼緊要的就不要去計較太多。」羅母向女兒傳授著家族裡的相處之道。

唔，這話還算中聽。「知道。」

「娘，舅舅給的糖，甜，吃。」飯糰的小手抓著一塊糖，滿臉的笑容跑進廚房，遞給羅雲初。

「飯糰乖，你自己吃啊。」羅雲初搖搖頭，不忍見他失望，隨便舔了一下，就讓他放嘴裡去了。

接著，飯糰也不出去玩了，就膩在羅雲初身邊，小嘴鼓鼓的，像一隻小松鼠。

羅母探頭往門外瞧了一眼，壓低聲音道：「還有，最重要的一點是，抓緊時機生個兒子才是正經。我瞧妳對他前妻的兒子不錯，他又不是妳親生的，馬馬虎虎對付得過去就行了，兒子還是親生的好，妳可別撿了芝麻丟了西瓜！」

「哎呀娘，您怎麼當著孩子的面說這個呢？」羅雲初不耐煩聽這個，而且還是當著孩子的面說，老以為孩子小，聽不懂，卻不知有時候他們其實是懂的。

羅母不以為然，瞟了飯糰一眼。「這孩子才三歲吧，懂啥呀，我和妳說的，妳趕緊記在心裡才是。」

「知道啦知道啦。」羅雲初很煩躁，特別是旁邊的飯糰此刻顯得很安靜之後，連吃糖的動作都慢了下來，一雙明亮的眼睛顯得黯淡了許多。羅雲初也不確定他到底有沒有聽懂，而且此刻也不是安撫的好時機，只好耐著性子等回去再說。

見女兒不愛聽這個，羅母摸摸鼻子，換了個話題。「前幾天讓媒婆給妳弟相了個閨女，就是隔壁村的賣魚郎陳家，可惜，人家說和妳弟的生辰八字不合，嫁給了李員外的姪子。」

「說什麼八字不合，我看就是他們貪圖富貴，嫌棄咱們家清貧。哼，她看不上咱們家，我還怕委屈了妳弟弟呢。」羅母嘮叨個不停。

羅雲初心裡暗忖，是妳要求太高了吧？人都講究門當戶對，嫁高娶低。賣魚郎陳家？人家的女兒肯嫁到羅家來吃苦才怪呢。

「娘，要不我幫著留意看看？」雖說羅母這人在挑媳婦方面有點眼高於頂了，但羅德這個弟弟，羅雲初瞧著還算不錯的，挺實在的一個人。

「唔，行，性子要和軟一點的，身段容貌要上乘點的，家境可不能太差了。」

羅雲初對她列出的條件很無語，妳當妳家條件很好啊？有好閨女肯嫁過來就算不錯了，還挑三揀四的，她決定待會兒私下問問她弟弟的意見，不理會她名義上的娘這茬了。按照她娘提的條件，她弟弟就等著打一輩子的光棍吧。

煮好飯菜，羅雲初抱著飯糰出來叫他們吃飯時，正好看到宋二郎和羅德兩人同時蹲坐在一根木頭上小憩，相談甚歡。

宋二郎眼尖，見了羅雲初和飯糰，恍然記起她進廚房前讓他好好看著飯糰的，但他一忙起來，完全把這娃兒給忘了。

忙站起來，衝著她就是一陣傻笑。

羅雲初好笑地看著他抓頭抓腦的樣子，抱緊了飯糰，沒好氣地道：「你們兩個，都進來吃飯吧。」

吃飯的時候，羅德倒了兩杯酒，遞了一杯給他姊夫。宋二郎窺了羅雲初一眼，見她微微點了點頭才接了過來。

宋二郎看向一旁的小舅子，見丈母娘不在，於是低聲解釋道：「嘿嘿，你姊不愛我喝酒。」昨天晚上，飯糰睡著後，本以為能和媳婦親熱親熱的，誰知他的嘴剛湊上去，就被她一掌拍飛，說他嘴巴酒味太重，不給親了。

為了不被媳婦嫌棄，昨晚他就下定決心戒酒了，他是前兩年才學會喝酒的，酒癮也不算很重。

「哦。」羅德看了他姊和姊夫一眼，表示明白，嘴角卻有忍不住的笑意。看來，姊姊和姊夫的感情很好嘛，那他就不用擔心和愧疚了。

吃了飯，又在羅家待了半個時辰，等飯糰搓鼻子揉眼睛昏昏欲睡時，他們就告辭了。

一路從客廳走出大門，羅雲初轉過頭看向她娘家的住所，皺了皺眉頭。唉，真是太窮了。穿過來這一段時間，脫貧致富的想法沒有一刻不在她腦海裡出現。

青菜蘿蔔乾當菜，番薯芋頭當飯的日子她真是過怕了。她以前從不覺得有肉吃的日子是那麼地幸福，而現在呢，一想到吃豬肉、雞肉這些葷菜，她都要流口水。

可惜，她在現代時學的是行銷，畢業後做的也是銷售。這些在她現在所處的年代來說都是雞肋，宋家不可能讓她一個女人出去拋頭露面經商什麼的。

她突然發現，她在現代知道的、學到的一些東西都是半桶子水，雖然多卻不精。

俗話說，靠山吃山靠海吃海，她只能在現有的基礎上改善生活，但怎麼改變，她一直都不得頭緒。想來想去，其實她算是穿越大流的人群中最沒用的吧。

改良基因，提高農作物的質量？或者生產化肥，增加農作物的產量？都是可行的，奈何她一個也不會啊。還是像別的穿越前輩一樣製作肥皂？製作玻璃？都是賺錢的，可她完全不知道肥皂、玻璃是怎麼來的呀。美容養顏？她會的也只是皮毛，況且和一群成天蓬頭垢面的村婦村姑講養顏說美容，她們不拿怪異的眼光看妳當妳腦子有病才怪呢。雖然是女人都會愛美，但農村裡真沒什麼市場，就算有目標人群好了，製作的那些美容產品價錢高了賣不出去，價錢低了又不賺錢。

不過往深處這麼一想，她突然又覺得可行，女人沒有不愛美的，美容產品嘛，只要賣出的價錢不低於成本，一切都好商量。不過這只能試試，效果肯定是不那麼明顯的，她還得另外想個賺錢的法子才行。

回去的路上，她一直在想這個問題，連宋二郎喚了她幾次她都沒察覺。

「媳婦、媳婦？」

「啊？二郎，你在叫我？什麼事啊。」羅雲初抬頭看了他一眼，還沒到家啊。

宋二郎托了托趴在身後的飯糰，好奇地問道：「剛才叫了妳幾遍妳都沒應，在想什麼呢？」

羅雲初笑笑。「沒想什麼，只是在想我弟弟的親事。」

回來之前她私下找過她弟了，問他喜歡什麼樣的女孩子。那孩子羞赧著臉說，相信她的眼光，她覺得好的就行，再問有什麼條件之類的，他要麼就閉嘴，要麼就顧左右而言他。

羅雲初對這種情況很無奈，只得自個兒慢慢思量了，相的姑娘儘量好點就是。

宋二郎沈默半晌，然後輕聲說道：「媳婦，要是小舅子急錢用的話，我們那錢倒可以勻出一半來給他，不過另一半卻是不能動的，明年三弟就要趕考了，另一半的銀子得預留著給他。」媳婦娘家挺窮的，他們這邊的姑娘大多勢利，如果沒有點家底，恐怕難娶到好女子啊。而他們，能幫一點算一點吧。

羅雲初驚訝地看著他，這個男人……

「二郎，謝謝你。」羅雲初誠懇地道。

宋二郎揹穩了兒子，黝黑的臉上露出憨傻的笑容。

她心裡飛快地盤算了下，家裡原來有十八兩銀子，後來宋母又給回十兩，據說原是給回十五兩的，但宋二郎拿到銀子後，又塞了五兩回去給他娘做體己，那麼家裡仍有二十八兩銀子。對於這個五兩銀子就足夠一家四口過得挺富足的年代來說，已算是一筆不小的存款。

這筆銀子的用處得好好想想，要知道，花出去可能就難攢得回來了。而他們家，用錢的地方真的挺多，明年宋銘承的趕考；飯糰會長大，長大後要送私塾給束脩，這又是一筆；如果有可能，她還想建一幢青磚黛瓦的房子，不過這是最長遠的計劃，也是排在了最後，等他們家有更多的盈餘時才會考慮。

回到家，兩人剛進了大門，宋大嫂就一陣風似地急奔而出。

「大嫂，妳去哪兒？」宋二郎忙拉著羅雲初閃到了一旁，見他大嫂拿著一把鐮子衝出門，他忙問。

「二弟，你回來得正好，你大哥和幾個堂哥們因為田水的事，和周老虎他們家打起來了。」一見了宋二郎，宋大嫂一臉焦急地解釋。

「又是為了田水的事？」宋二郎聽了也是焦灼不已，周老虎那幫人，他是知道的，蠻不講理慣了，講究的是誰的拳頭硬。不行，他得趕過去看看，省得大哥他們吃虧。

羅雲初很有眼色地上前，把飯糰從他背上抱了下來。「二郎，你和大嫂去看看吧。」

「嗯，妳把飯糰抱回去睡，然後就留在家幫忙看著孩子們，別擔心，沒事的。」宋二郎交代完，就對宋大嫂說道：「大嫂，妳等會兒，我去拿把鋤頭咱們就走。」

「欸，你可得快點啊。」宋大嫂催促。

宋二郎兩人匆匆而去，羅雲初把飯糰抱回屋裡，蓋上薄被，掩上門就去了主屋。

宋母正在陪著天孝兩兄妹，見了羅雲初，便道：「回來了？」

「嗯。」

然後兩人便沒聲了，主屋裡全是天孝兩兄妹低低的說話聲。

羅雲初有點按捺不住，驢打磨般地轉著圈圈，她想問卻又不敢問。

「放心吧，咱們宋家的男丁多著呢，都是有力氣的，沒事的。」終於宋母看不過去，抬了抬眼皮，安慰了她一下。

聽她這麼一說，羅雲初提著的心總算放了點下來。不過她還是擔心，這刀槍無眼的，打群架又混亂，萬一有個意外，那……

好不容易，過了近兩個時辰，在羅雲初第三次回屋看飯糰是否醒來時，宋二郎四人才略顯疲憊地回來了，但看著精神還算不錯，臉上帶著笑容不是？

「結果如何？」一見著幾個都沒事，也沒受傷，宋母放下了心，就忍不住問了。

「沒事了。」

「大郎，你糊塗啊，當時你和他們置什麼氣，有啥事回來集結了兄弟再去啊。」宋母擔心受怕後忍不住數落開來。

「娘，我當時也是氣急了，水田裡的稻苗全都黃尾了，再沒有水進田的話就要枯死了啊。這些天我們幾兄弟晚上都輪著去跟田水，好不容易疏通了，本以為第二天田就滿水了，豈知我們前腳一走，周老虎家的往上頭一截，輕鬆地把水給截到他們田裡去了，您說我能不急嗎？每次都這樣，周老虎家的地多，等他夠了，咱們地裡的莊稼可都要死了。而且他好歹給咱們留點啊，全截了，太欺負人了！」

提起這事，宋大郎仍然一臉氣憤。

「娘，您別怪大哥，他也是心疼地裡的莊稼。」宋二郎站出來，拍拍大哥的肩膀。

「唉，你們哪，就是太衝動了，萬一有個三長兩短，你讓我們怎麼辦啊？」宋母嘆氣。

「俗話說，狠的怕不要命的，周老虎他們就是這樣，你越怕，他就越當你是軟柿子。」

「呵呵，其實這次還真多虧了三弟，里正這才出面幫著咱們說話呢。」宋二郎看了宋銘承一眼，樂呵呵地道。

本來周家和宋家男丁人數都差不多，真掐起來，兩敗俱傷的可能性很大。里正一向是兩不相幫的，勸個一、兩句，沒什麼效果的，兩家若真打起來，他也是不管的。這次他出乎意料的幫忙，宋家這邊也是很吃驚的，估計周家那邊此刻也是丈二金剛摸不著頭腦。後來周家先走了，里正跟著他們宋家一起走的，路上隱晦地點出，若宋銘承明年高中，可不要忘了他這個老里正啊。

「真的？」宋母很高興。

宋大郎點點頭，看著三弟的眼神透著滿意。

田水事件過後，宋家幾兄弟更是堅定宋家一定要有人出人頭地的決心，就算砸鍋賣鐵也要送宋銘承去參加鄉試，宋銘承本人也開始益發用功起來。

第八章 安全感

孩子心裡藏不住事，有點兒事都悶不住。從起床後，飯糰整個人就悶悶不樂，羅雲初抱著他，問他有什麼事，他也不說。她細想了今天發生的事，知道極有可能是羅母的話造成的，再想想她又覺得自己多心了，飯糰也才三歲，能明白羅母的話嗎？不過古代的孩子早熟，倒也不無可能。

羅雲初在廚房裡幫忙燒飯，讓飯糰跟著天孝、語微去玩，他搖搖頭，不肯，就一直膩在她身旁，黑黑圓圓的眼睛就跟著她轉，如同向日葵跟著太陽一般。羅雲初趁著洗洗刷刷的空檔，都會分些神來瞧瞧他。

羅雲初從灶裡挖出一根香噴噴的番薯來指給飯糰看。「飯糰，這番薯熟了喔，一會兒不燙了，你就吃吧。」

飯糰的眼淚開始啪嗒啪嗒地往下掉，可把羅雲初給嚇壞了。她忙將那小豆丁抱了起來，讓他坐在她的膝蓋上，給他擦了擦眼淚，焦急地問道：「飯糰，怎麼了？是不是哪裡不舒服？」說著就檢查起來，看看是不是哪裡受傷了。

飯糰的眼淚止不住，他用軟糯糯的聲音問道：「娘，以後妳和爹有了弟弟後會不會不要飯糰了？嗚嗚嗚……」
「怎麼會呢，飯糰那麼可愛，就算爹和娘有了弟弟妹妹，也不會不要飯糰的。」果然是因為她娘的話，羅雲初很心疼。
「可是、可是，外婆說……」飯糰眼裡掛著淚，將信將疑地看著羅雲初。
「別理你外婆說的，你通通忘掉就行了。」給他擦著淚，羅雲初認真地說道。即便她和宋二郎有了孩子，她也不會慢待飯糰的，她喜歡飯糰，她把他當作了自己的第一個孩子來看待，會有母親不喜歡自己的親生骨肉嗎？
「以前的娘說過，等她有了孩子，她一定會讓爹把飯糰趕出去的。要不就把飯糰賣掉！賣給人牙子！嗚嗚嗚……」提起他以前的娘，飯糰很害怕，小身體抖得像篩糠。
羅雲初心裡很生氣，那個惡婆娘，這些話怎麼能和一個孩子說?!她攬過他的小身子，右手輕拍著他的背，安慰著。「不會了，那個壞女人，你爹已經把她趕走了，以後她都不敢踏進咱們家半步了。」
「可是娘，妳有了小弟弟後，會不會和她一樣不要飯糰了？」飯糰抬起紅紅的大眼睛，可憐兮兮地看著她。
「原來在飯糰心裡，娘和你以前的娘一樣壞啊，太傷心了。」羅雲初假哭。
「不是的不是的，娘，不是的。」他只是想聽娘說不會不要他而已。飯糰以為自己說錯話，惹得娘傷心的哭了，頓時緊張不已，抬起小手，笨拙地要幫她擦眼淚。

羅雲初捉住他的手，小小的，軟軟的，握在手裡，會讓人的心不由自主地跟著發軟。

「娘親騙人！」發現她臉上沒有淚珠，飯糰噘著嘴，氣哼哼地轉過身。

羅雲初發現飯糰真的好可愛喔，一把按住，就往他臉上親去。嚇得飯糰瞪圓了眼，小嘴微張。「娘？」

「呵呵，飯糰好可愛哦。放心吧，就算娘不要小弟弟、小妹妹也不會不要飯糰的。」羅雲初摸著他的小臉，安慰。既然飯糰心裡不能接受，那就緩一段時間再要孩子吧。

「真的?!」飯糰很驚喜，卻又不安，他總覺得這個要求好過分喔，他覺得自己好壞喔。

「娘，我也好想要小弟弟、小妹妹來疼喔，飯糰是不是好貪心？」但他又怕爹娘有了他們會把自己賣掉，所以他很糾結。

「呵呵，怎麼會呢。」羅雲初知道他這是沒安全感，就看以後的行動吧，慢慢給他信心以及安全感，此時即便她說得天花亂墜，還是沒什麼用的。

晚上睡前，羅雲初又拉著宋二郎給飯糰做了一次保證，飯糰放下大半的心，又恢復了笑容。

「媳婦？咱們？」宋二郎的手摸索著伸了過來，罩上兩團饅頭。

羅雲初推了推他。「飯糰還沒睡呢。」

「那小子早睡著了。」宋二郎不管，直接扒拉著她的衣裳。

「唉，你這人，怎麼那麼猴急，等一會兒會死啊。」羅雲初也急起來了，萬一飯糰又醒過來看到他們這樣子怎麼辦？好不容易讓他忘了那晚的白麵饅頭，不再提起來著。

「媳婦，我忍不住了嘛。」被慾望折磨的男人喲。

感受到身旁男人灼熱的體溫，羅雲初不吭聲，默許了他的行為。宋二郎大喜，立即翻身上馬。

可惜天公不作美，咳，應該是飯糰不作美。正當他爹將褻褲給褪了下來時，他翻了個身，小手啪地打在了他爹的熊腰上。突如其來的意外把宋二郎嚇得一個哆嗦，連帶下面硬挺的凶器也受到了連累，疲軟了下來。

羅雲初一看，不厚道地笑了起來。原來飯糰那小傢伙睡覺不老實，睡著後時不時翻個身，橫七豎八的，這情況每晚必發生，不是甩個小手過來就是橫一條腿過來。剛開始那會兒，羅雲初也是被唬了一跳，但經過兩晚的磨合期，她已經適應了。

「娘……」睡夢中，飯糰動了動小嘴，然後又沒動靜了。

宋二郎瞪直了眼，撫額呻吟道：「這小子，再來幾次，我真的要報廢了。」

「不行，明天我拉點木給黃木匠，讓他幫著打一張小床！」他要抱老婆，他不要在自己床上還被人偷襲！

羅雲初嗯了一聲，決定不反對，她知道，如果她不支持的話，宋二郎會抓狂的。

次日下午，處於農閒狀態的羅雲初和宋母、宋大嫂一道在客廳編織一些農具，如簸箕、籮筐、籃子等，而天孝、飯糰等則在一旁玩兒。

夏日的知了在樹上不停地叫著，徐徐的微風吹過，帶來絲絲的涼意。

「賣豆腐腦咯。」

「有豆腐腦賣咯。」叫賣聲拉得長長的。

玩著的三兄妹聽見了，語微第一個受不了，她膩到宋大嫂身邊，抱著她的手撒嬌。

「娘，給我買豆腐腦嘛。」

飯糰也是滿臉期待地看著羅雲初，羅雲初把他招了過來，摸摸他的頭，從衣袖裡拿出兩枚銅板給他。「給小販一枚就行了，剩下一枚自己收著知道不？」

飯糰笑了，用力地點點頭。

「去去去，成天知道花錢！」宋大嫂很不耐，推開女兒。真是的，幹完活都熱死了還黏上來。

被拒絕的語微愣愣地站在那兒，而天孝則微抿著嘴，倔強地看著妹妹和娘不說話。

看到羅雲初大方地給了飯糰兩枚銅板，宋大嫂臉上掛不住，她心裡的怒氣急需發洩，兒子她捨不得打罵，只好發洩在女兒身上了。「妳個吃貨，天天就知道吃，也不想想妳娘我省吃儉用還存不下兩個銅子，哪裡有那麼多錢給妳亂花？我可不像妳二嬸，家底殷實！真羨慕，就給妳二嬸做女兒去！我不稀罕妳！」

後面四個字咬得很重，明顯是諷刺，誰不知道羅家窮得出不起什麼嫁妝，哪裡還會有什麼殷實的家底？她這麼說，無非就是嫉妒羅雲初前些天得了宋母給的那些銀子罷了。

這段話，直接把語微說哭了。「娘，我不買了，我不要豆腐腦了，您別不要我，嗚嗚嗚……」

看著眼前的鬧劇，羅雲初心裡嘆了口氣。她再拿出一枚銅板，遞給飯糰。「飯糰乖，和哥哥姊姊一起去買豆腐腦吃吧。」說完又對天孝、語微說道：「你們和你弟弟一道去，他人小，拿不了大碗。」

天孝、語微兩個孩子拿眼看向他們母親。

「去吧，記得照顧一下飯糰。」宋大嫂暗自得意地點了點頭，哼，妳給了好處又如何，孩子還是向著我的。

宋母上個廁所回來時，得知幾個孩子出去買豆腐腦了，點了點頭，也沒多說什麼，就接著忙和了。

第九章　分家

某天吃晚飯的時候，宋大郎說道：「沙地裡的黃豆、花生該施肥了。」

吃飽了，宋二郎放下筷子。「嗯，是的，前兩天我去瞧了瞧長勢，正打算過兩天和大哥你說呢。」

「那明天一早，咱們就去施肥，順便除草。」宋大郎一槌定音。

「我看行。」

「嗯，娘留在家看孩子，三弟留在家裡讀書。」宋大郎看了一眼細皮嫩肉的羅雲初，遲疑地看向他二弟。

宋二郎心裡雖然心疼媳婦，但大嫂都一起去幹活了，自家媳婦也不能不去不是？於是他說道：「雲初也和我們一道去。」

羅雲初點了點頭，她也不是個懶惰的，那麼大個人了，別人能幹活，自己自然也是可以的。

「大哥、二哥，我也一道去吧。沒道理家裡的年輕勞力都去幹活，而獨獨讓我一個人享清閒吧？」宋銘承笑笑說道。

「混說，你在家讀書，怎麼就是享清閒了？咱老宋家還指望你出人頭地光耀門楣呢。要是誰不滿，你與我說，我定給你個說法。」宋大郎輕斥，眼神意有所指地掃過自家媳婦。方氏什麼德行，自己做丈夫的最清楚不過了，那張嘴就是不饒人！

「大哥，家裡沒人說我。只是我覺得，去幹點活也不會耽誤我讀書。而且假如以後真能高中，做了官總不能五穀不分吧，這樣怎麼能做一個好官呢？」宋銘承最是瞭解他的家人了，果然，聽了他的話，宋母與宋大郎都信服了。

「好吧，你可以一起去，不過，我們叫你回來的時候，你一定要回來讀書，知道不？」宋大郎瞅了瞅三弟白皙的臉蛋和單薄的身子，暗自搖了搖頭，既然他想去，就讓他去看看吧。給他安排點輕省的活兒便是了，待太陽毒辣時，便讓他回來看書。

「嗯。」宋銘承點了點頭。

羅雲初倒對這樣的宋銘承很欣賞，死讀書是不行的，沒瞧見多少農村出產的書生就因為完全脫節，而變成了一個只知道之乎者也的酸秀才了？除了讀書寫字，他們一點謀生的技能都沒有。運氣好點的，考個一次、兩次、三次，能高中，運氣不好的，考到四、五十歲也是有的。沒中舉前他們是怎麼生活的？靠家裡的老父老母養著，還是靠賣一些字畫為生？這樣的人過得太落魄了，羅雲初不希望宋銘承變成這樣的人。

不過這份欣賞，羅雲初也只是放在心底，並未出聲。她才沒那麼傻呢，若此時站出來明著支持宋銘承，指不定宋母和宋大郎會以為自己也看不慣宋銘承的清閒呢，沒看到她大嫂如今都噤若寒蟬了嗎？

次日，寅時剛過，羅雲初就被搖醒了。

「媳婦，起床吧，早點兒去幹活，日頭不毒。」宋二郎快速地穿好了衣服。

「哦。」羅雲初打了個哈欠，揉揉仍然睏倦的雙眼。

快速地整理妥當，羅雲初給熟睡中的飯糰攏了攏被子，這才來到院子裡。

快速地解決了早飯，天才濛濛亮，分工好，眾人就出發了。宋大嫂挑著兩簸箕的農家肥走在羅雲初前頭，趁前頭的眾男子不注意，白了她幾眼。

羅雲初就當沒見著，不和她計較，誰讓自己輕省得讓人嫉妒呢。宋大郎安排的，除了羅雲初是扛了三把鋤頭、鐽子外，其他人一律都是挑著農家肥的，不過這也有輕重之分。宋大郎、宋二郎自然是挑兩擔分量最重的了，而宋大嫂和宋銘承的擔子都還算輕省，不過比起羅雲初來卻又重了許多，難怪宋大嫂要不滿了。而且這事是她丈夫安排的，所以她不敢有意見，這才把怒氣都發洩到自己身上來了。羅雲初不和她計較，真計較起來，自己就是得了便宜又賣乖，還不如讓她瞪自己幾眼扔幾個衛生球發洩一下，反正又不會少一塊肉。

到了地方，大家把擔子農具都放到一棵龍眼樹下。羅雲初一眼往遠處望去，四處都是霧濛濛的一片，不過遠處倒也有一些人影在田間勞作了，原來自己這群人並不是最早出來幹活的呀。

雖說是施肥，但仍要把新長的一些小草給鋤掉，順便給黃豆、花生等植物鬆鬆土，好施肥。不管是除草還是施肥後的埋肥，都要用到相應的農具，羅雲初穿越前是生長在鄉下的，這樣的活兒也幹過，但畢竟時隔多年，生疏在所難免。於是安排她鋤草時，她一不小心，力道控制得不好，把兩棵豆苗給攔腰鋤掉了，在她禍害第三棵的時候，宋二郎看不下去了，讓她去幹埋肥料的活兒。行，埋肥就埋肥，簡單！可那鋤頭怎麼那麼重呀，一不小心，用力過猛，又有兩棵豆苗死於她的鋤頭之下。

宋二郎對她很無奈了。「妳去施肥吧。」除了這個，已經沒有什麼是她能做的了。

羅雲初看著那些黑糊糊，散發著異味的農家肥，皺起了好看的眉。她就是不願意做這個最輕省卻最髒的活兒，才搶著去鋤草的，豈知到了最後，她仍然逃脫不了和農家肥打交道的命運。這農家肥的原料是豬屎、雞屎、鴨屎和草木灰，想了想，她決定還是不想直接用手和它們來個親密接觸。看了看周圍，果然，在不遠處的荒地裡長著一種植物，葉子大大的，她跑過去，摘了好些回來，然後開始施肥，雖然目的達到了，但速度確實挺慢。她尋思著，回去就找些破布，做個手套什麼的，就不怕髒了，這樣施肥的速度也能快點。

宋家眾人都挺理解羅雲初的，新媳婦兒嘛，愛乾淨是可以理解的。宋大郎也是這麼想的，以前他家那位不也是這麼過來的？偏就宋大嫂看著羅雲初慢吞吞的幹活，心裡很是不滿，但看在宋二郎的面子上，忍了。

不過後來見羅雲初第二次跑去休息時，頂著毒辣太陽的宋大嫂覺得心頭火起。

「喲，弟妹自打嫁進了咱們宋家，身子倒是越發的嬌貴了。」宋大嫂似笑非笑地說道。

羅雲初久未在陽光底下幹活，自然需要一段過渡期。她剛才是真覺得頭暈目眩的，才和二郎說了一聲，跑來樹底下休息的，稍好點了，她又去幹活了，但宋大嫂卻不放過諷刺她的機會。

聽到宋大嫂的諷刺，她強著臉不答，她知道宋大嫂一向都看她不順眼。羅雲初也不知道自己到底哪裡得罪這大嫂了，有時細細回想從進了宋家大門起，自己似乎真沒得罪過她，為什麼她卻老是針對自己呢？

前天，她空閒，看到雜物房裡有兩顆香芋，她就尋思著做道香芋西米露給孩子們當零嘴吃。雖然沒有西米，不過可以用綠豆代替，沒有牛奶、椰奶，可以用糖水代替，只是沒有牛奶、椰奶那麼香甜罷了。豈知什麼東西都準備好了，宋大嫂進了廚房，發現做這道甜品需要耗費許多糖，當場給羅雲初甩了臉子，把廚房裡的糖拿回房裡藏好。羅雲初當時很氣憤，這糖是公家的，為什麼她不能用？而且她又不是經常做這些耗費材料的食物。

昨天早上，飯糰從外面回來，手裡拿著半顆雞蛋。說是天孝哥哥給的，他捨不得吃，拿回來給娘吃，還讓她不要告訴別人，特別是不准告訴大伯母。當時羅雲初感動不已，接過那半顆雞蛋，假意咬了一口，然後全部都餵到飯糰嘴裡去了，她還記得飯糰當時那滿足的表情。但她卻對大嫂生出了一股不滿，家裡的雞是公家的，下的蛋也應該是公家的吧，妳怎麼就淨想著給妳的孩子開小灶了？家裡還有另外一個小孩子呢，算他一份又怎麼樣？羅雲初不是恨宋大嫂開小灶，只恨，開小灶的受益者中沒有飯糰。家裡只有三個孩子，即便算上飯糰一份，宋大嫂也不吃虧。

至此，羅雲初萌生了分家的想法。她想，分家後，飯糰應該能吃上點好東西了吧。而不是像現在這樣，有什麼好東西，宋大嫂都先緊著她的孩子。

宋二郎看著臉色蒼白的媳婦，心中一痛，剛想站出來說她的活兒我幹了，卻看到三弟朝他搖了搖頭。

宋銘承笑道：「大嫂，少說兩句吧。這太陽真毒辣，我都有點曬暈了，妳也過來休息一下吧，身體要緊，活兒是幹不完的。」

「哼，我可沒那麼嬌貴！」宋大嫂仍不依不饒。

「我說妳這婆娘，一天不折騰出個事，妳心裡就不舒坦是不？」宋大郎走了過來，看到臉色蒼白的羅雲初和沈默的二弟，對著自家婆娘數落道。

宋大郎不說話還好，一說話倒把宋大嫂心中的怒火點燃了，她本就對宋大郎今早的安排很不滿，大家都是宋家的媳婦，為什麼羅雲初就能挑輕省的活兒幹？而自己卻得和男子一樣，挑挑擔擔的？

「好你個宋大郎！連你的魂也被這狐狸精勾啦？我是你媳婦啊，你不幫我反而幫起外人來了，你對得起我嗎你？」宋大嫂把手上的鋤頭給扔了，雙手扠腰和宋大郎對罵。

數落完自己丈夫，宋大嫂又轉過頭來怒叱羅雲初。「還有妳，肩不能挑手不能提的，說妳幾句怎麼了？別裝著一副可憐相來勾引男人！」她就是看不慣羅雲初那副細皮嫩肉的樣子。而且這些年來，宋大嫂已經習慣了在宋家獨攬大權了，羅雲初的介入讓她有很強的危機感，所以她才會有意無意地針對她。

可憐相？她哪裡有裝了？羅雲初真覺得自己很冤，面對潑婦不說話不行嗎？難道要如宋大嫂一般扠著個腰像隻火雞不停地在那裡叫罵才算不裝可憐？而且，說她勾引男人，她勾引誰了她？這口氣她堅決嚥不下去！

「大嫂，妳哪隻眼看到我勾引人了？」

「大嫂，妳嘴巴放乾淨點！」宋二郎聽不下去了。他的臉色黑得可以，任誰的媳婦被人當面罵作狐狸精，誰都受不了。

「妳，妳這婆娘，不可理喻！要撒潑給我回家去！別在外面丟人現眼！」宋大郎注意到不遠處田間做活的人都有意無意地朝這邊看過來。

宋銘承的臉色也很不好看。

「好哇，你們宋家三兄弟就幫著她是吧？就欺負我這個媳婦大嫂是吧？哼，既然如此，那就分家吧，我帶著孩子自己過！你們就和她過活去！」看到所有的人都維護羅雲初，宋大嫂心裡更恨了，說出的話更沒有餘地。

「鬧夠了沒？」

「沒夠，宋大郎，我可告訴你了，這個家，有她就沒我，有我就沒她！」說完，宋大嫂就跑了。

「大哥，快追上去，哄哄就好了。」宋銘承推推宋大郎，催促道。他可不想好好的一個家莫名其妙的就散掉了。

宋大郎猶豫了一會兒，看了宋二郎和羅雲初一眼，說：「二弟、弟妹，你們別理那婆娘，就當什麼也沒發生吧。我去把她追回來。」

果然是一山不容二虎，除非是一公和一母，羅雲初默默地想著。

宋二郎捏了捏她的柔荑，擔心地看著她。羅雲初朝他笑了笑，示意自己沒事。

發生了這麼件事，大家都沒有心情幹活了，於是略作收拾，便心情低落地回家去了。

羅雲初他們回到家時，看到宋大郎板著臉坐在客廳，而一雙兒女則哭紅了眼。

羅雲初心裡一沈，要壞事了，鬧那麼大？果然，她剛進大廳就發現宋母不滿地瞥了她一眼。

「你們誰來告訴我這老婆子是怎麼回事？今早好好地去幹活，剛才你大嫂紅著眼回來，哭著鬧著要分家，勸也勸不住！這不，孩子也不要了，收拾東西回娘家去了。」

「她回娘家就回娘家，反正想分家，在我活著的時候是絕不可能的！」宋大郎態度很堅決，在他的想法裡，分了家就意味著這個家就散了，兄弟間的情分也會漸漸變淡，所以他堅決反對此事。他知道他家婆娘想分家已不是一天兩天的事了，他也多次訓斥過她，但她就是聽不進去。

昨晚完事後，他家婆娘就吹起了枕邊風，說：「哎，死鬼，若分了家，咱們倆這些年攢下的銀子，蓋三間青磚瓦房不成問題。而且分了家後，咱們就能關起門來過自己的小日子了，也能給孩子們買些好東西來補一補，而不是像現在這樣，每天都是清湯流水的，沒一點葷腥。」

當時他就反駁她。「如果只是為了孩子，那分不分家完全沒關係，妳私底下沒少給自己家的娃開小灶吧。」

「宋大郎，你這話說得好沒良心，我這不也是為了咱們的孩子好？你沒瞧見，他們的身子瘦得就剩層皮包骨了，你不心疼我心疼！」宋大嫂氣呼呼地轉過身。

沈默半晌，宋大郎道：「飯糰比天孝他們還要瘦呢。」

宋大嫂轉過身來瞧著宋大郎，不滿地道：「嘿，你這人，到底天孝是你的孩子還是飯糰是你的孩子？」胳膊肘兒往外拐的爹，她還是頭一次見到。

「大夥兒一起生活，妳總不能淨偏心自己的兒女嘛，飯糰也是咱們的姪子啊。」宋大郎最看不慣就是這點，大人什麼的無所謂了，她連一個孩子的口糧都剋扣，也太……

「是二弟還是二弟妹找你抱怨了？好啊，心疼兒子，那就分家！以後他們想怎麼疼，我們也管不著。」

「妳，不可理喻。」宋大郎嘴笨，說不過她，拉過被子往身上一蓋，就躺下了。

「哎，死鬼，別告訴我你不想住新房子啊？我可是受夠了這破泥房了。」推了推他的肩膀，宋大嫂問。

「想住，但娘和兩個弟弟都住泥房，我怎麼忍心？唉，還是再等等吧，多攢點錢，蓋套大點的房子，好叫咱們全家人住進去。」宋大郎悶聲道。

宋大嫂嗤笑一聲。「死鬼，咱們家攢這點銀子攢了多少年？有近十年了吧？這才夠蓋三間大屋！我可不想再攢個十年、二十年的，到時我黃泥都埋到脖子了，還住那麼好的房子做什麼？死鬼，我可告訴你，這家是分定了！想我嫁進你們宋家，又是生娃又是操持家務的，沒有過過一天好日子，好不容易日子有了奔頭，你卻要我勒緊褲帶和你過苦日子，你對得起我嗎？」

接著便是一頓鬧騰，直吵得他心煩不已。

「你們誰來告訴我，到底怎麼回事？」見沒人開口，宋母又追問。

這事涉及大郎、二郎的媳婦，兩人都不好說，而羅雲初就更不能說了。宋銘承嘆了口氣，站了出來，把事情的經過和宋母說了一遍。

「大哥，你去把大嫂接回來吧，我給她倒茶賠罪。」羅雲初手一抹，眼睛紅紅的表態。宋大嫂今天鬧得太過了，若此時自己的態度過於強硬，給宋家眾人留下的印象會很糟糕。所以，在必要的時候她得拋下面子來示弱，而且今天自己確實也受了委屈，想想，眼眶就不自覺地紅了。

「一個、兩個，都是不省心的！」宋母氣道。

儘管知道了事情的經過，瞭解羅雲初在這事裡也很無辜，但在宋母眼裡，自己的兒子都是好的，而兩個媳婦吵鬧，不管誰贏誰輸，兩個都有過錯。她素來知道宋大嫂的刻薄性子，但事情的由頭是二媳婦起的，羅雲初難免會被遷怒。

事情的經過，宋二郎全看在眼裡，大嫂今天也鬧得太過了吧。自己媳婦真的很無辜，不就是幹活慢了一點又休息了兩次嘛，大嫂至於這樣就罵人？但此刻他又不好說什麼，大嫂回娘家了，大哥也夠心煩了，而他娘又明顯在氣頭上，他向著媳婦的話，無疑是火上澆油。至於訓斥媳婦這等違心的事，他做不出來，所以他站在那兒，想著回去時再好好安慰一下媳婦吧。

「大郎，明天你抽個空，去方家把你媳婦接回來。」最後，宋母下了命令。

宋大郎黑著臉應了下來。

當天的飯菜是羅雲初整治的，儘管味道挺好的，不過大家明顯沒什麼胃口，略吃了些就擱了筷子。

飯糰也知道今天大伯母回娘家去了，他不知道這是為什麼，只聽天孝哥哥說為了要分家的事。分家是什麼？他不明白，看天孝哥哥哭得傷心，他就沒問，只乖巧地蹲在他身邊。

晚上，飯糰不哭不鬧，乖乖地在羅雲初的輕拍下睡著了。

「媳婦，今天委屈妳了。」宋二郎攬過他媳婦，輕聲安慰。

「沒什麼，二郎你理解就好了。」摟著他的脖子，羅雲初很感動。和她最親密的人向著她就好了，至於其他人……她不想太貪心。

「媳婦，那個，如果分家，妳能適應嗎？」媳婦的手白白嫩嫩的，他怕她操持不了家務。大嫂當著他的面都敢這樣罵他媳婦了，他不敢想像，若大家一直這樣生活下去，他怕她會吃虧，媳婦這人說話做事都是溫溫柔柔的，哪裡是他大嫂的對手！

「二郎，你不用擔心，我會做很多家務的。我能給你做飯燒菜、洗衣服，還能照顧好飯糰，地裡的活兒我也能幫著幹，只是你不許嫌我手腳慢！」偎進他懷裡，羅雲初柔聲說道：
「二郎，說心裡話，我其實挺贊成分家的。分了家後，我就能給你們爺倆做些好吃的補補了，這麼些天，除了我嫁進來的第一天你買了一塊肉外，咱們都沒吃過肉了吧？我和你倒沒什麼，但飯糰那麼小的孩子，正是長身體的時候，伙食跟不上怎麼行呢？」
「呵呵，想不到咱媳婦還會做這麼多事啊。」宋二郎很感動，如此看來，分家，也不是一件壞事。
「那當然，你可不要小瞧了我！」羅雲初驕傲地挺了挺胸脯。
「呵呵，咱媳婦真能幹。」
「那是。」大言不慚的聲音。
「睡吧，明天還有得忙呢。」
「嗯。」
次日，宋大郎去了方家，帶著兒子去的，卻沒能把宋大嫂給接回來。
看著空手而回的宋大郎，宋母問了原因。
「娘，您別管這女人了，她瘋魔了。」宋大郎很生氣。
「到底為啥她不肯回家？」
「她堅持要分家，說不答應分家她就不回來了。」抹了抹臉，宋大郎覺得很疲憊。

宋母聽了這答案，沈默了。「你去忙吧，讓我想想。」
「娘，您別多想了，家是不能分的，既然她不願意回來，我、我就當沒她這個妻子！」
宋大郎跺著腳，發狠道。
「混說！出去吧，讓我一個人靜一靜。」

入夜的時候，宋二郎拿著今天打來的米酒，和宋銘承勾肩搭背地去找他們大哥了。
也不知道他們聊了些什麼，結果就是宋大郎鬆口了，肯分家了。三兄弟把商議好的結果和宋母說了。宋母聽後，嘆了口氣，說隨他們了。
次日，宋大郎沈著個臉去接宋大嫂，宋大嫂滿臉喜色歡天喜地的回來了，一前一後進門的夫妻，臉色形成了鮮明的對比。
「哎呀，二弟妹，那天我發渾了，說話不好聽，妳可別往心裡去啊。」宋大嫂一回來，就拉著羅雲初的手直罵自己。
「大嫂，怎麼會呢。」羅雲初乾笑。
「我就知道二弟妹歷來都是個大度的。」宋大嫂假意嘆了口氣。「其實咱們分了也好，不是嗎？如此一來，弟妹也可做些自己喜歡的吃食，像上回妳想做那個什麼香芋的，就不必束手束腳了。而且我知道二弟妹嗜辣，前頭和咱們住著的時候，娘她老人家吃不了這個，真是委屈妳了。現在可好了，分了家，想做什麼就做什麼。」

聽她這麼一說，敢情分家還是專門為了她好似的？羅雲初不動聲色地抽回手。「呵呵，大嫂今天的心情很好哦，是不是有什麼喜事？」要分家了，妳表現得這麼興奮，不是得償所願了嗎？別想把分家的根由推到我身上來。

宋大嫂臉一僵。「哪有什麼喜事啊，不過是娘家的母豬又產了一窩崽罷了。對了，娘他們在大廳等我們了，咱們趕緊進去吧。」

「嗯。」羅雲初朝宋大嫂點了點頭，走了進去。

第十章　分得徹底

宋母掃了宋大嫂一眼，淡淡地說道：「回來了？」

宋大嫂倒乖覺，上前低低地喊了一聲娘。宋母嗯了一聲，便沒再理會她。

「既然人齊了，就商量一下這個家該怎麼分吧？」

聽聞這話，宋大嫂一喜。總算要分家了，她本來以為要多費許多口舌才能說服宋母的呢，想不到……

在宋大嫂的想法裡，以前不分家，是因為那時候宋家真的很窮，而兩個小叔子也不錯。宋二郎有著渾身的力氣，是幹活的一把手，而宋銘承的學問好，指不定哪天他就高中了，有了好處自然少不了她這個做大嫂的，所以她自然得巴結著了，儘管她對他經常在家讀書不出去幹活的行徑略微不滿。

如今光景好了，宋二郎又成親了，她那新二弟妹一看就是什麼都不會的，三弟又不能經常幫著幹農活，怎麼想都是他們家大郎吃虧了，所以她才迫切地想要分家。在她的想法裡，大郎是弄田種莊稼的一把好手，而自己的勞力可以頂得上一個男人了，憑著兩人的努力，一家四口的日子還不過得美死了？

「娘，您作主吧，怎麼分，我沒意見。」宋大郎站出來說道。
「我也沒意見。」
「我也是。」
宋二郎和宋銘承也跟著表態。
「那好。」宋母點點頭。「先說說人怎麼分吧，我知道老大家和老二家肯定是要分開的，至於我和你三弟嘛。」說到最後，她笑了笑。
「那還用說，娘自然是和我們一起住的了。」宋大嫂搶先說道：「娘，您不會不管我們吧？天孝他們可離不得您。」
孩子他們奶奶，她是竭力要爭取的，一定要接到家裡來，她出去幹活時也好讓宋母幫忙帶帶孩子、做做家務什麼的。至於宋銘承嘛，一度讓她很猶豫，不過這次回娘家，她可聽說了，舉人不是那麼好考的，高中的人大多都是在京城裡的世家或各地有關係的書生，像他們三郎這種寒門學子，通常很難高中的。這消息讓本來猶豫的宋大嫂下定了決心，只要宋母一人，至於宋銘承就塞到二弟家裡去吧！
宋大郎亦點點頭，期待地看著他娘。
宋母見二郎夫婦也沒什麼強烈反對的表情，便點頭同意了。她心裡也是這般想的，於情於理她和大兒子一家比較好，如果跟二兒子，村子裡的人指不定怎麼說大郎呢。

而且無論古今，在孩子多的家庭裡都是偏疼大的和小的，中間的就比較忽略了。

「呵呵，既然娘和大哥一道了，我就跟著二哥、二嫂他們一起吧。二哥、二嫂，你們可不能不收留我啊。」宋銘承玩笑似的話裡帶著一股認真。

宋二郎笑了。「這自然是沒問題的，對吧，媳婦？」

羅雲初亦笑著點點頭。「三弟不嫌棄我燒的飯菜就行。」

宋母和宋大郎都欲言又止，宋大嫂倒搶先一步說道：「這真是太好了，我看村裡的人還有什麼閒話可說！」這話旨在提醒宋大郎和宋母，別把三弟拉進家門了，如果連他也一起到了大房的話，那麼外頭的人還不知道怎麼戳二郎的脊梁骨呢。

於是，宋母和宋大郎莫可奈何地點頭應允了。

「下面，輪到這些田產的分配了。」

宋母的一句話，讓宋大嫂的雙眼都亮了起來，灼人得緊，這才是分家最重要的部分啊。

「你們三兄弟，這些田產按理說應當分成三份的，如此一來，二郎家相當於分得雙份田產。但由於我現在跟著大郎住，大郎家總共有五口人了，而二郎那頭只有四口，我也不好讓大郎太吃虧。」此話一說完，宋母掃了眾人一眼。

「娘……」宋大郎想說什麼卻被宋大嫂拉住了。

宋大嫂心裡暗喜。哈哈，看來還是自家占便宜了啊。「娘，剛才都說了，由您作主，他們都沒意見的，您就放心分配吧。」最好是多分一點好田好地什麼的給他們家。

羅雲初心裡一緊，面上卻沒什麼異樣，先看看怎麼分再說吧。若是宋母慢待了二郎，在這以孝為天的地方，她也不能多說什麼。

「把田地分成四份，你們三兄弟和我一人一份，我那份就讓大郎先管著。等我百年以後，你們三兄弟再平分吧。」

「娘——」三兄弟齊喊。

宋大嫂臉色一變，她還以為是多大的好處呢，原來只是這樣！

「你們不用說了，人都有那麼一天的。如果這個分法沒意見的話，就按這個分吧。」宋母擺擺手。

宋家三兄弟均搖了搖頭表示沒意見。

後來羅雲初他們又分得了一些廚房的家當，宋二郎表示這些全留給大哥，他不要的，可是大郎不准，只好一人拿了菜鍋，一個拿了飯鍋什麼的平分了。

屋後的空地也是平分了，宋大郎他們那邊的房子連著東邊的地都是他們的，而宋二郎他們也分得了房子連著西邊的菜地。雞舍鴨舍裡的雞鴨也是一人一半分了，連那兩頭豬也是一家一隻。

其他的東西都好說，只是分到雞鴨時，宋大嫂老大不願意。這些都是她一手養大的呀，憑什麼分給宋二郎他們呀？最後還是宋大郎親自去分的。宋二郎後來只要了兩隻抱窩的母雞，其他的都沒要，羅雲初也贊成，真平分了那些雞鴨，還不給宋大嫂惦記一輩子啊。既然要分家那就分清一點，省得到時她胡亂念叨自己一家。

對於宋二郎他們的識相，宋大嫂很高興。高興之下，她倒大方起來了，一下子給了羅雲初十顆帶種的雞蛋並教她怎麼孵化。

分家後，宋大嫂雷厲風行，催促著宋大郎他們去丈量土地整理邊界什麼的，家裡的田地也三兩下就拎清了。

羅雲初算了算，他們家如今分得了一畝水田，一畝半的沙地，兩畝半的坡地，五畝山地。其中有一半是宋銘承的，他們合計起來，也就是剛好十畝地而已。這十畝要放在現代可是很多了，但在這地方也不過是比普通人家略多了一些而已。

舊廚房分給了宋大郎他們，羅雲初這邊是沒有廚房的，宋二郎當天就請了村子裡有名的老泥瓦匠王二叔，幫忙蓋間小的土坯房充作廚房，後來宋二郎又蓋了間簡陋的雞舍鴨舍和豬舍。

家裡有了大變化，孩子總是最興奮的，羅雲初坐在小兀子上摘菜時，看到在院子裡跑來跳去圍著他爹轉悠撒歡兒的飯糰，會心一笑。她每天就忙著給他們做飯，然後帶帶飯糰，閒時就拿出針線來給飯糰做些小被子、小枕頭之類的，聽二郎說，估摸著這兩天，飯糰的小床就打好了。她的針線雖然不算頂好，但只要不繡什麼東西上去，縫縫補補還是可以的。

廚房建好的當天，飯糰的小床也打好了，是二郎他姊和姊夫親自送來的。忘了說了，宋家除了三個兒子外還有一個女兒，比大郎小一歲，比二郎大兩歲，嫁給了隔壁村一個姓黃的木匠兒子。羅雲初聽聞他還有一個姊姊時很疑惑，他們成親那天沒見著她呀，按理說，弟弟成親，她這個做姊姊的理應到場的吧。宋二郎嘆了口氣說大姊生大兒子那年摔了一跤早產了，出生後孩子的身體就不是很好。他們成親那會兒，孩子正在發高燒離不得她，那天只有他姊夫來了，而姊姊卻未出席。

宋大姊和大姊夫把木床放在院子裡後就微惱著臉去見了宋母，也不知宋母和她說了些什麼，出來見到羅雲初時，臉色總算沒有那麼難看了，不過那雙銳利的眼睛卻不住地打量著羅雲初。羅雲初給她奉上了茶，便笑著坐在一旁和她扯起了閒話來，其實說是閒話也不過是問一下她夫家那邊的公婆兒女身體之類的，而宋二郎則和他姊夫聊開了。

宋大姊回來時，給幾個孩子帶了點零嘴，飯糰跟著天孝兄妹玩兒去了。

宋大姊和羅雲初說話的同時，不動聲色地打量了一下所在的屋子。他們如今這間待客的房子是之前那間雜物房，分家後，羅雲初就把它收拾出來了，雖然仍堆著一些整理好的東西，但被她用一些破舊的布拼接而成的簾幔隔開，倒也顯得雅致了許多，沒讓人感到雜亂。她是宋家的女兒，成親後亦經常和娘家保持來往，這房子原來是做什麼用的她自然清楚，她沒想到這二弟媳收拾起屋子來倒像模像樣的，看起來像是個會過日子的。

「二弟，分家的過程我也聽娘說了，多餘的話我也不說了，姊只希望即便分了家，你們幾兄弟都要相互扶持，切不可親疏不分啊。」說著瞪了羅雲初一眼，以示警告。

羅雲初微微一笑，懶得和她計較。日久見人心，她不必在這當口為自己爭辯什麼。

「大姊，妳放心吧，我曉得怎麼做的。」宋二郎認真地答道。

「那就好。」宋大姊看了一眼外頭。「天色也不早了，我和你姊夫就回去了，得空我再回來看看。」

「大姊，等等。」宋二郎從袋裡掏出一小塊碎銀子，遞給她。「這是那張床的工錢，妳拿著。」

「二弟，你這是什麼意思？想臊死你大姊我啊？趕緊拿回去，要不別怪我翻臉！」宋大姊板著臉說道。

「大姊，妳知道我不是這個意思，妳就收下吧。妳家裡也難，小靖玉時不時地病上一段時間，又離不得藥，銀子如流水般的花出去。咱們家也不富裕，妳二弟我又是個沒本事的，幫不上大忙，心裡難受啊。」宋二郎說到最後，心情很低落。自小，他就和大姊感情最好，兩姊弟的感情比其他人都來得深，如今見她家是這般情況，心裡也很不好受，每次去鎮上經過她家時都會去看看，時不時地塞些錢給她。

羅雲初也聽明白了，上前勸道：「大姊，妳就收下吧，況且這錢也不是白拿的，是姊夫幫我們打木床的工錢呢。」

「就幫你們打個小床，花得了什麼工夫？」

「大姊，讓妳收下就收下，再推辭就是不把我們當親人看待了。」羅雲初從宋二郎手裡拿過那銀子，直接塞給他姊夫。

「這……」黃大樑拿眼看向他家婆娘。

宋大姊嘆了口氣，示意她丈夫接過錢，道：「二弟、二弟妹，這錢大姊就拿了，以後……唉，總之大姊記著你們這份情。」

又說了一會兒話，宋大姊兩人就告辭了。

看著宋大姊略顯疲憊的身影消失在門外，羅雲初轉過頭來對宋二郎說道：「二郎，大姊她也不容易，咱們以後有錢了就幫襯幫襯她吧。」

「嗯，媳婦，妳真好。」宋二郎很高興，嘿嘿笑了起來。

「混說什麼？」羅雲初啐了他一句，突然覺得害羞起來。「呀，該做飯去了。」說完落荒而逃。

獨留宋二郎在後面傻笑一通。

飯糰的一隻小手捉著羅雲初的褲管，睜著圓溜溜的大眼睛，好奇地看著他爹新擺弄的那張小床，用糯糯的聲音問道：「娘，爹在做什麼？」

「你爹正在給飯糰安裝新床呀。」羅雲初找了離他近的椅子坐下，待他需要什麼東西的時候，自己也方便遞給他。將飯糰小小的身子抱起來，讓他坐在腿上。「飯糰，你就要有張新床睡覺覺了，高不高興？」

「高興。」在飯糰幼稚的腦袋裡，他認為新東西都是好的，像新衣服、新鞋子，所以新床，也是好的。可是，飯糰只有一個啊，怎麼能同時睡兩張床呢？這床又不像新衣服一樣，能讓穿了舊的在裡面，再穿新的在外面。

「呵呵，以後飯糰晚上就睡新床好不好？」羅雲初笑著摸了摸他的小臉。

「我不，我要和娘一起睡，娘香香的，好聞。」飯糰不依，撲到她懷裡擰起麻花來。

「不行。」冷不防的，一直埋頭苦幹的宋二郎抬起頭來反駁了兒子一句。

「為什麼？」聽到不能和娘一起睡，他爹的態度又那麼強硬，飯糰眼眶很快就紅了，要哭不哭地看著他爹。

羅雲初扯了扯宋二郎的衣襬。「二郎，孩子還小，慢慢說就是了，別那麼大聲，嚇著了孩子，心疼的還不是你呀？」

宋二郎自知理虧，媳婦說得有理，他只好摸摸鼻子嘀咕道：「男子漢哭啥哭？」

「我是飯糰，不是男子漢。」小飯糰擰起來了。「娘，飯糰和妳一起睡好不好？飯糰不要睡新床啦！」

看到他如此抗拒，羅雲初頗為頭疼，她嘆了口氣，決定換個說法。「飯糰，咱們家那張大床太小了，咱們三個晚上睡在上面，娘擠在中間很不舒服哦。如果飯糰睡新床了，那娘就會舒服很多哦。」

飯糰不想和他娘分開，但又不想他娘不舒服，好糾結啊……啊，有了！「讓爹去睡新床，我和娘睡原來那張，這樣娘就不會不舒服了。」

宋二郎正在打釘子，聞言，差點被槌子捶到手。

「可這張小床躺不下你爹呀。」這張床只有五尺長三尺寬，對宋二郎來說太袖珍了。

「好嘛，飯糰睡新床就是了。」反正能和爹娘同一個房間，總比和奶奶睡來得好。

聽聞這個小人兒終於肯妥協了，宋二郎和羅雲初心裡終於鬆了口氣。

心情一好，幹活的速度自然快了許多。沒一會兒，宋二郎就將那張小床給安裝好了。

「飯糰，娘給你鋪席子掛蚊帳去。」將飯糰放下地，羅雲初就給他鋪起床來，宋二郎心裡高興，也圍著羅雲初前前後後的幫忙。

吃過晚飯洗過澡，飯糰覺得今晚他爹爹好奇怪哦，眼神整晚的圍著娘轉，看著娘的眼神就像他看到白麵饅頭一樣狂熱，恨不得上前把娘吞下去一樣。

「飯糰，睡覺吧，早睡早起，明天好有精神找你天孝哥一塊兒玩兒。」兒呀，你咋還不乖乖睡覺？

「爹，飯糰還不睏。」爹今晚怎麼了？飯糰迷惑，他都說了兩次不睏了，爹還催，真討厭！

羅雲初搠著一頭半乾的頭髮從屏風處慢慢出來，看到的就是這幅畫面，飯糰自顧自地坐在那玩九連環，而宋二郎則是一臉鬱悶。剛才的話她都聽到了，因此她還悶聲笑了好久。

「娘——」見了羅雲初，飯糰把手上的九連環扔在一旁，就膩了過去，渾然不知道他正被他老爹瞪著。

羅雲初把他抱到小床上，哄了好久，才把他哄睡了。

她剛把飯糰床上的蚊帳塞好，一轉身就被抱住了。雄渾的男性氣息瀰漫在鼻間，灼熱的體溫燙得她渾身發軟。

「媳婦，這小兔崽子總算睡了，憋死我了。」宋二郎一個熊抱，將羅雲初抱上炕後，把床頭櫃上的油燈吹滅，再將黃白色的麻布帳子放下，便壓了上去。

軟玉溫香在懷，讓宋二郎這莽漢渾然不知控制力道，扯開衣襟，對著雪白的脖子就是一陣啃咬。

「你輕點，輕點啊。」羅雲初推拒著，小拳頭嗔怪的捶了下他渾厚的胸膛。天啊，這莽漢也不知道控制一下力道，這讓她明天怎麼出去見人？

好一會兒，宋二郎非但沒有覺得解渴，反而惹得他越來越飢渴。他放開已經殷紅一片的嫩脖子，見著羅雲初頭微仰，嘴微張，眼眸微瞇的嬌媚樣兒，讓人想要狠狠的蹂躪一番。而他也確實這麼做了，低頭，銜住那渴望已久的櫻紅。

羅雲初只感覺他粗而有力的舌尖頂開她的皓齒，探入她的香甜中一番攪動，追逐著她的丁香小舌，強迫她與之交纏，而他的粗掌則拂過她的腰際，慢慢下滑，在那兩瓣性感的臀肉上徘徊揉弄。似乎覺得稍稍解了癮頭，大掌便戀戀不捨地挪開了陣地，從她的褲頭溜了進去，路經黑森林，直達桃源秘地，察覺此地已經一片濕潤，宋二郎大喜，三、兩下便把兩人脫得清潔溜溜。

抬起她嫩白的腿，扶著已經昂頭吐信的黑紫大蛇，對準那紅嫩的洞口，用力一擠，便埋了進去。

宋二郎呼出一口氣，她的緊窒緊緊包裹著他的硬挺，讓他覺得交接處快感連連，抽動中雙手仍然不忘蹂躪她胸前跳動著的那對小白兔。

經歷過幾次雲雨，羅雲初已漸漸適應了他的尺寸，雖然他剛進入那會兒仍會感覺到不適，但隨著他的動作，羅雲初漸漸覺得快活無比。

隨著他凶猛的動作，羅雲初覺得他每一下都那麼帶勁，到後來，每一次都能頂入深處用根部揉壓著核心，羅雲初完全不能抗拒這樣的攻勢，只能無助的抓住床單，拚命壓抑自己的叫聲。

原本挺結實的床榻彷彿承受不住兩人那大開大合的動作般，發出「吱嘎」不堪重負的聲響，卻未被沈浸在床上運動中的男女所留意。

他的意念堅毅如鐵，黝黑的臉隨著律動的頻率愈來愈紅，木床吱吱嘎嘎地響個不停，羅雲初的雙腿已經不自覺地圈著他的勁腰，配合著他的動作上下律動。

這場運動不知持續了多久，反正他們身下那張床的叫喚聲一直都沒停過。

「娘，有老鼠，快打……」飯糰翻了個身，無意識地說了一句。

頓時把他爹娘嚇了一跳，羅雲初下意識地收縮著下身。

「嘶，小妖精，爺要被妳夾死了。」一陣酥麻感從龍首處傳來，宋二郎倒吸了口氣。

見他那樣，羅雲初輕笑出聲，媚眼一拋。「這樣就不行了？」

「誰說我不行了?小妖精，這是妳自找的！」宋二郎見飯糰嚷了一句後就沒了動作，膽子立即大了起來。況且男人最討厭被女人說不行了，這是對男人的污辱！

被他一個深挺，羅雲初一陣哆嗦，忙求饒。「輕點兒啊。」那一下差點要了她的命了。

宋二郎嘿嘿直笑，動作卻未停歇。一整夜，羅雲初被他弄得暈過去兩次，直到四更天時雞鳴了他方罷，不無遺憾地瞅了瞅天色，想著明天還得幹活，他才把半疲軟的凶器從她體內退了出來。

給她略收拾了一下，便摟著她睡了過去。

抱著她，宋二郎疑惑地自言自語。「媳婦，真奇怪，以前做這事的時候，我咋沒覺得有那種怎麼要都覺得不夠的飢餓感呢？」想不明白，他便扔去了一旁。

次日，睡得足足的飯糰一大清早的就醒了過來。他滑下床，穿了鞋子便蹬蹬蹬地跑到他爹的床邊，拉開床簾。「娘，起床咯。」

羅雲初無意識地動了動，緩緩地睜開眼。

宋二郎第一時間醒了過來，看到兒子，剛想讓他別出聲吵他娘時，飯糰便一臉吃驚地伸出小手，指著羅雲初的脖子叫出聲。「娘，妳脖子怎麼了？」

羅雲初一摸，上面可能還腫著，觸覺不似往日般平滑，有微微的刺痛感。想起昨晚的事，她不禁恨恨瞪了那不知節制的傢伙一眼。吃飽喝足的宋二郎摸摸鼻子，傻笑起來。瞪就瞪吧，媳婦高興就好，反正他又不會少塊肉。

「娘？」飯糰疑惑，他擔憂地看了那些傷口一眼，瑟縮了一下。娘一定很疼吧？

「沒事，昨晚和妖精打架，被咬了幾口。」羅雲初想也沒想，就把前世聽到的藉口拿出來哄飯糰。

「妖精打架？」飯糰同情地看了羅雲初一眼。「娘好可憐，被妖精咬了。」

隨即轉而對他爹氣憤地道：「爹，你太沒用了，娘都被妖精咬傷了，你都不幫她打妖精的？」

宋二郎一噎，看著兒子欲哭無淚。兒呀，你和你娘口中的那個妖精就是我啊。

飯糰猶嫌不夠，轉過頭來對羅雲初又道：「娘，爹太沒用了，今晚我和妳睡，一定幫妳把妖精打跑，讓它不敢再來咬妳！」

看著宋二郎隱晦不明的臉色，羅雲初心情很好，摸摸飯糰的臉，笑道：「好。」

「娘，疼不疼？」

「不疼了，一會兒搽點藥就好了。對了，娘和妖精打架的事，你千萬別和人說哦。」羅雲初叮嚀，這種事小孩子不懂，但大人一聽哪有不明白的道理？

「嗯，飯糰知道了。」飯糰重重地點了點頭。

第十一章　步入軌道

漱洗罷，羅雲初給自己梳了個隨雲髻。臨出嫁時，羅母特意教了羅雲初好幾種髮型，以便她成了親以後打理，什麼朝雲近香髻、高椎髻、墮馬髻、傾髻、單螺等髮式，相比於其他繁複的髮式，隨雲髻和單螺既簡單又好看，很得羅雲初的喜愛。

看了一眼脖子間的青紫，羅雲初皺了皺眉。好在這個時代的衣服都很保守，她挑一件藕色的高襟衣裳穿上，只要動作不太大，都不愁那些吻痕被人瞧見。

分了家後，宋二郎更勤勞了，每天一醒來，隨便應付了早飯就扛著鋤頭肥料到地裡忙去了。羅雲初知道十畝地的活兒不輕，想跟著他一塊兒去幹活。

但二郎撓了撓頭，憨憨地笑道：「媳婦，妳留在家吧，家裡的活兒也不輕呢，等妳把家務活幹完，把飯菜做好了，我也幹完活回來了。」

羅雲初想了想也是，剛分家，有些事還沒完全上手，等把家裡打理好了，她再幫二郎分擔一下地裡的活兒吧。

作為一個讀書人，宋銘承也有屬於自己的驕傲，別看他整個人看起來淡淡的什麼都無所謂的樣子，遇到某些事，他總有自己的堅持。分家後宋銘承就對二郎說了，去幹活的時候也得叫上他。

二郎勸他留在家裡看書，勸不住，他就是淡淡地笑著，任他二哥說，就是不肯點頭。二郎很頭痛，頭一天，他乾脆啥也不說，早早就出門幹活去了，壓根兒就沒通知宋銘承。回來時，宋銘承見了他笑笑，也沒什麼反常的舉動，二郎很高興，以為他三弟聽了他的勸，不在意他偷跑去幹活的事。

豈知，第二天，二郎起床剛來到院子裡那口井旁邊，想打盆水洗漱，卻看到他三弟笑吟吟地拿著把鋤頭等在那兒了。宋二郎眼皮一跳，看他三弟這架式他就明白了，原來是他放心得太早了點，他也素來知道他三弟的性子，沒辦法，他去幹活時只好帶上他一道了。

羅雲初前世的時候可是在農村長大的，餵雞養鴨這樣的活兒難不倒她，就連豬圈裡的大傢伙，對她來說都是小意思。那兩隻母雞在抱窩，用不著羅雲初管牠們吃喝。那隻豬嘛，羅雲初到屋後的菜地裡割了一大捆番薯藤，把它們都切成一小段一小段的，放到大鍋裡煮滾，餵豬時舀兩大勺進桶裡，加入一些吃剩的飯菜或者麥麩、稻麩、花生麩。麥麩、稻麩和花生麩在這個年代有時候還用來替代口糧，也是比較金貴的，除了餵養小豬仔外，大豬一般人家都不大捨得餵這些，不過羅雲初為了讓牠快點長膘，每頓都會捉一把放到豬食中去。

菜地裡的菜就更不用操心了，宋家在東邊宋大嫂原來養豬的地方建了個廁所，全家人都是到那兒解決人生大事的。那裡有很多的農家肥，只要那些菜能承受得住，每晚都能喝得飽飽的。羅雲初很勤勞，如今那三分菜地一直都保持著黑乎乎的肥沃狀態，地裡長出的莊稼也是綠油油的，看著很喜人。

可惜好景不長。應該說有人不想過舒心的日子，這人說的就是宋大嫂。羅雲初算是看明白了，她這大嫂就是見不得別人過得舒坦，每天不折騰出個事她心裡就不舒服！這不，羅雲初不過是最近給菜地施肥的次數多了一些，宋大嫂就抱怨糞池裡的糞水不夠用了，什麼水田裡的水稻需要肥料啊，她的新菜地需要肥料啊，她自己都捨不得用啊什麼的。

羅雲初聽了，沒和她吵，直接回房裡，將二郎叫醒，讓他聽聽他大嫂都說了些什麼。宋二郎迷迷糊糊的醒來，不明所以地看著自家媳婦，卻沒承想，大嫂小氣刻薄的話就傳進了耳裡，兩人靜靜聽著。或許是宋大嫂見沒了觀眾，這才漸漸停歇下來。

聽到最後，宋二郎鐵青著臉。「媳婦，委屈妳了，明兒個我就在咱們豬圈後面蓋個茅廁，以後都用不著去受那個氣了。」

羅雲初點了點頭，她就是這麼想的。不就是個糞水嗎？又不是多大的事，誰樂意天天被人拿話來擠兌？她這大嫂敢在這當頭鬧騰，不過是想仗著大郎、二郎去地裡幹活了不在家罷了，若她知道她說的話全被二郎聽去了，指不定多驚慌呢。

待宋二郎開工蓋那茅廁時，大郎想攔著，但沒攔住。那兩天宋大嫂的臉色很不自然，見著他倆都是一臉訕訕的，羅雲初也不去管她，見了面就問候一聲，禮數到了就行了，之後該幹麼就幹麼。

分了家後，羅雲初深感自己得走出內宅，多多和鄰居交往才是。這裡雖然是古代，但對農村的婦女要求卻沒有那麼變態，沒那麼多大門不出二門不邁的規矩，畢竟田地裡的活兒忙不過來時，女人一樣需要下地幫忙。總不能讓她們幹活的時候都戴著面紗圍巾吧？所以在這裡，婦女串串門什麼的還是允許的，但當街和男人調笑這種事，就別想了，良家婦女要是敢這樣，被人知道還是要被浸豬籠的。

而從古到今，婦女洗衣的溪邊，都是八卦發生率最高的地兒，也是最容易結交朋友打入她們圈子裡的場合。羅雲初雖然不愛說人八卦，但在這資訊落後的時代，聽聽東家長西家短的事兒，卻是最有趣味最能打發時間的事兒了。

還記得頭一天她提著一木桶衣裳來洗時，還隱約聽到什麼宋家……分家……大房二房的事。見到她時，眾女人戛然而止，她還有什麼不明白的，正在說她家的是非唄。不過她也當作不知道，笑著和她們打了聲招呼，認識的就叫一下名字，不認識的都以嫂子、嬸子稱呼上了。

大胖的娘趙家嫂子回過神來，倒挺熱情地招呼羅雲初。「二郎家的，過來過來，這裡有好位子。陳家的快洗好了，妳過來這兒吧，咱們擠一擠。」

「好咧。」羅雲初倒不拒絕她的邀請。

「欸，二郎家的，別怪妳嫂子我說話直啊，你們家和大郎家真的分了？」趙家嫂子一臉好奇，其他人也是豎起了耳朵細聽，接收第一手八卦。

羅雲初明白，她此時的話裡可不能有什麼不好或不滿的意思在裡頭，即便是態度上也不能有一絲不對的地方，若是有，這些女人就能把它放大十倍百倍傳回去給她大嫂或婆婆聽。

「是的。」羅雲初多一句都不說。

咦，沒有抱怨？

「咋分的？」抱怨吧抱怨吧，說說妳心底是怎麼不滿意的，分家又是怎麼不公平的吧。

一群婦女眼睛亮亮地看著羅雲初，彷彿想從她嘴裡聽出什麼爆炸性的消息一般。

羅雲初看著這群八卦分子的熱衷表情，不覺莞爾一笑。「別人家怎麼分咱們家就怎麼分唄。」

無趣！「二郎家的，妳難道沒有覺得很不公平嗎？我可聽說了，妳大伯一家子可分得了家裡的一半田地呢！妳家和你們小叔也才分得一半，日後你們可得從中分出一份給妳小叔呢。」

羅雲初照本宣科地將宋母的話學了一遍。

眾人見她一副油鹽不進的樣子，無趣地轉過了話題，討論起趙員外的第八房姨太太小產的事去了。

羅雲初笑笑，抓了一些皀角粉放在衣服上搓了起來，聽著眾人聊著八卦，時不時插上一、兩句。羅雲初畢竟是有見識的，話雖不多，可看問題往往一針見血說中其關鍵，加之她話裡又帶著一些小幽默，便很快的得到了娘子軍們的認同。散場回家去時，便有不少媳婦兒邀請她去家裡頭坐坐。

趙家嫂子是個熱情的，洗好衣服回去的路上，她一直和羅雲初嘮叨著一些家常。羅雲初都是微笑聽著，充分體現了一個好聽眾應該具備的素質，到家時，她還意猶未盡。

去洗了趟衣服，在眾媳婦兒中混了個臉熟，交際就此展開，以後做事也方便多了。畢竟以後她都生活在此地裡，總不能一個朋友都沒有吧，天天窩在家，外人會當妳是個另類的。

漸漸的，他們這個新家由一開始的不習慣，到慢慢適應四個人圍著飯桌吃飯的情景。

分家後，家庭的重擔全壓在二郎一個人的肩上，生活的迫切感讓他早出晚歸，拚命的幹活。這些日子，羅雲初實在不願意看到兄弟兩人為了地裡的活兒你追我躲的情況了，況且她對宋銘承當以讀書為主這一點深以為然，至於地裡的活兒，適當地幫襯一二便是了。她是這麼想的，也是這麼勸他的。

宋銘承默默地聽著，見他二嫂確實是趕忙為他著想的，最後恭敬地向她作了個揖，便聽從她的安排，每十日只三兩日到地裡幫下忙。宋二郎見三弟聽進去了，心裡也很高興，為了能讓他少幹活，二郎幹起活來更加賣力了。

早出晚歸的，如今他的膚色比之羅雲初剛見他那會兒要黝黑許多，肩膀處有些還磨破了皮，羅雲初看著很心疼。晚上的時候，會用些西瓜皮或茶水給他敷一敷，西瓜皮是自家或鄰居家吃剩下的，羅雲初把它們清洗收拾回來，切成薄片來使用。當沒有西瓜皮的時候，她從家裡剩下的一小撮茶葉拿些出來，泡成茶水給他蘸蘸，能安撫他的皮膚，減輕灼痛感。

「爹爹，痛痛，飯糰幫你呼呼就不痛了。」飯糰看著自家親爹肩膀上的曬傷，滿眼心疼。

「呵呵，飯糰乖，爹爹很辛苦才能把飯糰養大，飯糰要聽話，長大後也要孝順爹爹喔。」摸摸他的小臉，羅雲初叮嚀。

飯糰點了點小腦袋，乖巧地說：「飯糰知道了。」

宋二郎見兒子這般聽話，笑了笑。

「二郎，別那麼拚命知道不？以後巳時就回來吧，午時太陽毒著呢。還有，下午也不許那麼早出門了。」看著脫皮處，羅雲初輕聲地說道。

「媳婦，哪裡就那麼嬌貴了？不就是破了丁點兒皮嘛，不礙事不礙事，過兩天就好了。」宋二郎樂呵呵地說道，媳婦兒的關心讓他很受用，覺得為了這個家辛苦點兒也算不得什麼。

「那媳婦的話你聽是不聽？」羅雲初嘟著嘴，明媚的眼睛一眨也不眨地看著他。

直把他眼睛都看直了，吶吶不語。宋二郎一直都知道自己媳婦長得標緻，臉蛋滑滑的，像剛剝開的雞蛋一樣，衣裳下的皮膚嫩滑如脂，摸起來比他摸過的最上乘的紡織絲綢還要好摸。想著她在他身下情動的模樣，宋二郎就在心裡發誓，一定要努力幹活，不讓媳婦受累。

羅雲初被他那露骨的眼神瞧得不自在，橫了他一眼，希望他有所收斂。「飯糰還在呢。」

飯糰聽到娘叫他的名字，他不明所以地看看這個，望望那個，試探地叫了聲。「娘？」

「呵呵，沒事，走，飯糰，睡覺去。」羅雲初將他抱了起來，走向他的小床。

宋二郎火熱的視線一直追著她轉，羅雲初挺直了背，當不知道。

不用說這一夜注定了是個熱情如火的夜晚。羅雲初掐指算了算，今晚尚在安全期，她就任由宋二郎在她身上施為了，這可把宋二郎高興壞了，當晚梅開三度四度五度……

當地裡的莊稼都除過草施過肥後，沒事幹的時候，宋二郎就到鎮上找活兒幹，運氣好的時候一天也能掙個五十錢到八十錢。羅雲初後來才知道，二郎以前獵到的一些動物皮子都是寄賣在一個叫常大勝的大叔店裡，因為常大勝也是從他們村子裡搬出去的，和二郎他們家關係不錯，經常會給二郎介紹一些短活幹，例如給人家裝卸貨物什麼的。宋二郎力氣大，幹活的時候又不耍奸弄猾，那些雇主都樂於用他。

家裡的開支不少，柴米油鹽醬醋除了柴哪樣都要錢，二郎賺了些生財，支付這些也淨夠了，但也沒剩下什麼錢。不過虧什麼也不能虧了孩子，所以羅雲初讓二郎每十天都買一次肉，比起之前大鍋飯時每月一、兩次肉，頻率高了那麼一點。

二郎每次割回的肉都是肥肉居多，羅雲初以為是肥肉比較便宜，二郎捨不得買好的，才買便宜的肥肉。後來她才知道，這肥肉比瘦肉貴多了，肥肉是十八文左右一斤，而瘦肉只需十四文左右就能買到。

二郎買回來的肥肉，曾一度讓羅雲初很為難，煎油麼，煎了後就沒了，不煎麼，那麼肥，怎麼入口啊？後來她在門外遇到趙家嫂子時，隨口問了下他們家是怎麼炒豬肉的，趙家嫂子很熱情，說了好幾種炒豬肉的法子，羅雲初呆呆地聽著，貌似她聽了許久，怎麼沒有煎油這一過程？於是她將她的疑惑問出口，趙家嫂子不以為然，在她看來，羅雲初就是個新媳婦不會當家的，這豬肉煎了哪裡還有油水？正因為它們肥滋滋的才好吃呀。

羅雲初聽了趙家嫂子的話，將肥肉炒得肥滋滋的，油水十足。二郎果然很喜歡，得知已經給宋母送去一份，便捧著番薯飯吃得有滋有味。今日，宋銘承去他恩師家請教功課去了，尚未回來，羅雲初給他留了飯菜。

宋二郎和宋銘承都是孝順的，哪天要是割了一塊肉或者家裡做了些什麼好吃的，必定會叫宋母過來吃飯。羅雲初倒無所謂，不過是少吃幾筷子的問題。令她不舒服的是，次日宋大嫂見了羅雲初必定要說幾句酸話的，什麼分了家後日子過得舒服了啊，這些羅雲初都沒和她計較，實在說得過火了，羅雲初也不會由著她欺負，領教過羅雲初的伶牙俐齒，漸漸的，宋大嫂收斂了一些。

想必宋大嫂也沒少在宋母面前嘀咕，至於嘀咕什麼，羅雲初就不得而知了。但宋母過來的次數漸漸少了，不過她不過來，二郎就讓羅雲初把做好的菜裝一些過去，多的時候就一整碗，少的時候就半碗或大半碗。

漸漸的，宋大嫂見到羅雲初時的臉色真是一個大轉變啊，每次都笑吟吟的。羅雲初略帶惡意地想，送過去的那些東西，沒少進了宋大嫂或天孝兩個孩子的嘴裡吧？要不，宋大嫂能給她這般好臉色？

扯遠了，羅雲初看著炒出來的肥肉，雖然賣相不錯，聞起來也很香，但她只吃了一、兩塊就膩了。偏二郎他們吃得津津有味，看得羅雲初胃裡直翻滾，她忙挾了一筷子青菜吃了起來。對於一個生長在紅旗社會吃慣了精瘦豬肉的羅雲初來說，她真不習慣吃肥肉啊。

「娘，妳做的紅燒肉好好吃喔。」飯糰捧著碗，吃得一臉滿足。

看他吃得臉頰鼓鼓的，羅雲初一時沒忍住，伸出手點了點他的腮幫子，嗯，彈性十足，手感很好。

飯糰嘴巴裡塞滿了東西，只好瞪著他圓溜溜的眼睛以示抗議了。

不過羅雲初一向都無視這種無聲抗議的，她輕笑。「好吃就多吃點，好快快長大。」說著就給他挾了一塊豬肉。

「唔嗯。」娘的話好像他每天對豬舍裡的白白說的哦。

白白是飯糰給豬舍裡的那頭豬取的名字，每天羅雲初給豬餵食的時候，飯糰總會跟在一旁看著牠進食，嘴裡還唸唸有詞——白白你一定要吃飽飽長得肥肥壯壯的喔，等你長大後，飯糰就能吃肉了。

嚥下飯，飯糰仰著小臉，奶聲奶氣地對羅雲初說：「娘，飯糰不是白白，不用催的啦。」

羅雲初被他的童言童語逗笑了。「是是是，咱們家飯糰比白白要乖，比白白聽話，以後長得比白白還要壯。」

飯糰很糾結，說他乖，是誇他的話，他聽得懂，可是他聽著怎麼就那麼不對勁呢？想來想去，他仍然想不出個所以然來，只得點頭。「嗯，以後長得比白白壯，爹，你說對不對？」

「是是是。」看著娘兒倆，宋二郎搖了搖頭，媳婦還真調皮，連飯糰的便宜也占。可不是嘛，剛才那話分明是欺負人家飯糰小聽不明白深意嘛。

「呵呵，二郎，你也多吃點，把肉給補回來。」羅雲初給他挾了好幾塊肉。

「夠了夠了，媳婦，妳也吃呀，別光顧著我了。」媳婦的關心讓宋二郎很開心。

「嗯。」

不得不說，羅雲初的廚藝不錯，宋大嫂和她比，兩人根本就不在同一個等級上的。宋大嫂做事嫌麻煩，有時兩樣菜一起倒入鍋裡，大火一炒，放個油放個鹽就行了。而羅雲初不是這樣，她習慣精細，討厭大雜燴。油是個金貴物品，羅雲初也省著用，但卻不像宋大嫂那麼吝嗇，煮一鍋菜就只放兩滴油，多放一滴就像要了她的命般。

而且羅雲初前世在鄉下老家的時候，家裡的大人都挺忙的，所以她四年級的時候就學著燒菜了，初中那會兒也是住在家裡頭，廚房的活兒基本都是她包攬了，所以燒菜的技術挺不錯的。雖然如今沒有那個條件讓她做滿漢全席，但她炒起這些青菜蔬果來也是別有一番滋味。

即便只是一道空心菜也被她折騰出好幾種吃法，什麼清炒、嗆炒、一菜三吃，蒜蓉空心菜、腐乳空心菜，她每天變著法子給他們做，他們這一家子每天都吃得很飽。宋銘承向來苦夏，胃口一向都不咋好，羅雲初做的飯菜雖然清淡，但勝在爽口，他吃得有滋有味，相比之前他還胖了一點點。

第十二章 香芋綠豆

「二郎家的，妳昨天做的那個香芋綠豆啥的，還有不？」趙家嫂子雙手不住地往圍裙上擦，看得出來很不好意思。「唉，家裡的孩子鬧著要吃這個，我又是個手笨的，只好腆著臉來問妳要一些了。」

羅雲初一臉抱歉地說道：「趙家嫂子，真對不住了，這東西還真沒了。這個香芋綠豆冰實在不耐久置，擱久了味道就不好了，一般都是現做現吃的。」

趙家嫂子重重地嘆了口氣，眉頭緊鎖。「唉，這可怎麼辦？那個小魔星，一會兒還不知道怎麼鬧騰我呢。」

「嫂子，妳別急，我昨天做這個香芋綠豆冰的時候還順手做了道叫拔絲香芋的吃食，妳拿點回去哄大胖，妳看中不？」自己做的食物有人喜歡，羅雲初覺得很高興，這是賺錢的第一步啊。

「成，給我一點，讓我拿回去哄那小魔星。」趙家嫂子鬆了口氣，都是用香芋做出來的吃食，而且全都是二郎家的做的，兒子應該會滿意吧。其實也怨她，把兒子寵過了頭，不過也難怪，兒子上頭有三個姊姊，大胖算是她日盼夜盼才盼來的兒子，平日裡難免寵溺了些，這才把他養成了略微任性的德行。

羅雲初領著她往客廳走去，因為他們新建的小廚房太小，放些柴草水桶之類的就占滿地方了，根本就放不下一張吃飯的桌子，所以他們就移到客廳來吃飯了。「其實昨天那香芋綠豆冰加一些奶下去會更好吃。」說到這個，她頗為遺憾，她就是找不到椰奶或牛奶才想著用白糖水代替的。

香芋西米露好吃她是知道的，要不然當初她也不會專門去和一個老師傅學了這道手藝。香芋西米露演變有多個版本，有塊狀的，有磨溶煮成糊狀的，還有加椰奶的，最好吃的香芋西米露版本當數塊狀的香芋西米露，因為塊狀香芋能保持其自身的香甜味道和口感，吃起來軟糯細膩，香甜透心，可謂糖水中的極品。她的技術不說能學個十成十，但也有八、九分火候了，做出來的香芋綠豆絕對好吃。

「哎喲喂呀，還要更好吃?!昨天妳拿來的時候，我試了一口，都覺得美味無比了，妳說加些奶下去會更好吃?妳這不是要饞死嫂子我嗎!」趙家嫂子驚訝地叫了起來。

羅雲初看著她誇張的表情，笑了，她不知道她這是真想法還是恭維的，不過她的確被她的表情逗笑了。「可惜沒有奶啊，要不我做好時嫂子妳就能嚐嚐了。嗯，不說這個了，來嚐嚐這道拔絲芋頭，昨天順手做的，妳若覺得還行，就拿點回去給大胖。」進了客廳，羅雲初將桌面上的蓋子掀開，將裡面的那一小盤拔絲香芋拿了出來。

趙家嫂子拿了一塊吃了起來，嘆道：「看著就覺得賣相不錯，想不到入口味道也如此好呢。」不過她轉而嘆道：「也就妳家二郎賺得了錢，捨得用那麼多糖來做這些吃食了，要是我，那是萬萬捨不得用的。」

羅雲初笑笑，也不解釋。當初分家分糧食那會兒，羅雲初就瞄準了堆在最角落裡的那十來支大香芋，當時她和二郎提了，想要那些香芋，二郎對她這些小要求很少駁回，於是他就找大哥大嫂說了，最後在宋大嫂的暗示下，羅雲初他們以雙倍重量的小芋頭換回了那十來支香芋。看著暗暗高興的宋大嫂，羅雲初搖搖頭，她估計宋大嫂以為她就是一個不會過日子的新媳婦吧。

後來她和二郎提了提，想用這些香芋做些吃食，拿到街上去賣，掙點兒零花也好。當時二郎猶豫了會兒，實話告訴她，鎮上的人看不上他們這種粗糧製作的吃食，當時她心裡不服氣，但想著家裡剛分家，活兒都還沒完全上手，便歇了這份心思。這不，最近清閒點了，昨天她就試著做了一下，做好後放在井裡鎮著，晚上的時候才拿出來。二郎他們嚐了，都讚不絕口，飯糰那小傢伙更是捧著個碗吃個不停，小孩子對這樣的甜食最沒抵抗力了。若不是羅雲初在一旁看著，不給他一下子吃那麼多，恐怕他今天就要鬧肚子了，因為這個，那小傢伙噘了老半天的嘴。

昨天宋母得知她用了半罐子糖做這兩道吃食時，板著個臉，一臉不贊同，而宋大嫂則嘖嘖有聲，表情那叫一個……晚上的時候，她偷偷問二郎，她這樣是不是很浪費白糖？二郎摸摸她的臉，憨笑著說只要她高興，她喜歡做啥都成，況且她的確做得很好吃啊。

這些東西做好後，給大郎一家送去了一些，以及二郎他大伯一家，也送去了一點。東西不在多，重要的是那份心意，連和他們交好的趙大山一家都送了，沒道理自家的親戚不給一點的。如今看來，反響還是不錯的嘛，難怪今天天孝帶著一群孩子老出現在她附近，一群小包子時不時用期待的眼神看著她呢。

「嫂子，妳拿點回去哄大胖吧。」羅雲初手腳俐落地給她包了半盤子，其實說是半盤子也只不過是五、六根拔絲香芋罷了。趙家嫂子見了心裡暗暗點頭，這二郎家的是個大方的。其實羅雲初掛在碗櫃上頭的籃子還放有一些，她向來不喜歡把雞蛋放在一處的。

「成，二郎家的，謝謝妳啦，以後有啥事儘管來找妳嫂子，能幫的嫂子不會說個不字的。」趙家嫂子拿著碗裝的拔絲香芋，眉開眼笑地走出客廳。

「嫂子，說這做什麼？不就是一點兒吃食嘛。再說上回妳還幫我買回五隻小鴨子呢。」分家時，他們不是分到了兩隻抱窩的母雞嗎，後來她大嫂給了他們十隻能孵出小雞的雞蛋，分給那兩隻雞媽媽窩著了。雞仔孵出來了，經常會看到兩隻母雞自成一派，帶著牠們的孩子在院子裡找食。後來羅雲初琢磨著，光幾隻雞可能不夠，得再養幾隻鴨子才行。雖然離過年還有老長一段時間，但在這年代家禽長得慢，這會兒也得抓緊了。於是她和趙家嫂子提了提，趙家嫂子給她拎回了幾隻，看著很健康，而且價格也很公道。

趙家嫂子擺擺手，表示慚愧，臨出門前，她想起什麼，回過頭來。「對了，妳不是說要奶嗎？要什麼樣的？牛乳還是羊乳？」

「不計什麼，牛乳羊乳都行的。」可惜兩樣她都沒法弄到。

「我現在記起來了，去年村尾的王家買回一頭羊，最近在產奶。我去幫妳問問，應該能要點回來。」趙家嫂子一拍大腿，叫道。

「真的？那真是太好了，對了嫂子，若王家要錢買的話，只要不過分，給點就是了。」羅雲初很高興，但她也不想為了要一些羊奶，卻要趙家嫂子豁出面子去求。用一些錢就能買到的東西，何必欠人家人情呢。

「這有啥呀？這羊奶帶了股腥羶味，王家的人都不愛喝，我喝過一次，真是難喝極了，送人人家都不愛，哪裡還用得著花錢買？」趙家嫂子很不以為然。「對了，這個羊奶那麼腥羶，放下去那香芋綠豆冰還能吃嗎？」她很懷疑。

「這個麼，得試試才知道，我也是聽別人說放些奶下去會好吃一點。」羅雲初笑笑，在此留了個心眼，她知道肯定會好吃的，因為她知道怎麼給羊奶去掉那股腥羶味。但她既然打算以這個來賣錢，那就不能像個傻大姊般啥底都套出去給別人了，俗話說得好，害人之心不可有，防人之心不可無。

「試試也好，反正那奶不值錢，王家全拿來餵豬呢。」趙家嫂子點了點頭。

拿羊奶來餵豬？果然夠奢侈！羅雲初被這消息驚到了，這羊奶可是個好東西，飯糰長得比較瘦小，如果每天早晚能喝上一碗羊奶，絕對有利於他長身體，而且羊乳甘溫無毒、潤心肺、補肺腎氣，多喝羊奶還可以美容滋補，總之就是好處多多。她心裡迅速地盤算著，是不是該跟著趙家嫂子一道去，和王家的人商量一下，每天向他們購買一些羊奶。

「嫂子，我和妳一道去吧，我還沒去過村尾呢，正好可以多認識認識點人。」這種時機可遇而不可求，她得捉緊了。

「那成，我把這拔絲香芋拿回家給了小魔星就走。」

「嗯嗯。」

「對了，剛才我忘了和妳說了，王家去年買的是母羊，後來又買了一對。本來今年產了崽，養大了正想賣呢，豈知價格比豬肉還不如，他們也就自己養起來了，想等著價格上漲到鎮上去賣。」趙家大嫂把王家的一些情況和羅雲初略提了提。

同在一個村子裡，他們幾家離得並不遠，走沒多久就到了。農村人屋裡的格局都差不多，敲了門，沒多久院子裡就傳來了聲響。「誰呀？來了來了，等會兒啊。」

打開門，王家娘子見著趙家嫂子，很驚訝。「趙大嫂，妳怎麼來了？這位是？」她瞧羅雲初有點面生，一下子也認不出來是哪家的媳婦兒。

「呵呵，這是宋二郎家的新媳婦兒，姓羅。二郎家的，這位是王家娘子，妳跟著叫王嫂子吧。」趙家嫂子給兩人略作了介紹。

羅雲初笑著叫了她一聲王嫂子，王家娘子也笑著點了點頭。

「王嫂子，咱們也不兜圈子了，開門見山直說了吧。二郎家的想和妳買點兒羊乳，妳看怎麼樣？」

「趙大嫂、二郎家的，要羊乳儘管拿去，提錢這不是臊我嗎？妳們來得巧，我正打算去擠奶來餵豬呢。」王家娘子引著兩人進了院子，來到屋後的羊圈裡。

「哪能啊，這不是瞧著妳家也不容易嘛，養了這麼久的羊也沒一點收益。」趙家嫂子和王家娘子一向交好，所以她才敢說得那麼直白。

「欸，趙大嫂，妳這話可說到我心坎裡去了。孩子他爹見鄰縣的一個親戚養得好，非要弄些回來養，這幾隻都是託親戚從南臨那邊帶回來的，前後兩回的車錢就花去不少。當初我就說他了，養幾頭牛還有點盼頭，但他倔起來就是不聽我的勸！」說起這幾隻山羊，王家娘子就一陣鬱悶，這都養了一年多了，草料不知道餵了多少，愣是沒有一點兒收益，她心裡憋悶得慌，她丈夫的脾氣火爆，她又不敢在他面前抱怨，如今見著了趙家嫂子，便倒豆子般把心裡的不滿發洩出來。

「唉，男人決定的事，咱們女人就看開點吧。」趙家嫂子拍了拍她的肩膀安慰著。

王家娘子一邊打掃羊圈，一邊和趙家嫂子聊著。

羅雲初剛靠近羊圈，就聞到一股羊屎的騷臭味，靠近了才發現裡面養了四隻山羊，一隻正在用山羊角磨著牆壁，一隻小的正探頭往外看，一隻正斜躺在地上休息，還有一隻正低頭吃石槽裡的草料。正在吃草料的那隻羊乳房正吊著，鼓鼓的脹脹的，想必就是產奶的那隻了吧。這些羊都是從南臨那邊買的？南臨是哪裡，其實羅雲初也不知道，她想應該是奶山羊的產地吧，而且她看這隻奶山羊，感覺很健康。

「現在的羊肉價格如何？」

「還不是老樣子，十六文一斤，比豬肉還便宜一點。」王家娘子嘆了口氣。

「這羊產奶也太久了吧，上個月就在產奶了，看這架式估計沒有那麼快斷奶吧。」

「是呀，每天都有，除了餵豬，我不知道這些奶還能用來做什麼！不擠又不行，唉。」想起每天要用這麼多新鮮草料，王家娘子就一陣煩悶。

羅雲初沒理會正在閒聊的兩女人，心裡正在迅速地盤算著。據她所知，奶山羊的泌乳期可達七到九個月，產奶量約四百五十公斤左右，即使古代條件差點，泌乳期怎麼樣也得有半年吧，每天至少能產兩公斤奶吧？

飯糰要長身體，當然是長期飲用效果才好了，當然還有自己的各項計劃，這些都需要長期的羊奶供應。而王家，別看王嫂子現在好說話，免費給自己擠奶，但她天天都需要的話，恐怕人家也會煩吧。如果以後她每天都過來買羊奶，每次都少不得要給上兩、三文錢，一個月下來一百文上下了，一年下來，就是一千兩百文了。那她完全可以買一隻羊了。

而且她看這隻羊，也就七、八十斤左右，不除骨頭全按羊肉的價格賣的話，也就是一千兩百五十文左右。這樣一算，還是買一隻羊划算啊。說實話，她很想把這隻產奶的羊買下來，而且她觀王嫂子似乎對這幾隻羊很不滿啊，她把價錢略略提高一點，一千四百、五百文左右應該能拿下這隻羊。不過這事還得和二郎商量一下，畢竟二郎是一家之主嘛。

趁著王家娘子去拿盆來擠奶的空檔，羅雲初和趙家嫂子說了自己的打算，讓她幫忙牽一下線多說幾句好話。

「二郎家的，妳可得想清楚了啊。」趙家嫂子以為這是她自個兒拿的主意。

「呵呵，趙家嫂子，我深想過了。飯糰他身子弱，我也聽老人說了，人家大戶人家都是專門養著奶娘來擠奶給老人吃呢。都說人奶有營養，想來這羊奶也錯不離的了，雖然可能比不上人奶，但總歸是好的，也能給孩子補補身體不是？」羅雲初把明面上的理由拿來用了。

「這羊乳那麼腥羶，飯糰那麼小的孩子能喝得慣嗎？」她很懷疑。

「總比以後病了喝藥強吧？」前世那會兒，她也買過羊奶粉給她爸媽喝，雖然這些羊奶粉都標明用了脫羶技術的，但不知是她爸媽心理的因素還是怎麼的，總覺得沖泡出來的羊奶有股味道，便不肯喝了。她很無奈，於是跑去網上查了去騷味的方子，網上常見的去羊奶腥羶味的法子無非就幾種，放杏仁、茶葉或茉莉花下去同煮，當時她就試著煮了一下，味道果然好多了，她爸媽也不嫌棄了。如今她家裡沒有杏仁，只好用茶葉來沖煮一下了，可惜的是茶葉也不多了。真買了這頭羊後，她也不好意思用家裡的儲蓄去買這些在別人眼中很無用的東西了，她得趕緊掙錢，想買什麼就買什麼。

不過這個法子她不能隨便洩漏，至少此時不能洩漏，她怕王家的知道了後就不肯把羊賣給她了。

趙家嫂子點了點頭。「既然妳主意這麼正，我就去和王嫂子套下話。人家都道後娘難為，飯糰遇上妳算是他的福氣了。」

「如果王嫂子一下拿不定主意，咱也不急著催她，畢竟她也沒和她家男人商量過。而且這也是我這頭拿的主意，還得回去和二郎吱一聲，不過二郎也是個疼孩子的，這事八成能成，就不知道王家嫂子這邊肯不肯賣了。」其實羅雲初心裡也沒底，萬一人家不肯賣怎麼辦？

「呵呵，這個妳就放心吧，王嫂子和我抱怨過幾次了，妳想買這羊給高點兒價錢八成能行。而且她想買牛來養，已經和我嘮叨過好幾次了。」趙家嫂子安慰她。

晚點，趙家嫂子和王家娘子提的時候，王家娘子果然很高興，但又覺得為難，說要和家裡的男人商量一下，讓她們明天再來一趟。羅雲初表示理解，她明白這事可能一下子成不了，但她也只能暫時按捺下心思。

晚上的時候，羅雲初哄睡了飯糰，按住二郎蠢蠢欲動的大掌，把她的想法和他說了。

二郎想了想，道：「媳婦，妳想買就買吧。」每次抱著兒子瘦小的身體，他心裡總會有股愧疚。媳婦這都是為了兒子好啊，一千五百文錢，一兩多的銀子，他們家還是拿得出手的。大不了就相當於提前置辦年貨了，到時如果發現喝羊奶對身體沒好處，過年就把這羊給宰了也是可以的。

「二郎你真好。」雖然他同意是在羅雲初的意料之中，但她還是忍不住興奮和激動。她勾住他的脖子，親了他的臉一口。

媳婦的親近，讓宋二郎又傻笑起來，手不自覺地在她曲線畢露的嬌軀上來回遊走。羅雲初看著眼前這個傻大個，心裡突然一暖，決定今晚好好獎賞他，感謝他無條件的支持。

她朝他嬌媚一笑，扯開他的衣服，跨坐在他身上。在他吃驚的目光下，低下頭，吻住他胸前的一枚紅棗，學著他以前的方式舔弄起來，聽著頭頂上漸漸急促的呼吸，羅雲初的舌頭更靈活了。感覺抵在腹間的碩大，她抬起柳腰，壞心地蹭了蹭，果然聽到了上頭傳來一聲抽氣聲，接著她的腰就被按住了，壓向那抹灼熱……

這個夜晚對宋二郎來說，真是熱情如火啊，連吃了好幾次，他總算饜足了，摟著渾身沒力的媳婦進入夢鄉。

不過這個夜晚，對羅雲初來說就不那麼美妙了，次日她扶著瘀青痠疼的柳腰，在飯糰的催促下慢吞吞地起床，心裡卻不斷地扎著草人。這莽漢！勁頭上來了，也不顧她的哭訴，嘴巴上哄著自己，說這次完了就行了，哄著自己配合他，這樣又那樣的，也不想想，她又不是練舞蹈出身的，那些動作做起來真要了她的老命了。

不行，她得餓他個幾天！羅雲初氣呼呼地想。

第十三章　到手

買羊的事很順利，羅雲初最終以一千四百文錢的價格買下了這隻奶山羊。王家娘子歡天喜地接過了錢，琢磨著再加一吊錢下去，就差不多能買隻剛長大的牛了。

一大早的，羅雲初右手抱著飯糰，左手牽著羊往家裡走，飯糰掙扎著要下地，羅雲初不明所以。

「娘，放我下來，飯糰重。」他的聲音裡帶著小孩子獨特的嘟囔。

「怎麼了？」走得急了，羅雲初的聲音有點喘，都是昨晚運動過頭惹的禍啊，這才走幾步啊。

飯糰努力伸長手，輕輕地擦去她額頭上沁出的微汗，小小聲說道：「娘累了，飯糰自己走。」

羅雲初聞言，笑了，努力地在他臉上親了一口。「呵呵，咱們飯糰太可愛了。」這孩子，早熟得讓人心疼。她卻不想他這樣，小孩子就該快快樂樂沒心沒肺的長大，不必顧忌太多。

「飯糰才不重呢，娘抱著不累。還有啊，飯糰要多吃點飯喔，以後長得白白胖胖的，娘抱著才舒服呢。」

「嗯嗯，像白白一樣，努力長胖。」飯糰認真地點著小腦袋。從此好長一段時間裡，努力長胖，成了飯糰一直努力的目標。

飯糰很好奇地往後面瞧去，去看跟在他們後面的龐然大物。「娘，這是羊咩咩嗎？」

「呵呵，對呀。」提起剛買到的奶山羊，羅雲初心情就很好。「飯糰，咱們好好餵羊咩咩，讓牠每天都給咱們產奶好不好？」

娘說好就好，飯糰點頭。「好。」

回到家，羅雲初將飯糰放下地，牽著他的小手，往西廂的後院走去。他們家的豬圈挺大的，家裡現在也只養了一頭豬，正好可以隔開一處來養這頭奶山羊。

「回來了？」正在豬圈忙和的宋二郎聽見聲音抬頭，見到因走路而小臉微紅的媳婦，又傻笑起來。

羅雲初看他那呆樣，白了他一眼，扯了扯奶山羊的牽繩。「嗯，弄好了？」

「等會兒，還差點啊。」宋二郎蹲下身去，噼哩啪啦一陣敲打，沒一會兒便站了起來。「媳婦，好了。」

他幫著將那奶山羊牽了進去。

家裡新增了一隻這麼大型的動物，自然是瞞不過宋母和宋大嫂的。宋大嫂什麼反應，羅雲初和宋二郎都不去管，只不過宋母得知買這頭山羊是羅雲初的主意時，將宋二郎叫到了上房，囑咐他不要太寵媳婦了。宋二郎平日裡雖然有點憨，但不傻，他忙將羅雲初買羊的理由告訴宋母，宋母聽罷，沈默了半晌，便讓他出去了。宋母早些年也在大戶人家裡待過，見識比村裡的人多點，自然知道媳婦說的是真話，這羊奶確實是個好東西，而且又是為了孫子著想，她也不好再說什麼。

怎麼擠奶，在王家時王家娘子就教過，羅雲初又不笨，自然一學就會。入夜前，羅雲初用葫蘆瓢擠了大半瓢的奶，掂量著估計有兩斤多，按照這個產奶量，一個月伺候好了，少說也能產個七、八十斤的，那九個月的產奶量少說六百斤啊，想想就覺得高興。羅雲初也不去想為什麼這產奶量和前世知道的有出入，反正那些資訊都是別人傳播給她聽的，誰知道有沒有什麼錯漏之處呢。現在眼見為實，自己一家得到實惠才是真的。

羅雲初越想越高興，她將羊奶全放進洗乾淨的鐵鍋裡，這個鍋是最靠裡面的，一會兒她燒飯的時候會有一些火尾巴燒過去，這樣一來火就小了，慢慢用小火煨著，殺菌消毒。考慮到他們都是第一次喝羊奶，腸胃不能適應，又加了一些水進去稀釋，然後蓋上蓋子。她回房找了塊乾淨的沒有用過的布，迅速地縫了個小布包，洗乾淨了再把一小撮茶葉放進去。

做好了這些，她就開始燒飯燒水炒菜。飯糰在院子裡和他哥哥姊姊玩累了，就回到小廚房纏他娘，羅雲初讓他坐在小兀子上，幫看著火，不讓木柴掉出來就行，掉出來的話就告訴她。這活兒簡單，也是飯糰一直幹著的，他也不嫌枯燥，認認真真地幫羅雲初盯著。

飯菜煮熟的時候，羅雲初將煮飯鍋和煮羊奶的鍋換了一下位置，加了一些柴將它煮沸，乳白色的羊奶漸漸煮成了褐色的奶茶，散發出乳香味和茶香味，羅雲初看著差不多，從陶罐裡掏出一些白糖放了下去，攪拌均勻。覺得差不多了，就將火去掉，她拿起勺子舀了一口，吹涼嚐了嚐，感覺比前世喝的還香甜可口，看來無污染的自然，果然是什麼添加劑都比不了的啊，天然才是真的好。

飯糰睜著圓溜溜的大眼睛，滿眼期待地看著羅雲初，羅雲初笑了笑，去拿了個碗，給他盛了小半碗，慢慢吹涼了，拿起小勺子餵他喝了起來。

「飯糰乖，先喝一點，等吃過飯，睡覺覺前，娘再給你喝一碗好不好？」現在喝多了，她怕一會兒他就吃不下飯了。

「嗯。」飯糰迫不及待地張嘴，喝下那聞著香甜的奶茶，嚥下去便笑瞇了眼。「娘，好好喝哦，飯糰還要！」

「你個小貪吃鬼。」羅雲初點了點他秀挺的小鼻子，笑道，餵食的動作都沒停。

喝完了，飯糰戀戀不捨地看著空碗。

「好啦，起來去吃飯吧，我去叫你爹和三叔。」羅雲初把他提了起來，拍了拍他的小屁股，示意他先到客廳。

飯後半個時辰，羅雲初給飯糰洗好澡後，就將羊奶分裝成五碗，讓二郎給宋母和宋銘承各送去一碗。羊奶這東西，多喝對老年人身體好，宋銘承是個書生，用腦多，喝這個也是百利而無一害的。

二郎見沒有他大哥一家的分，有點兒猶豫。「媳婦，要不，我不喝了，把我那碗給大哥他們送去？」

羅雲初瞭解二郎，知道如果不按他的意思辦的話，他就算喝了這羊奶也會不開心的，索性就讓他送去了，不過她表明要給天孝、語微兩人喝的。甭管宋大嫂如何，孩子都是無辜的，況且天孝、語微是飯糰的哥哥、姊姊，平日裡也很乖巧聽話，羅雲初自然會多加照拂。

沒一會兒他就回來了，拿著三只碗。「媳婦，妳手藝真好，娘都誇了妳喔，那羊奶真的一點腥羶味都沒有。」二郎樂呵呵的，彷彿被誇的人是他一般。

羅雲初白了他一眼，指了指桌面上的半碗羊奶。「喝吧，咱一人一半。」

媳婦惦記著他，宋二郎很高興，不過他推辭了。「媳婦，妳喝吧，我一個大男人的，喝奶做啥？」

「讓你喝就喝，哪來這麼多廢話？」羅雲初嗔道，把半碗奶茶往他那兒推了推。

宋二郎樂呵呵地接過，甜滋滋地喝了起來。

「娘，妳喝，妳喝。」飯糰指著他自己面前的那碗奶，催促著。

「飯糰乖，娘喝這點就行了，你要喝完這碗才會長得快喔。」羅雲初愛憐地摸了摸他的臉蛋，笑著說道。

「我不，娘喝。」飯糰不依。

「好，娘喝。」執拗起來的飯糰，羅雲初有時也招架不住，只好就著碗口沾了沾了事。

飯糰不知大人的奸詐，見他娘喝了，很高興，瞇著眼任由羅雲初餵他。

二郎就著昏暗的油燈，樂呵呵地看著媳婦兒子的互動，心裡覺得無比滿足。

次日一大早，羅雲初破天荒醒得比宋二郎還早，拿起昨晚扔在床邊四方木櫃上的衣服，窸窸窣窣地穿了起來。宋二郎感覺到枕邊的聲響，迷糊地睜開眼。

「媳婦，咋啦？」剛睡醒的二郎，聲音裡帶著一股男人特有的磁性。

「昨晚不是說了嗎，今天跟你一道去鎮上。」想起她的賺錢大計，羅雲初興奮得不行。

宋二郎側躺起來，探頭往窗外瞧了瞧。「媳婦，現在才四更天啊。再睡會兒吧，咱五更過了再起床也是可以的。」宋二郎躺了回去，還不忘拉著羅雲初一道，順手還將她剛穿好的衣服給脫了，然後抱著她睡了起來。

窩在他溫暖的懷抱裡，羅雲初既無語又佩服，這就是古人的強悍之處了，探頭往外瞧了憔，在這黑麻麻的夜裡就能一眼看出是什麼時辰，比什麼鐘錶的都要強大！

算了，再睡會兒吧。「二郎，一會兒你可得記得叫我起床喔，要早點兒。」閉眼前，羅雲初在他耳畔叮嚀。

「嗯，放心吧媳婦。」說著他的大掌就在她後背輕輕拍著，哄她入睡。

漱洗好的羅雲初綰了個簡單結實的髮髻，輕手輕腳地走出房門，看著外頭滿天的星星以及快下山的月亮，感慨，二郎果然比鐘錶還好用。

「走，幫我燒火去！」免費勞力，不用白不用。

煮綠豆、擠奶、刨香芋、切粒，一道道工序下來，很繁雜也很耗時，等做好的時候，天已經大亮了。可惜沒有冰，口感比起前世略差一些。給飯糰吃了一碗香芋綠豆，便把他託給宋母照看，飯糰知道他爹娘有事要出門，也不鬧人，乖乖地跟著他奶奶待在家裡。

兩人上了陳大爺的牛車，連帶兩只桶，一只裝兌過糖水的羊奶，另一個裝著香芋和綠豆，這兩者是分開的。

牛車上除了二郎兩口子，還有同村的三個婦女，都是村裡的熟面，見慣了的，她們見了二郎兩口子都笑著打招呼。羅雲初在二郎簡短的介紹下，認識了幾個大姊大娘，得知她們其中兩個是到鎮上賣點兒土產貼補家用，另外一個是去鎮上買點東西。

打了招呼，宋二郎不自在地往趕牛車的陳大爺那頭縮去。通常他去鎮上都是走去的，他腳程快，比這慢悠悠的破牛車不知快多少！不過今天帶著媳婦去鎮上，還有兩桶的吃食，那些東西他是可以挑在肩上，但他捨不得媳婦受累。其實他早一點到鎮上，找到活兒幹的可能性更大，但今天，如果晚了找不到活兒幹的話就權當陪陪媳婦兒了。

「宋二嫂子，你們這是去鎮上？」楊大娘一臉好奇。

「呵呵，沒什麼，就去鎮上賣點自家做的吃食。」羅雲初略顯羞澀地說道。

「哦。」雖然三個大姊大娘滿眼的好奇，但見羅雲初明顯沒有多說的意思，便歇了心思。

羅雲初見她們不再追問，心裡鬆了口氣，不是她小氣不肯分點兒吃食給同村的。而是他倆今天忙和了一個多時辰，才整了這麼點兒香芋綠豆出來，她打算全都拿去賣的，就是飯糰她也才捨得拿一碗來哄他。

到了鎮上，和陳大爺約好了回去的時辰地點，宋二郎一手一個桶提了起來，輕鬆地領著羅雲初她們往前走。羅雲初穿過來那麼久，還是第一次上街呢，眼睛不住地四處打量，好奇地看看這望望那的。

這古龍鎮的街道不算寬敞，大概也就兩、三丈的長度，街道的兩旁都是房子，木屋或青磚房，大多以一層為主，也有雙層的。街上的人來來往往，步履匆忙的樣子。

七拐八彎的，二郎領著她們來到了一處不顯眼的店前。「常叔，我們來了。」

常大勝是從古沙村出來的，在古龍鎮南街比較靠前的位置買了一間房子，前面用來充作門面，做起布疋的生意，後院住人。他這人比較念舊，對同村的人還是挺照顧的。

一位留著八字鬍的中年人走了出來，看見二郎和身後幾個婦女，笑了。「二郎，今天你來得比往日遲了啊，手腳得放快點，一會兒林家的貨就要到了。」然後他轉過頭，和她們打了幾個招呼。楊大娘幾個明顯有點拘謹，打了招呼後並不多話。

常大勝點了點頭，對楊大娘她們幾個說：「楊大嫂，妳們要賣這土產，得到西街那頭才好賣，一會兒讓二郎領妳們過去吧。」

「常叔，我媳婦賣的是糖水，去西街那邊可能不大合適，而且需要用到桌椅，您看看，是不是？」

「哦？」常大勝看了羅雲初一眼，然後笑道：「行，二郎媳婦就在我這店前賣吧，一會兒我到後院搬張桌子和三、四張椅子出來。」對於二郎，常大勝還是欣賞的，他媳婦自然也是要幫的。

楊大娘幾個一直好奇羅雲初他們帶來的兩個桶裡裝的是啥，如今一聽是糖水，便失了興趣。

宋二郎將楊大娘她們幾個帶到西街，又回來幫羅雲初搬了桌椅，便被羅雲初勸著去幹活了。

此時也將近巳時，街上的人漸漸多了起來。賣冰糖葫蘆的聲音或炸丸子、炸米糕的攤主扯開嗓門叫賣，羅雲初臉皮薄，覺得難以啟齒。

此時常大嬸從後院走了出來，見羅雲初焦急又窘迫地看著路上的行人，噗一聲笑了出來。「二郎家的，妳這樣是不行的，做買賣的，臉皮哪能這般薄呀？瞧瞧，妳家的這東西叫啥來著。」

「香芋綠豆冰。」羅雲初補充。

「對對，就是這個香芋綠豆冰，挺好吃的，我家大孫子就吃得很歡實，妳不叫賣，別人不知道妳有這個東西呀。」

「呵呵，哪裡哪裡。」羅雲初謙虛道。他們如今畢竟站在人家的地盤，又用人家的桌椅，羅雲初不是那種吝嗇小氣之人，見了常叔的孫子，當場就給他盛了一碗香芋綠豆冰，羊奶也是給得足足的。

這不，常叔、常嬸原本對她的印象就不錯，這下更是親近了幾分。

「來，看妳常嬸的。」常嬸說著往門外一站，扯開嗓門就叫了起來。「香芋綠豆冰咯，有香芋綠豆冰賣咧，又香又甜的香芋綠豆冰喔——」這些話吼起來中氣十足，又順又溜，聽得羅雲初佩服不已。

中國人素來喜歡熱鬧，古而有之，這話的確不假。這不，本來羅雲初這邊無人問津的攤子在常嬸吆喝了兩嗓子之後，立即圍了一些人上來詢問。

「大姊，這香芋和綠豆，咱看得明白，這小半桶白白的，是啥呀？」

「大嬸，這香芋綠豆冰咋賣？」

「這叫香芋綠豆冰的，我咋沒見著冰呢？」

常嬸笑笑，朝羅雲初示意，讓她接手招呼，羅雲初感激地笑笑。「這位大哥，這小半桶白白的是羊奶。小哥兒，這香芋綠豆冰是名字，小婦人家裡也沒有冰，不過如果加了冰，口感會更好點兒的。呵呵，大姊，這香芋綠豆冰不貴，八文錢一碗。」早在昨晚，她就想好價錢了。

「八文?!人家賣一串糖葫蘆才兩文錢，妳這也太貴了吧，都頂得上半斤豬肉了！」

「就是就是，不就是些破芋頭和綠豆嘛，一文錢都能買上半斤了吧?」

「欸，要是能便宜點我就買給孩子嚐嚐了。家裡的香芋早被婆娘煮光了，地裡的又還沒成熟！」語氣中不無遺憾。

就是常嬸，也被她報出的價格嚇了一跳，這，這一小碗的，咋那麼貴?她焦急地看向羅雲初，想勸她把價錢弄低一點兒。卻見她一副成竹在胸的樣子，遂決定看看再說。

羅雲初見他們激動，也不惱，依舊笑咪咪的。

「大叔大姊，這香芋綠豆冰是照著我家的家傳秘方做的，做起來很複雜，工序繁多。我和外子從寅時就起來做了，足足做了兩個多時辰才做好的呢。而且這羊是我們用獨門秘方養的，產出來的奶一點也不腥羶，故而這香芋綠豆冰賣得比較貴一點。」羅雲初這話亦真亦假，表情卻無比的真誠。

「這位哥兒，來，嚐嚐。」羅雲初決定用事實說話，只見她手腳麻利地兌好了小半碗的香芋綠豆冰，遞給一個穿著尚可的哥兒。

那位哥兒仰頭看了看他娘，見其點頭，這才歡喜地捧著碗兒吃了起來，剛入口的時候他停頓了一下，接著便越吃越快，旁邊有幾個小男孩和小女孩瞪著大大的眼睛看著，連看連吞口水。

好不容易，那哥兒吃完了，抬起頭，一臉滿足地道：「好吃！」說完還伸出舌頭舔了舔唇的四周。

羅雲初忍住笑，覺得這男孩真有拍廣告的天分，她這碗香芋綠豆算是值了。

「娘，我要！」

「爹，我要吃，給我買吧買吧？」

各式各樣的央求聲此伏彼起，沒有不疼孩子的父母，能掏得出這個錢的都咬了咬牙，給孩子買了一碗。

覺得貴了的，就把哭鬧的兒女拖走。「吃，就知道吃，打死你個吃貨！」一邊退出人群一邊罵罵咧咧。

羅雲初忙和著，即使聽到了也無法理會，她不是聖母，每個人都有每個人的難處。常嬸見她忙不過來時，就幫她打打下手什麼的，羅雲初感激地朝她笑笑，這下她能騰出更多的空檔來收錢了。

此時，離羅雲初不遠處，一輛不顯眼的馬車停在不遠處，裡面傳來一陣低沈的聲音。

「前面怎麼了？」

「爺，我去看看。」機靈的小廝馬上上前，沒多久便回來報。「爺，是一婦人在賣一種叫香芋綠豆冰的吃食。」

「哦？」這東西一聽就讓人感覺到一陣涼爽之意，能吸引這麼多人的吃食應該不差，想到莊子裡已經幾天吃不下東西的妹妹，於是他吩咐小廝去買一份。

「得令。」那小廝麻利地退了下去。

第十四章　初次成果

不到兩刻鐘，東西就賣得差不多了。羅雲初見桶裡還剩下一碗左右的量，不動聲色地蓋上蓋子，對等候的人抱歉地笑了笑。「賣完了，不好意思啊這位大叔，下回再來吧。」剩下的那些留下來給常嬸的大孫子吧，畢竟人家幫了自己大忙了。

被兒子央求了許久又排了老長的隊，結果卻這樣，讓這位大叔很不滿意，瞪了羅雲初一眼，扯著兒子就走了。「哭啥哭，人家賣完了，又不是俺不給你買！走了走了，歸家去！回頭讓你娘給你做十碗去，吃撐你！」

後面排隊的人見攤主賣完了，有些帶著遺憾，有些則暗自慶幸，紛紛作鳥獸散。

「呵呵，二郎家的，今天生意不錯吧？」常嬸樂呵呵地問，剛才她以為那麼高的價錢會賣不出去呢，想不到才不到兩刻鐘啊，就賣完了。這讓她很是感慨，唉，真是老咯。

「還行。」羅雲初笑笑，心底暗暗盤算了下，剛才她前後賣出六十八碗左右，約莫能賺五百四十文錢。除去一斤糖花去了近四十文，其他材料都是自家的，相當於賺了五百文錢啊，想著就讓人覺得振奮。

看著生意很好，羅雲初很高興，不過一想到家裡為數不多的香芋，羅雲初就暗自發愁，現在還沒到香芋收穫的季節，家裡的存貨又快沒了，這可怎麼辦才好？真到了香芋收穫的季節，這天又要變涼了，誰還稀罕這香芋綠豆冰啊？本來這就是季節性很強的東西。

算了算了，不想了，回去再想吧，至少看今天這個情形，做這香芋綠豆冰來賣確實是一條來錢的路子。大不了今年囤積多一些香芋，如果今年家裡種的不多，那麼就和村裡的人收購一些，等明年夏天再拿來賣也是可以的。

羅雲初不怕別人模仿，雖然材料顯而易見，但它的工序十分繁雜，說是秘製的不為過。即使他們能做出來，口感味道也一定比不上她做的，所以她很放心。

「二郎家的，妳家那位還沒回來，估計還要很久呢，妳是和我進後院還是去逛逛？」常嬸笑著問。

羅雲初其實更願意到外面逛逛，穿來古代挺久了，一直都沒有機會到處逛逛，今天難得有機會怎不滿足一下自己，況且她也不好意思進人家的後院麻煩別人。

「謝謝常嬸，我想去逛逛，順便置辦一些東西。」

常嬸瞭解的笑笑，叮囑她。「別逛太晚，記得回來的路啊。」

她幫著常嬸將剛才她用的桌椅搬回後院後，就到街上逛了起來。街道兩旁的店都很古樸，基本上不講究什麼裝潢。

羅雲初剛走進一家裝潢大氣的布店，就有店裡的夥計迎了上來。那夥計瞧羅雲初穿著不算差，氣質也不俗，人頓時也熱情不少。「這位夫人，您需要什麼？咱們店裡的布最是齊全了。有輕薄的紗，有光滑的絲綢，有豔麗舒適的錦緞，還有那邊的布料，全是剛從蘇寧運來的，新潮著呢，保證在我們這地兒裡邊是獨一無二的。夫人，您請過來看看。」他哪裡知道，羅雲初這身衣服是她目前最好的了，無論從布料和款式上，都很講究的。

坐在櫃檯裡邊的掌櫃聽到有人來，瞇著小眼睛將羅雲初上下打量了一通，見她身上沒有一點金銀珠寶首飾，身後又沒跟有丫鬟隨從，便撇了撇嘴，移開了眼。聽見自家夥計如此熱情的招呼，心裡冷笑一聲，哼，你個沒眼力見（注）的，這次就讓你長長記性！省得你以後分不清魚眼珠子和珍珠！

羅雲初見那夥計熱情，還以為現在的人服務態度都如此不錯，兀自感嘆了一番。她頗感興趣地問了一些問題，這疋摸摸，那疋摸摸，過足了手癮。那夥計見她問得認真，他也答得仔細，見她神色滿意，夥計忙道：「夫人，這是最新進的軟煙羅，用來做帳子最適合不過了。這疋布也不貴，僅要二兩銀子罷了。」

二兩銀子？好貴！羅雲初這才意識到自己成了店小二眼中的肥羊了，她還以為古代的夥計都那麼好說話呢，原來事出有因啊。不過她有長得像一副肥羊的樣子嗎？羅雲初低下頭看了一眼自己的穿著，她這身，頂多算是不錯而已，哪裡顯得出富貴了？

注：沒眼力見，不懂得察言觀色，不會見機行事之意。

聽到這麼貴，她就露怯，想走了。但轉念一想，她不瞭解古代的許多東西，此番出來正好可以逛逛認識一下，而且誰說看了摸了就一定得買呢？在現代，她就是試過也沒有件件買下來的道理啊。

羅雲初基本上屬於那種只逛不買的人，還在二十一世紀時，她就是如此，除非她去逛街前打算花掉口袋裡的錢去買計劃要買的東西，要不然，誰也別想從她口袋裡掏出一毛錢。即便她遇到很喜歡的一件衣服，她也能忍住慾望，然後回家考慮再三，真下定決心了才會再次回頭去把那衣服買下來。她就是這麼龜毛的一個人，即使現在也一樣。

羅雲初又挑了幾種不同類型的布詢問了一番，店夥計見她光問不買，態度也漸漸不耐起來。羅雲初也知趣，立即推說有人在萬祥酒樓等她，得趕緊走，東西就不買了。這萬祥酒樓就是她剛才經過的一處酒樓，算是古龍鎮裡最好的了。

在店家不滿的目光中，羅雲初大方地走出布店，完全看不出一絲不自在的樣子。

「呸，光看不買，浪費了老子那麼多口水！」

「人家口袋裡都沒錢，還買呢，下次看客人記得擦亮眼睛，別以為長得漂亮就是富貴人家！」

看看不行啊，誰說看了就一定要買的？羅雲初心裡不以為然，她剛才確實看中了一疋天青色的麻布。那價錢也確實讓她猶豫，再說常叔家就是賣布的，回頭去他那兒瞧瞧，如果有貨價格又公道的話，她就扯幾尺回去給飯糰爺兒倆做身衣服，麻布透氣，在這麼熱的天裡穿最是舒服不過了。

羅雲初不是那種年輕氣盛的人，被人家說兩句就激得回去大砸銀子。她走走停停，買一些菜種子和兩斤酥糖麻花，逛一圈下來，就差不多午時了。想起二郎說過的，東家會管他們一頓飯，羅雲初就放下心來，找了家看起來乾淨的店，叫了一碗陽春麵，解決午飯問題。

太陽漸漸熱辣起來，羅雲初也沒有了繼續逛的心思，便回到了常叔的店裡。

羅雲初回去時，常叔他們正打算吃午飯，招呼她一塊兒吃，她知道他們這是客氣話，搖搖頭，推說在外面吃過了。常叔常嬸點點頭，留下大兒媳婦看店，就回後院去了。

常叔的大媳婦水如玉從羅雲初出現眼睛就一直沒離了她，此時更是熱情地貼上來。「雲初，不介意我這樣叫吧？」

羅雲初搖搖頭，笑道：「不介意，常大嫂。」

「這真真是太好了，雲初，我也不知道這是怎麼了，一見妳就覺得想親近。妳也別叫我常大嫂了，這麼生分做啥，妳叫我如玉姊得了。」水如玉一臉高興，接著便滔滔不絕地講起他們常家和宋家的淵源，話裡話外時不時地透露出常家給了宋家，特別是二郎多少照拂之類的。

人家這樣說，羅雲初作為二郎的媳婦，少不得說幾聲謝謝的。見羅雲初這般，水如玉更滿意了。

羅雲初見她說話時眼睛轉個不停，就知道她絕對不像她的臉長得那麼老實，不過，這人自己不打算深交，有什麼關係呢？

「如玉姊，我想扯幾尺布回家給飯糰爺兒倆做身衣服，卻又不知買哪種布料好，妳能給我說道說道嗎？」

水如玉眼睛一亮，立即積極的將她拉到最名貴的布料處。「雲初，買布料，妳找我還真找對了，這古龍鎮上誰不知道我水如玉有一雙利眼呢。妳家二郎長得高大，穿這種顏色的錦緞最是合適不過的了，價錢麼，好商量。」

聽著她的介紹，羅雲初苦笑，二郎成天在地裡幹活，哪有什麼機會穿錦緞？

見她臉色不豫，水如玉停了下來。「價錢我也不收妳貴了，四十五文一尺就行了，平本賣！」

一疋布等於四十尺左右，對比剛才那家布店，四十五文這價錢確實還算公道，只是，買了回去也要有機會穿才行啊，要不壓箱底的話有什麼用呢，還不如買點舒適的料子給二郎穿呢。

她嘆了口氣，道：「如玉姊，別忙了，給我拿點好的棉布或麻布吧。」

水如玉嘟囔著給她取了疋棉布和麻布過來。「瞧瞧吧，這是今年最好的料子了。剛才那個錦緞妳真不要呀？二郎沒機會穿，妳可以穿呀，這種黛藍色的錦緞男女皆宜，不過還是女人家穿起來好看點。而且這布料過年穿著走親戚也有面子，妳不扯上兩尺給自己做一身？」

羅雲初失笑，這才幾月啊，就估摸著過年的事了。

似是知道她的想法一般，水如玉睨了她一眼。「妳別看還有老長一段日子才過年，妳要真喜歡，現在買布最好，要不真等到年前，這布價肯定要上漲不少的。」

羅雲初想想也是，錦緞就算了，不過就棉布和麻布倒可以各扯上幾尺，給他們爺兒倆各做一身，餘下的還可以給自己做一套。

「如玉姊，這種棉布和麻布多少錢一尺？」羅雲初挑了天青和蔚藍兩種顏色。

「這個麻布啊，本來是賣三十二文一尺的，給妳的話，三十文拿去哪！不過這個棉布就貴點兒了，三十六文，一文也不能少，少了咱就虧了。」水如玉一臉肉痛。

奸商奸商，無奸不商，羅雲初自然不會把她的話當真，如果真虧的話他們寧願不做這買賣的，能賣得出去，那多多少少都會賺點兒。不過她掂量了口袋裡的銅板，只各扯了四尺，共花了兩百六十四文。

量好了布，羅雲初付了錢，心裡覺得有點可惜，剛到手的錢呢，放在口袋裡還沒捂熱就貢獻出去了。不過看到那卷布，羅雲初又覺得值了，心裡很滿足，漲得滿滿的。

「雲初，那個香芋綠豆冰妳是怎麼做的呀？做得那麼好吃，剛才大寶吃完了還一直吵著要吃呢。可憐見的，我也不會做，要是會做就做給他吃了。」水如玉假裝無意地問起這事。

羅雲初聞言，心裡警覺，面上卻是一臉為難。「如玉姊，不是我小氣，只是這香芋綠豆冰是我們家的祖傳秘方，實在不能教給外人的。」

無事獻殷勤，非奸即盜！難怪剛才她一見著自己就那麼熱情呢，原來目的在這兒啊。

原來剛才常嬸和常叔感嘆了一下，說羅雲初會賺錢，才不到兩刻鐘的工夫就賺了四、五百文錢。無意中被水如玉聽見了，這一聽，她就上了心。一天五百文錢，一個月就是十五兩銀子了，除去成本，少說也能賺十兩銀子吧，這都抵得上店裡兩個月的營收了。這麼一想，她就心頭火熱，尋思著怎麼把羅雲初製作香芋綠豆冰的方子給套出來，也好給自家增加一些進項。

「唉，這可怎麼辦哪？我可答應孩子了，說問了妳做法就給他做去的。現在卻……唉，二郎最疼大寶這姪子了，要是他知道了指不定多難受呢。」水如玉佯裝苦惱，心裡卻道羅雲初的說法是不可信的。祖傳秘方？是羅家的還是宋家的？若是羅家有這種秘方，也不至於這般窮困了。他們常家和宋家也算是老熟人了，誰家有什麼底，不說能知道個十成十，但七、八分總能猜到的。不管是哪家，要是真有這種方子也不至於今天才拿出來！所以她剛才那套說辭是說不通的。

羅雲初心裡冷哼，怎麼，這是拿二郎來壓她了？或許二郎的確受過常家的小恩小惠，但受的也是常叔、常嬸的而不是水如玉的！況且，二郎是她的丈夫，再怎麼樣也會向著她的。本來羅雲初對水如玉的觀感也就一般，如今她這樣唱作俱佳地來算計自己的賺錢秘方，羅雲初對她的厭惡指數直線上升。

見羅雲初抿著嘴，板著臉也不說話，水如玉一驚，忙說上幾句軟話。「我也知道妳的難處，但架不住孩子吵鬧，這才厚著臉皮來問妳的。雲初，要不，妳看這樣成嗎？我出二兩銀子把妳那方子買下來？」想到要花那麼多銀子來買這方子，她就一陣肉痛，不過想到日後能進的帳，她方覺得好點。

「買什麼方子？」常叔、常嬸掀開布幔，從後院走了出來。

水如玉僵在那兒，不敢出聲，她素來知道她這公爹的，很老實本分的一個人，對後輩的教育也是如此。要是被他知道她現在做的這事，指不定會發多大的脾氣呢，不過想到如今越來越不好的生意，她又覺得底氣十足，她這麼做還不是為了這個家好？

羅雲初瞧了水如玉一眼，一臉的為難沒有掩飾，她遲疑地道：「這個，常叔，剛才如玉姊說想買那香芋綠豆冰的方子，但這是我家祖傳的秘方，不准賣的。這個，真的讓我很為難。」

常叔皺著眉，看了自家媳婦一眼，然後笑著對羅雲初說道：「二郎家的，別把妳如玉姊的話當真，她是和妳開玩笑的呢。我們自己的店都忙不過來，哪裡還有時間去折騰這吃食？」

水如玉此時可不敢頂撞她公爹，心裡悔得腸子都青了，她怎麼忘了注意時辰呢，現在啥好處都沒撈著，還惹了一身騷！

羅雲初鬆了一口氣，笑道：「呼，原來是開玩笑的啊，這樣的話，那我就不用為難了。」常叔說什麼，她就信什麼，完全不懷疑。

「妳去吃飯吧，這裡我們看著就行了。」常嬸將水如玉打發進屋。

「看這時辰，二郎也快回來了，二郎媳婦，妳就在這兒等會兒吧，也別到處逛了。」常叔笑道，他對二郎這媳婦的觀感不錯，比他的前兩任好多了。更別說今天因為她在店門外賣那吃食，連帶的他也做成了幾筆小生意。

羅雲初點點頭，陪著常嬸在一處聊著家常。

兩刻鐘後，二郎滿臉是汗地出現了，還喘著氣。「媳婦，我回來了，常叔，常嬸。」

兩老對他點了點頭。

「怎麼那麼多汗？」羅雲初扯出手絹，幫他擦起汗來。

「呵呵。」宋二郎傻笑著，任由她幫自己把汗擦掉。他沒告訴她，怕她等急了，他幹完活領了工錢就一路跑回來了。「媳婦，生意怎麼樣？賣完了嗎？」

「嗯，賣完了。」羅雲初不想在此談收益的事，回到家關上門再說好了。

宋二郎見她不肯多說，以為賣得不好，遂不再提這話題。不過他心裡嘆了口氣，他早說過了，城裡人看不上他們那些粗糧吃食的。不過這樣也好，下回媳婦就不用那麼辛苦了。

在常叔的店裡歇了一會兒，宋二郎就被羅雲初拉著去買肉了，賺了錢，首要任務當然是改善伙食了。二郎領著羅雲初來到一豬肉攤前，眼睛盯著那白花花的豬肉，正想開口，卻被羅雲初拉了拉。

「二郎，咱們買瘦肉好不好？」她實在不想吃那肥得流油的肥肉了啊。

宋二郎遲疑。「媳婦，這個瘦肉煮出來很柴（注）的，不好吃。買肥肉吧，別心疼錢，我剛才去幹活得了三十文。」說著就從兜裡掏出錢來。

她才不是心疼錢呢。「二郎，買瘦肉啦，我保證做得好吃。」

宋二郎仍然很猶豫，他心裡是十分願意買肥肉的，雖然貴了幾文錢。

羅雲初把他手裡的錢刮過來，也不去管他在糾結什麼。「大哥，這瘦肉咋賣呀？」

「妹子，俺不賣貴給妳，十三文錢一斤！」留著滿臉大鬍子的胖大叔中氣十足地說道。

這大叔真有殺豬的樣子，合該做這行的，羅雲初忍住笑。「給我來一斤吧。」趁他切豬肉的那空檔，她看到有不少豬腸、豬肝、豬肺、豬心等下水，就這麼大刺刺掛在那兒，無人問津。羅雲初有點不明白，要知道在以前，這些下水一開攤沒多久就賣光了，去買肉時晚點兒想買都買不到。

注：很柴，意指很乾澀，沒有肉汁。

「大哥，這些豬下水怎麼賣？」是不是賣貴了，所以沒人買呢？

大鬍子隨意看了一眼，道：「這些啊，隨便哪樣都是兩文錢一斤。」

兩文錢？好便宜！羅雲初驚訝，想起蔥爆腰花、青椒肥腸、翡翠豬肝等菜餚，她的口水就止不住的流啊。來這裡好久了，她幾乎天天吃素，別說其他的葷菜了，連豬肉一個月也才見上一、兩回，羅雲初興致來了。「大哥，給我來只豬肚，嗯，連那豬心也一起要了。」豬肝、豬腸這個時候早就不新鮮了，先不買，下回再來買新鮮的。

「對了，大哥，連那幾根大骨也秤了。」飯糰正在長身體的時候，得多煮些骨頭湯給他補鈣，為以後長得高高大大打基礎。

「媳婦，妳買這些做甚？做出來好難吃的。」別浪費錢了。

「是啊妹子，俺也不騙妳，這些下水做出來確實難吃。」大鬍子是個厚道人，撓撓頭，一臉不自在地說道。

「二郎，你還不相信我的手藝啊？放心吧。」羅雲初轉過來對大鬍子說。「大哥，你就給我秤吧，放心，我廚藝挺好的，保證不糟蹋食物。」

見阻止不了，二郎也不勸了，算了，讓媳婦拿回去試試吧，也好讓她死心，大不了到時他全吃進肚子裡算了。

一副豬肚，一顆豬心再加一斤豬肉、兩斤骨頭約六斤多的貨，總共花了二十三文錢。羅雲初付了錢，把幾斤肉放在已經洗乾淨的木桶裡，然後蓋上蓋子。提著沈甸甸的桶，她有一種作夢的感覺，太便宜了！

二郎看著今天掙的三十文只剩下七文，但他見了羅雲初開心的笑容，覺得都值了。算了，不就是浪費了十幾文錢嗎，再賺就是了。

兩人按約定的時間來到約定的地點，果然見著了陳大爺的牛車，楊大娘她們幾個也在上面了，待兩人上了車，陳大爺就趕著牛車徐徐往回走。

「二郎家的，糖水賣得如何？」楊大娘隨口一問。

「賣得一般。」羅雲初不願多說，財不露白，這道理她懂。「楊大娘，妳們呢？賣得不錯吧？」

「唉，差得很，這四十斤的柿餅才賣了兩百文錢。」話雖如此，但她的表情卻洋溢著一股興奮和滿足。

「我還五十斤的綠豆呢，才賣了一百八十文錢！」周大娘酸酸地說道。

「你們就知足吧，我那黃豆賣得最差，三文錢一斤，這叫我怎麼活啊？唉，為了不扛回去，價格賤也得賣了，心痛死我了。一來一回還得扣去四文的車資，真沒賺頭！」

羅雲初默默地聽著，暗忖，好在她沒那麼白目，沒在一開始就把自己賺了多少錢說出來，要不這會兒她肯定要被這些酸話給淹死了。

第十五章　改善伙食

回到家，羅雲初讓二郎將兩只桶都拿進屋裡，將裡面的布和糖以及種子都拿了出來。宋二郎看著那布那糖那種子，覺得眼睛不夠使了，不說其他的，就那兩卷布，沒有百八十文，恐怕拿不下來吧？可是，媳婦那香芋綠豆冰不是賣得不好嗎？咋會有錢置這些東西的？

這牛車走了差不多一個時辰才到家，他們剛到家不久，飯糰和天孝、語微都來了，飯糰一進屋就抱著羅雲初的大腿撒嬌。「娘，妳和爹去了好久喔，飯糰等到眼睏了，一直不睡一直不睡，等你們回來。」說完還揉了揉眼睛。

羅雲初給天孝、語微一人抓了一把酥糖麻花，然後再把飯糰抱了起來。「飯糰現在還睏嗎？」抓了兩塊放到他小小的爪子裡，然後再拿了一塊來餵他。

飯糰笑瞇了眼，嘴裡含著甜酥的麻花，口齒不清地說：「不睏了。」

羅雲初捏捏他漸漸長肉的小臉，又陪他說了一會兒話，便往他的兩只口袋裡裝了滿滿的酥糖，打發他去找大胖玩，並讓他把其中一口袋的酥糖給大胖。

飯糰當下聽話地點了點頭。「娘，我去了。」

「別急，走慢點兒。」看著他仍然不算穩當的步伐，羅雲初囑咐。

「嗯嗯，知道啦。」

「媳婦……」見房裡只剩下他們兩個了，宋二郎才開口。

「噓，我知道你想問什麼。」羅雲初把門給關嚴實了，然後拉著他坐到椅子上，接著便把今天的情況詳細地說與他聽。

宋二郎愣愣地聽完，覺得太不可思議了，但桌面上那一堆的銅板告訴他這是真的。驀地，他咧開嘴，呵呵地笑了起來。「媳婦，妳好能幹呀，半天就掙了這麼多錢。」他的語氣中充滿了自豪。

「那是，也不看看我是誰的媳婦？」羅雲初也是笑得一臉得意。其實她心底也鬆了口氣，好在二郎不是那種大男人主義的男人，容不得女人比他強。

「二郎，家裡的香芋就剩下兩、三個了，你看是不是出去串串門，看看誰家還有香芋的，買上一些？」羅雲初正色說道。

這時節的，估計是難了。這話二郎沒說，怕打擊到自家媳婦，他決定還是去看看情況回來再說。「行，我喝碗水就去。」

「急啥，吃點東西墊墊肚子再去吧。」

二郎吃了東西，休整了一下就出門了。

羅雲初把酥糖放進陶罐裡密封好後，就回到廚房把今天買的肉拿到廚房稍作處理，該洗的洗，該醃的醃。豬大骨和豬心都好處理，豬肚就比較麻煩了，好在以前羅雲初也是非常愛吃豬肚的，處理起來也是老手一個了。先用冷水泡一刻鐘左右，去除浮在豬肚上的雜質，再用鹽搓洗幾遍，若不放心還可用醋再洗一、兩遍，最後應該用太白粉再反覆搓一遍的，但此刻她去哪兒找太白粉啊？不過這卻難不倒她，綠豆含有的澱粉很高，就用綠豆粉替代了。

將處理乾淨後的豬肚放進鍋裡，加水，放入薑、蒜、八角、胡椒等香料煮兩刻鐘，經過如此處理的豬肚沒有異味，再加工之後吃起來也不難嚼。

羅雲初燒水將豬大骨汆過，再放入另一個鍋中，加入冷水慢慢熬，她往裡面放了一些八角、薑片，還放了幾枚家裡剩下的紅棗。大火燒開後，就撤一些柴，換成小火慢慢燜著，中途不能加冷水，否則那些骨髓就不會再從骨頭裡流出來到湯裡了。

趁著小火熬湯和煮豬肚的空檔，羅雲初到後邊的菜園子摘了一把青菜。才從後院出來，就看到趙家嫂子捧著一碗板栗進來了。

「看到妳正好，我家小姑子回來了，帶了些特產，我特地拿些過來給你們嚐嚐。」趙家嫂子笑道：「今天去鎮上買啥好東西了？大胖得了飯糰一袋子的酥糖，都高興瘋了。」

羅雲初領著她往客廳走去。

「趙大嫂，妳也太客氣了，飯糰和大胖一向交好，沒有單個兒吃獨食的道理，而且大胖沒少照顧飯糰呢，一點兒酥糖算啥？」

其實羅雲初讓飯糰時不時拿些吃食零嘴給大胖，是有私心的。她娘親交代她給弟弟相門好親事的事她沒有忘，當時她剛新婚，也沒認識幾個同村的婦女。後來雖然認識了一些，但到底沒有趙大嫂那麼熱心，而且知根知底，所以她是存了讓趙大嫂幫忙的心思了。

「趙大嫂，我這有件事想麻煩妳，妳看？」羅雲初決定開門見山和她說。

「哦？什麼事，妳說說。」

「是這樣的，妳也知道，我家還有個弟弟，今年也十六了，老大不小了還沒說上親事，妳老認識的人多，是不是給他相看相看？」

趙家嫂子琢磨了一下，問道：「有啥要求沒有？」

「也沒啥高要求，要求賢淑一點，長相要好看一點，家境不要求。」羅雲初不覺得以羅家的家境能要求女方什麼嫁妝之類的。提出這個性情和相貌的要求，無非是不想委屈她弟弟，不想讓他娶個潑婦辣女之類的回去，若這樣，那個家還不被折騰死啊。而且她覺得只要人好了，富貴不富貴的，倒沒什麼，只要努力還怕過不上好日子嗎？

「趙大嫂，我家阿德真不差，性情溫和，長得又高大，也不難看。妳相看女方的時候，可得幫他說說好話呀。」

「這話我信，看妳這模樣兒我就知道妳兄弟肯定是不差的。」趙家嫂子打趣。「說到這個，我娘家那頭有個老堂哥的女兒倒是符合，長得不差，性子也還好。只不過她上頭的兩老都過世了，現在跟著她叔叔、嬸嬸住，嫁妝什麼的，估計是沒有的了。」

父母都過世了？這點讓羅雲初很猶豫，她知道古人迷信，她那娘親就是，誰知道這姑娘是不是剋父剋母剋夫呢？娘親要是知道自己給弟弟介紹了這麼個女人，一定會埋怨的。

「趙大嫂，我知道妳介紹的都是好的，父母雙亡，我倒沒覺得有什麼。只不過我娘那兒，恐怕……」不大樂意啊。

趙家嫂子意會地點了點頭，嘆了口氣。「這事急不得，給我幾天好好想想才是。」這還得女方那頭願意相看才行。

「明白的，一切都拜託妳了。」她肯幫忙，羅雲初很高興。

送走了趙家大嫂，羅雲初就去廚房整治晚飯去了。一進門，她就聞到一股香味，掀開蓋子一看，湯果然已經變成奶白色了，只是還不夠濃，於是她又往灶裡添兩根柴，繼續用小火燜著那鍋湯。

「娘，好香喔。」飯糰蹬蹬蹬地跑了進來，抱住羅雲初的大腿，眼巴巴地看著不斷冒著熱氣香味的鍋。「娘，妳在煮什麼呀？」

「煮湯呢，還要一會兒才能吃呢。飯糰去告訴奶奶，今晚來家裡吃飯好不好？」

「好。」他歡快地應允了。

天剛擦黑，二郎就回來了，羅雲初想著大家都該餓了，便沒問他結果，先開飯再說。羅雲初用大盆將鍋裡的大骨湯裝好了放在桌上，然後便是一大盤青椒炒豬肚，還有一小碟香菇肉餅，最後是一大盤青菜。

當晚，不只她婆婆來了，連天孝和語微也被她大嫂打發來了。羅雲初看著站在門外不敢進來的兄妹，有點無語，她這大嫂也忒極品了。

「哥哥、姊姊，你們來啦？快進來呀，飯糰家有好吃的呢。」飯糰看見他們就坐不住了，刺溜一下從椅子上滑下來，跑出門，牽著他哥哥、姊姊的手就往裡面拉。

天孝看著羅雲初，不動。

真是個敏感的孩子，羅雲初笑笑。「進來吧，一起吃。」再怎麼說天孝和語微都是二郎的姪子、姪女。

「走走，進去進去。」飯糰這回拉得動人了。

宋家好久沒見過這麼豐盛的菜餚了，聞著也香，雖然宋銘承和宋母分不清那盤子裡是什麼肉，但看著就覺得好吃。幾個孩子也吃得狼吞虎嚥，天孝在連吃了好幾口後才想起什麼，略顯羞赧，挾菜的速度才慢了下來。

「媳婦，這豬肚這麼炒，想不到竟然這麼好吃。嗯嗯，這肉餅也不錯。」宋二郎說著又挾了一片，津津有味地吃了起來。

「是啊，二嫂，這湯也不錯，我還從沒喝過這麼好喝的湯呢。」宋銘承笑咪咪地說。

「嗯唔，娘做的，好吃好吃。」飯糰邊吃邊點頭，一臉滿足，爹和叔叔的話彷彿誇他一般。

其他人亦是點頭，對這頓滿意不已。

「好吃就多吃點，特別是這湯，娘和飯糰幾個要多喝點，對身體好呢。」老人和孩子都需要補鈣。「以後經常給你們做啊。」

二郎對豬肚和肉餅的興趣遠遠大於骨頭湯，聽了雲初的話，也點頭附和。「是啊，以後經常做，這些豬下水不貴，媳婦做出來也美味，呵呵。」

一大家子的人把幾道菜吃得乾乾淨淨的，幾個孩子也是吃得肚子圓溜溜的，特別是飯糰，捧著個小肚子，哭喪著臉央求著：「娘，給揉揉，肚肚脹，難受。」

羅雲初心疼極了，把他橫抱起來。「娘，二郎，我先把飯糰抱回房，桌子等一會兒我再來收拾吧。」

待人都走光後，宋二郎將桌子收拾了，洗碗的時候，一個手滑，打碎了一個。羅雲初當時就在廚房門外，她沒有怪他，反而把他誇了一通，從此二郎就喜歡上了洗碗，許多時候晚餐後洗碗的活兒都是他包了的。

後來好長一段時間裡，天孝和語微也鬧著讓宋大嫂買豬下水煮給他們吃。宋大嫂煮過兩次，可惜味道都不怎麼樣，她又拉不下臉來問羅雲初，羅雲初也不會上趕著去教她，於是，兩孩子的吵鬧讓她煩不勝煩，接下來的好長日子裡，她見到羅雲初都甩眼刀子。不過這些都是後話了。

第十六章　余府來人

「香芋的事情怎麼樣了？」羅雲初擦著未乾的頭髮，問道。

「媳婦，我看這事難了，我從村頭走到村尾，沒幾家家裡還有香芋的。有的幾家我也看過了，很少，全買回來不知道有沒有十斤。」二郎將油燈的燈芯挑了挑，房間更明亮了點。

「二郎，這下可怎麼辦了？」好容易找到一條發財的路子，可行性也高，因為缺材料這事而放棄，她怎麼想怎麼不甘心。

「要不，妳拿小芋頭來試試？」二郎建議。

「小芋頭又不香又不糯，做出來根本就不是那個味道！」羅雲初煩悶。

「那那，媳婦，妳別急，明天我去地裡給妳挖兩個香芋吧。」雖然還沒成熟，終歸是香芋了吧？

「也只好這樣了。」試試吧，不行再說了，如果真的行呢？

「媳婦，我把飯糰抱過去吧。」看著熟睡流口水的兒子，宋二郎一臉無奈。

「別，還是我來吧，你動作太粗魯了，一會兒弄醒他又是一陣鬧騰。」

「呵呵。」二郎抓著頭傻笑。「我去把洗澡水倒掉。」重活髒活，他在的時候，從不推託。

給飯糰塞好了帳子，羅雲初見頭髮還沒乾，就拿出他們爺兒倆的破衣服出來給他們縫一縫。

宋大嫂剛好在院子裡，見著了倒洗澡水的二郎，搖了搖頭，嘀咕。「天天洗這麼一大桶水，不知道要浪費多少好柴呢。」這嘀咕的聲音大了點，讓院子一頭的二郎也聽到了。我樂意，妳管得著嗎？二郎沒理會她，把那澡桶洗乾淨了，就回房去了。

「媳婦，妳別忙和了，休息一會兒吧，真是的。這麼暗的光線縫啥子衣服啊，仔細傷了眼睛。」二郎進了屋，把那燈芯又挑高了點，便不讓她做針線了。

羅雲初笑笑，由著他去了，摸摸頭髮，也乾得差不多了。

「媳婦，咱們早點安置吧？」宋二郎眼睛亮亮地看著她。

羅雲初哪會不明白他想什麼，想到她癸水這兩天就要來了，到時少不得委屈他幾天，便半推半就地隨了他。

次日，二郎老老實實地給他媳婦挖香芋去。可能是真沒到香芋成熟的季節，挖出來的香芋個頭小，而且根鬚還多，羅雲初一看就明白，估計是不成的了。不過她還是用它試了下，做出來的香芋綠豆冰口感連之前的三分之一都比不上，羅雲初猜想，估計是現在香芋水分比較多，澱粉少，所以吃起來味道不好。

羅雲初沒辦法了，賣香芋綠豆冰賺錢這事只好暫時擱置了。好在她手裡有方子，來年再賣也是可以的，只不過致富的步子慢了一點罷了。

菜園子裡的黃瓜開過花了，如今長出一根根水靈靈的黃瓜，滿架子都是。羅雲初尋思著他們一家子一下子也吃不了那麼多，便洗乾淨手，摘了一些下來做成醃小黃瓜。醃小黃瓜的做法簡單，用開水汆過後，放在太陽下曬一曬，再次用開水汆一下，放入罐子或罈子裡，加入涼開水泡著，放一些鹽，切忌不能沾油。如此方法做出的小黃瓜清脆爽口。

花生和黃豆開花了，這幾天，二郎沒有去鎮上，全忙和著給它們追肥了。黃豆和花生結果多不多，此次的肥料最為關鍵，所以二郎也不敢馬虎。

羅雲初這兩天也跟著去幫忙，二郎說不用她去的，這活兒他一個人就能幹完，但她說了，即使她做不了什麼，去陪陪他，和他說說話，解解悶也好啊。二郎聽罷，這才同意了，不過髒活累活一件也不許她做，只讓她做一些輕省的活兒。

每天出發前，二郎都挑著一擔重重的肥料去山上，其間還會來回幾次挑肥料，回來時，總會挑一擔乾柴回來。好在他們的地離地平面不是很高，要不然能累死個人。不過饒是如此，羅雲初依然很心疼他，她心底暗暗發誓，一定要想個法子出來賺錢，讓他以後不用那麼辛苦勞累。

花了三天的時間，他們才把山裡的幾畝地施完了肥，二郎肩膀處又紅腫起來，卻還有一畝多沙地的莊稼沒有施肥，這次說什麼羅雲初都不准他挑擔子了，這一畝多地的肥料全是羅雲初和宋銘承兩人搞定的。坡地因為土質不好，全用來種木薯了，晚點施肥也是可以的，不用急。

緊趕慢趕的，他們花了五天總算把肥給這些作物追上了，接下來可以放鬆幾天了。次日，一輛馬車停在了他們門口，從裡面走出一共四個人，一個是常叔，另一個穿著官差的服裝，還有一個明顯是小廝。

開門的宋大嫂一見穿著差服的官差，臉色一白，結結巴巴地問：「你、你們，想幹麼？」

「大郎家的，別怕，他們找二郎有點兒事。」常叔忙上前解釋。

找二郎的？還是官差找？「這樣啊，他在裡面，喏，就在那邊。」宋大嫂朝西廂指了指，便退開，讓他們進去，她跟在後頭。

他們才進門，便見著二郎從後院出來，手裡還提著個桶，原來他正幫羅雲初提水打掃豬圈羊圈呢。

「常叔？」

「二郎你在就好了，這位余府的大管家找你有事，你家媳婦呢？」常叔微笑著說道。

「余府的大管家找我？什麼事呀？媳婦她在後面沖洗豬圈呢。」二郎疑惑。

「趕緊叫她出來，找她有要緊事呢。」常叔看了一眼那大管家的臉色，忙催促。

「哦哦，好的，你等會兒。」

常叔是個靈醒的人，他就在院裡轉轉，並不跟著進客廳。客廳裡只有二郎夫婦以及那個余管家，那個小廝和官差也都待在屋外。

羅雲初給來人倒了幾杯水。「余管家，不知找我們有什麼事？」

來了那麼久，那余管家總算開口了。「宋夫人，我就開門見山直說了，我們余府想請妳到府上教廚娘做那道香芋綠豆冰。」

羅雲初看了二郎一眼，其實二郎也挺緊張的，哪個平民見到官差不緊張的？不過他知道媳婦比他聰明有主意多了。他握了握她的手。「媳婦，這事妳說了算。」

羅雲初知道他的意思，這事就由她全權處理了，他相信她。她心頭一暖，不過看到對面那不苟言笑的余管家時，她強自鎮定下來。

「這恐怕有點難，想必余管家也知道這香芋綠豆冰是我們羅家祖傳的吧？」如此委婉的拒絕，按理說，能當上管家的人都有著一副玲瓏心肝的，她的弦外之音他應該聽得懂吧。

余管家點了點頭。「這個我倒是聽說了，不過有句話，法律不外乎人情，宋夫人這裡也是能通融的吧。當然，我們余府也會適當補償你們的。」

聽到這話，羅雲初心裡鬆了口氣，她剛才說那句話，無非是想給自己增加些籌碼罷了，想獲得相應的補償。畢竟人家連官差都能請來陪同，這舉動是帶有威懾意味的。想要什麼，他們宋家哪裡有能力抗爭的？其實這話是一個試探，她想看看這余府是不是仗勢欺人之輩，如今看來，的確不是。如此一來，羅雲初便安心了許多。

不過她現在仍需要一個臺階下，於是她不動聲色地問：「不知道府上為什麼看中我這香芋綠豆冰呢？這或許是一道挺美味的吃食，但比起其他一些名貴的食物來，就不值一哂了。」

「其實也沒什麼，我們府上的二小姐苦夏，不思飲食，最近很是消瘦。前次咱們公子帶回來妳賣的香芋綠豆冰，小姐倒是全部都吃了，為此公子高興極了，吩咐廚娘做了這道吃食，可惜她們做了幾天都沒做出那個味兒來，小姐也不願意碰那些。這不才找到舍下，想請妳去府上教教那些老媽子。」余管家挑著能解釋的話說與他們聽。

「好吧，我答應去府上教廚娘做這道吃食，只是我有一個請求。」

「宋夫人請說。」希望她不要獅子大開口。

「這道吃食的做法，小婦人明年還指望它掙點小錢貼補家用，還望府上多多保密。」她不知道余府會補償他們什麼，她寧願放低一點期望，到時也不至於太失望。

余管家微微點頭。「這個不難，我會吩咐廚娘的。」

這回羅雲初的心可略略放下了，人家余府也不指著這個方子掙錢，只要廚娘不多嘴，想必明年她仍能靠著它賺些錢。

「既然宋夫人答應了，那事不宜遲，跟著我們的馬車一道去吧。」

從這點看，可見這余管家是個雷厲風行的人，當下羅雲初也不囉嗦，讓他們先到大門外等著，她交代幾句話就走。

羅雲初和宋二郎將前因後果和宋母略交代了，然後把飯糰放在宋母那兒，讓她照看著，兩人便上了余府的馬車。

在馬車中，羅雲初想起剛才宋母的話，她讓他們聽余府的話，乖乖教了就回來，別在意錢財之類的，人家給就拿，不給也不要鬧。現在想來，還是自己想事情不夠細緻，有點想當然耳了。自古民不與官鬥，自己之前的想法真的有點可笑，天真得可以。要錢，也得有命花才行啊，看來，她仍然需要多學學這些規則。罷了罷了，到了余府她仔細地教吧，平安地去平安地回才好。

出門前羅雲初就叮囑二郎少看少聽少言，本來剛才她就勸他別來的，但他不放心她，非要一道跟來。

馬車停了下來，羅雲初下了馬車，抬眼望見朱紅大門，鋥亮的銅環閃亮得讓人睜不開眼。余總管領著宋二郎夫婦從側門進，羅雲初無心觀瞻院內風光，低眉順目地跟著余管家往裡面走去。

「青兒，妳領宋夫人到廚房去。宋相公跟我到偏廳坐會兒吧。」在一條岔路前，余管家吩咐跟在身後的婢女。

宋二郎略顯焦急地看向羅雲初，她朝他輕輕搖搖頭，就跟著那個叫青兒的婢女走了。

「宋相公，這邊請。」

宋二郎最後看了一眼羅雲初的背影，便順著他指的方向走去。

宋二郎被單獨領到偏廳，余管家便讓丫鬟上茶。他很拘謹，僵著身板坐在那兒，丫鬟給他上茶，他低聲說了句謝謝。

「宋相公可還需要什麼？」余管家微笑著問道。

宋二郎聽聞余管家的話，忙不迭地搖了搖頭。

「那宋相公且在這兒坐會兒，有什麼需要吩咐門口的小廝就成，我還有點事，先行告退了。」

二郎點了點頭。「知道了，余管家，你忙去吧。」

沿著石子鋪成的路走了一會兒，羅雲初和青兒便來到廚房了，還沒近前，便聽到婆子們的說笑聲。

「咱們大公子可真疼咱們二小姐，聽到二小姐不思飲食，巴巴地從京城趕過來。」

「可不是嗎？咱們二小姐多好的一個人啊，上香的時候竟被倚翠樓那蹄子攔著氣成這樣，小臉都瘦了一圈了，夭壽喔。」

「怕不只這事吧，我可聽說了，後來致遠侯世子來看望二小姐的時候，還跟二小姐貼身大丫鬟在後花園裡成了好事。」

「難怪菊花和她爹娘都被攆出府了呢，原來啊原來……」

「所以呀，二小姐這才氣得病了。那致遠侯世子也真是的，怎麼這般不著調！屋裡的姨娘本就一大堆了，還來招惹二小姐的貼身丫鬟！話說回來，待二小姐嫁過去，貼身丫鬟還不是他屋裡人，他咋就這般猴急呢？」

聽到這望族秘辛，羅雲初真恨不得自己是聾子才好。

羅雲初身邊的青兒站了會兒壁腳，越聽小臉越緊繃，終於她聽不下去了，推開門。「作死了妳們？又在編派主子的不是！」

「這個，青兒姊……」那幾個婆子看到青兒都是臉色一白，不由自主地站了起來，唯唯諾諾的不敢吭聲。

「青兒姊別氣，都怪老婆子多嘴，咱自掌嘴巴。」此時站出來一個四十來歲的婦人，身形豐滿，似乎是廚房裡說得上話的，她說著手就往自己臉上招呼起來。

其他幾個婆子也機靈，有樣學樣，廚房裡的巴掌聲此起彼伏。不過儘管她們掌著嘴，但眼睛卻賊溜溜地在青兒和羅雲初身上瞟來瞟去。

過了好一會兒，青兒才板著臉說：「周大娘，廚房裡的人妳也不好好管管，公子、小姐的事也是妳們能拿來說嘴的？這次就算了，下回再讓我聽見，我必稟報公子去，讓他治治妳們。」

聽青兒這意思，是饒過她們這回了，婆子們紛紛放下巴掌，喜笑顏開。「謝謝青兒姊，老婆子再也不敢啦。」

「這位是？」周大娘試探地問。

「這位是宋夫人，余總管專門請回來給二小姐做香芋綠豆冰的。好了，妳們出去吧，廚房我們要用，對了，香芋、羊奶這些材料廚房還有吧？」

「有有有，都在裡頭呢。青兒姊，上回二小姐吃那香芋綠豆冰就是出自這位夫人的手裡啊？」

「嗯。」青兒顧著檢查食材，漫不經心地答道，她轉過頭問羅雲初。「宋夫人，您瞧這食材可用得？」

羅雲初上前翻看了一下，香芋、綠豆這些都是極好的，不過那羊奶麼……「這羊奶是什麼時候擠的？」

「早上的時候。」周大娘忙答道。

「那不要了，去擠新鮮的來。」現在天氣熱，她聞著都有股異味了。

其他婆子面面相覷，杵著不動。那奶羊凶著呢，每次擠奶都亂踢人，上回擠奶李嬸的腿被狠狠踢了一腳，現在還痛著，這活兒誰愛幹誰幹去。

「還不快去？」青兒一瞪眼。

周大娘沒法，只好找了個折衷的辦法。「這個……青兒姊，擠奶這活兒挺困難的，找個小哥幫一下忙可成？」讓男人固定著，應該沒事了吧。

「去問余管家。」

得令的周大娘接著便吩咐了一個婆子去擠奶，另一個去找余管家。

「宋夫人，妳這香芋綠豆冰咋做的呀？二小姐愛吃妳做的那個味，老婆子折騰了好幾天了，二小姐連碰也沒碰一下。」周大娘伏低作小，不過她眼中的輕蔑卻沒掩飾好，語氣中的酸味更是方圓三里都能聞到。

羅雲初笑笑，當沒看到她眼底的輕蔑。「呵呵，這不過是鄉野裡的吃食罷了，登不得大雅之堂的，我想貴府的小姐也是一時貪鮮罷了，吃過幾次可能就膩了。」

等了好一會兒，卻等到了奶羊受驚，踢了擠奶的婆子和小廝的消息，羅雲初沒法，只好親自上陣擠奶，然後順便將正確的擠奶方法教給余府廚房裡的兩個下人。

接著他們回到廚房，青兒記得余管家的交代，將廚房裡的老婆子全清了出去，周大娘即使不甘也莫可奈何。羅雲初見狀，心略略放了下來，這余府確實是守信之人，該做的她都做了，若這香芋綠豆的做法最終還是洩漏了出去，那也莫可奈何。

她將多餘的心思排盡，專心地教青兒做香芋綠豆冰。青兒能做到貼身丫鬟一職，本身就很聰明，這些步驟羅雲初只示範一遍，再稍微講解一下，她便都能掌握了。

受益於余府灶房設備的齊全，這香芋綠豆冰不到半個時辰左右就做好了，青兒很高興。

「我這就給小姐送去。」

「別忙，青兒姊，府上有無冰塊？這香芋綠豆冰放些冰塊，會更好吃喔。」羅雲初擦擦汗，笑著說道。

「有有。」青兒吩咐人去冰窖裡取來了冰塊，羅雲初將它們弄成碎塊，適量地放了一些下去。「可以了。」

青兒取了一點嚐了嚐，笑著點點頭。「這下小姐能多吃點兒了。」

「脾胃弱的人一天最好別吃太多冰的東西。」羅雲初一說完就後悔自己多嘴了，這大戶人家哪會不明白這道理，用得著自己多嘴！

隨後青兒吩咐周大娘給余大公子送去一些，自己拿了一些回到二小姐居住的院子。

羅雲初被小廝帶到偏廳時，二郎茶杯裡的茶已經添了好幾次了，他眼睛不住地往門外瞅，見著自家媳婦，他緊繃的臉終於露出了笑容，很欣喜地站了起來。

羅雲初悄悄地握了握他的手，道：「二郎，再等會兒，我們估計就能回去了。」

「嗯。」二郎回握她，握緊。

這頭，余家二小姐余歸晚吃著冰涼可口的香芋綠豆冰，總算有了點精神。青兒這會兒可高興壞了，當下為羅雲初說了不少好話，她對羅雲初的印象不差。在那個情況下聽到那些八卦秘辛仍能不好奇追問的，不是懂進退就是木訥得緊，顯然，羅雲初是前者，所以她不介意幫她美言幾句。

余歸晚得知自己大哥專程把人從家裡請來為她做這道吃食時，這會兒青兒又為羅雲初說了這麼一堆好話，連帶的，對羅雲初的印象也不錯。

「青兒，妳去將庫房裡將那疋纏枝雲錦取來，送與宋夫人當謝禮吧，這大熱天又大老遠地為我跑了一趟，也實在不易。對了，還有那疋九絲羅，一起給了她吧。」最後一句，余歸晚略顯傷感。

青兒原還待勸上一勸的，本來那疋纏枝雲錦當謝禮就綽綽有餘了，再加上一疋九絲羅，這謝禮也忒重了點。不過青兒明白她小姐怕睹物思人，她遂不再言語。

余成之坐在書房裡，桌子前擱著一只空碗。「二小姐將那疋九絲羅賜了下去？」

「是。」余總管微微躬身。

「宋氏夫婦二人，你覺得如何？」他們剛才走進院子之時，他曾遠遠地看了一眼，覺得這對夫婦在這地方也算是出色了。去請人之前，他就調查了羅雲初的一些情況，他不可能留然就讓個不知根底的人來給他妹妹做吃食的。得知她還有一個小叔子十四歲就中了秀才，不過他也沒太在意，中了秀才不代表就是人才，是否成材，等以後再看看吧，現在他也不過是隨口一問而已。

余總管不知其意思，琢磨了一會兒，給出了個中肯的評語。「夫婦二人都是老實本分的，一路上也沒多加打聽府裡的事。」

加上剛才在廚房外候著的小廝回稟，余成之手指敲了敲桌面。「再去庫房拿三十兩銀子給宋氏夫婦。」本來他是想送兩錠五兩重的金元寶的，不過想想，財多招人忌，他還是別害人了。

回程的途中，羅雲初仍暈乎乎的，別怪她眼皮子淺。撇開這三十兩銀子不說，光那兩疋布就值不少錢，雖然她不知道這是什麼種類的布料，但那堅實的質地，精細的織工，渾厚優美的色彩，都不是她之前在布店裡見過的那些可比的。而那疋九絲羅更讓她驚喜，它質地緊密結實，紗孔通風透涼，穿著舒適，最適合製夏衣了。她琢磨著回去就給飯糰爺兒倆做一、兩件。這些個加起來，價值沒有五十兩也有四十兩，想不到出來一趟，所得的報酬都比得上家裡的積蓄了。

其實也難怪羅雲初這般了，她在來之時的馬車中就想明白了，回來時余府能給個十兩、八兩的當報酬就算不錯了，豈知報酬竟然如此豐厚，真在她意料之外。

回到家，下了馬車，進了大門，羅雲初便讓二郎拿了五兩銀子給宋母，連帶著回稟一下情況，也好叫她安心，順便把飯糰接回來。而她自己則抱著那兩疋布，懷中揣著二十五兩銀子往屋裡走去。

其實給這五兩銀子，是羅雲初深思熟慮的，二郎是個至純至孝的男子，與其為了幾兩銀子傷了兩人的夫妻感情，還不如她大方一點，讓他念著她的好，把他的心拴在自己身上呢。

飯糰在宋母那兒睡著了，二郎把他抱了回來，放在他的小床上。夫妻倆還沒坐下歇會兒喝杯水，房門就傳來一陣拍打聲和他們大嫂的聲音。「二郎、弟妹，開門開門。」

羅雲初和二郎對視了一眼，羅雲初道：「你去開門，我去把銀子藏一藏。」

門一開，宋大嫂就鑽了進來，看到他們床上那兩疋華美的布料時，眼睛一亮。原來二郎他們坐馬車回來那會兒，宋大嫂正在別家串門子，當她聽到二弟和二弟妹回來了，手裡似乎還抱著兩疋華美的布疋，就坐不住了，一路風風火火地趕回來，直奔他們房間而來。

「二弟、弟妹，余家不會那麼小氣吧，才給了你們兩疋布當報酬啊？沒有什麼金子銀子之類的？」宋大嫂那雙單鳳眼賊溜溜地在房裡掃來掃去，似乎想知道他們把銀子金子都藏哪兒了。

有也不告訴妳，妳當妳是誰啊。羅雲初對她這位大嫂的這種行徑真的很感冒，當下毫不客氣地說道：「大嫂，妳在找什麼？」

「沒，沒什麼。」宋大嫂收回視線，然後將那纏枝雲錦抱在懷裡。「二郎，你們有兩疋布，這布我幫你拿給娘做衣裳去！」說完就走，也不聽他們的回答。

羅雲初手快的把布疋從她懷中抽回來，似笑非笑地看著她。「大嫂，孝敬娘，我沒意見。雖然我女紅的手藝沒有妳好，但還是能拿得出手的，況且是孝敬娘的，自然得自己做才顯得有心意對不對？」

「弟妹說得是，不過大嫂我也想盡一盡自己的孝心，所以妳把料子分一半給我做吧。」整疋拿不到，拿到一半也好啊。

「大嫂，妳要盡孝心還不容易呀，拿自家的料子唄，這樣顯得更誠心對不？」羅雲初把自家兩個字咬得很重。分家是妳要求的，這時卻來覬覦我們家的東西，哪門子的道理？

「呵呵，妳大哥窮鬼一個，哪有錢買這麼好的料子啊？」宋大嫂笑得很難看，一提到要她的錢，比要她的命還難受。

「大嫂，不是吧？前兩天不是才賣了豬圈裡的那頭肥豬嗎？我可聽說了，賣了足足一千五百文錢呢。咱們這個月，二郎給了娘三百文錢呢，大哥給了多少呀？」那五兩銀子她是不會說的，省得被大嫂惦記，她相信娘也不會告知大嫂的。

「沒有沒有，那是旁人亂說的。欸，我想起來了，天孝的衣服還沒洗呢，我先去洗了啊。」宋大嫂遁走。

看著跑得沒影的大嫂，羅雲初皺皺小鼻子，和二郎抱怨。「大嫂跑那麼快做什麼？我們又沒欺負她！」她那點錢，她還看不上眼咧。

「呵呵，洗衣服去了吧。對，我們沒欺負她。」就算欺負也是她自找的，二郎對於他大嫂直闖他們房間這事很介意。

從羅雲初他們房間逃也似的出來，啥便宜都沒撈著的宋大嫂暗惱，這姓羅的啥時候變得這麼伶牙俐齒了？早知道就不分家了，那兩疋布到了宋母那兒，她再說幾句甜言蜜語，還不把它們都順過來？現在想來，真是虧了虧了。

且說這邊，宋母摸著二郎給的五兩銀子，嘆了口氣。從開著的窗看到大郎媳婦氣沖沖地從西廂跑回東廂，皺眉。這大郎媳婦這些年一點長進都沒有，仍然是那副粗鄙的樣子，上不得檯面，不過想到大郎和天孝、語微，她努力壓下對大兒媳的不喜。暗忖，二郎媳婦是個能幹的，二郎這邊她就不必操心那麼多了，大兒媳如此不著調，自己還得幫幫大郎這邊啊，若不然，苦的是自己的兒孫。再想到明年老三要參加鄉試了，她握著銀子的手緊緊。

今天賺了這麼一大筆，自然要加菜的。羅雲初讓二郎到村口處去割點肉，二郎知道她喜歡吃瘦肉，給她買回一斤，順便還買回一只豬肚。自上回羅雲初拿豬肚做了一道青椒豬肚後，二郎就徹底愛上了豬肚這玩意兒，時不時地買上一只。羅雲初見他喜歡，每次也變著花樣兒給他做，香辣肚絲、豬肚湯、雙椒爆脆肚等等，每次都能把二郎餵得飽飽的。

加菜了，羅雲初明白大家的食量都會上漲一點，但飯糰今晚吃得也太多了吧？

「飯糰，你已經吃了一碗了，還要呀？」飯糰的碗比較小，平時能吃完她盛的就不錯了，今天這是怎麼了？

「嗯，娘，還要，我要和白白一樣，吃多點，長得壯壯的，給妳打壞人！」其實他已經吃不下了，但是為了能快快長大，他要努力吃。

羅雲初看著他明顯吃不下還勉強自己吃下去的樣子，心裡暖暖的，這孩子，這麼丁點兒大，就會體貼人，怎能不讓人疼到心坎裡？她摸了摸他的腦袋，柔聲說道：「飯糰乖，吃不下就別吃了，一會兒娘給你煮羊奶去，喝那個比吃飯長得快喔。」

聽到有羊奶喝，飯糰眼睛一亮，再聽到喝羊奶長得比吃飯快，更開心了，他奶聲奶氣地問：「娘，飯糰不吃飯了，妳以後都給飯糰喝羊咩咩的奶好不？這樣飯糰就能快快長大了，飯糰會保護娘的，娘就不會被壞人欺負了。」

羅雲初笑笑，不和一個小兒解釋營養均衡的問題。「好呀，娘就等著咱們家飯糰來保護了。」

「嗯嗯，娘放心吧。」飯糰挺起小胸脯，不住地點頭。

第十七章　親生和拖油瓶

次日，羅雲初扯了兩丈九絲羅拿回娘家，這布透氣結實，穿起來肯定舒服，拿回去讓她娘親和弟弟做身衣裳，也算是她的孝心。纏枝雲錦太豔了，不適合她娘。她還另外拿了前些天醃製的小黃瓜，這個吃起來清脆爽口，最是下粥了。給娘家的東西，都是她和二郎商量好的。

穿越過來後，羅家兩母子就是她的至親了，既然她接收了羅雲初的身體，那也應該繼承她的責任，人都是群居生物，不可能脫離了這個社會而生存。羅家母子人都不錯，除了羅母有點重男輕女外，其他的都還好，特別是羅德這個弟弟，對她這個姊姊一直都是關心的，漸漸的，羅雲初也慢慢接受了他們，真心地將他們當作了自己的親人。親戚間彼此的走動是必須的，所以才有了羅雲初此行。

得了東西，羅母果然很高興，抓著那九絲羅摸來摸去，一副愛不釋手的樣子。「正好給妳弟做兩身衣裳，妳知道的，天氣一熱他就難受。」

「娘，這布料多，您自己也做一身吧。」羅雲初勸道，現在都近傍晚了，她的額頭脖子還有汗珠子，可見她也是一個極怕熱的人。

良久羅母才戀戀不捨地放下那九絲羅。「娘都這把年紀，用這麼好的布料做衣服，糟蹋！我隨便扯兩尺便宜的布來做一身，能穿就行了。不說這個了，說說妳嫁到宋家也有好幾個月了，怎麼肚子還沒消息？我說妳啊，得抓緊生一個啊，要不如何能在宋家立足？」

什麼好幾個月，這才兩個多月好不好？一提起這個話題她就挺煩躁的，其實她覺得自己還年輕，過一、兩年再生也沒事。而且飯糰明顯對這事有抵觸，她實在不願飯糰因為這事而傷心難過，所以她都儘量避免在危險期和二郎親熱，而且還常吃一些胡蘿蔔和醃菜等不利於懷孕的食物。這些當然是瞞著二郎的，有時候自己拒絕他的求歡，雖然他看起來悶悶不樂，卻仍會尊重自己，不強迫自己，這讓她很是愧疚。

「好啦好啦，我知道了。娘，弟弟呢？」羅雲初趕忙轉移話題。

「去弄田了，估計也快回來了吧。對了，今晚就在家裡吃飯吧，也有一陣子不見妳了。」羅母站起來，彈彈衣裳，就準備去廚房整治晚飯。

「不了，一會兒我還得趕回去做飯。」飯糰好不容易才養出一點肉來，她可不想餓著他了，而且她也沒指望二郎和三弟兩個大男人會做飯。

「妳好不容易回家一次，這飯也不吃，哪成啊？讓二郎他們去他大嫂那兒吃一頓不就解決了？」羅母很不滿。

「他們吃慣我做的飯菜了。」拿這個作藉口擋擋。

家醜不可外揚，她不想編派自家大嫂的不是，即使訴苦的對象是自己的老娘。俗話說得好，只有死人才能守得住秘密，她要是開了頭，她娘親聽了後保不准會當作私房話和老閨密什麼的說說，別人又往外傳一傳，最後不知道歪曲成什麼樣子了。她訴苦，是可以過一把嘴癮，但也種下了麻煩的禍端，誰知哪一天會爆發呢，所以她寧願什麼都不說。

「妳呀，就是個天生勞碌命！」羅母搖頭。

院子外傳來了一陣腳步聲，羅母往外看了一眼，道：「估計是妳弟回來了，妳去看看吧。」

羅雲初點頭，走了出去，正好看到羅德正蹲在地上清理鋤頭上的泥塊。羅德見著羅雲初很高興。「姊，妳怎麼來了？」

羅雲初笑道：「怎麼，不歡迎啊？」

「哪能啊？」他站了起來，往她身後瞧了瞧。「姊夫沒跟妳一道來？」

「嗯，他在家幫我翻菜地呢。此次來只是給你和娘送點布料過來，一會兒就得趕回去，就不在這裡吃晚飯了。」

「這麼急啊？」羅德聽到她不在家裡吃晚飯有點失落。

「呵呵，對了，這幾天你忙不？」想起她之前託趙家嫂子作媒的事，她暗忖，應該也快有結果了吧。

羅德想了想，道：「嗯，稻子抽穗了，田裡的水也足夠了，可以休息兩天。對了姊，妳是有什麼事需要我幫忙的嗎？儘管說。」

「是有事，你的終身大事，呵呵，我已託人相看姑娘了，估摸著這兩天就有消息了吧。」羅雲初含笑地說道。

羅德沒料到是這個答案，他呆了呆，然後窘迫起來，耳後根迅速紅了，他侷促地叫了一聲姊。

羅雲初笑道：「害羞什麼，男大當婚，女大當嫁，見了姑娘臉皮這麼薄可不行喔。」她看著眼前青澀的大男孩，心中感慨，這等純情的男孩只有在純樸的古代才隨處可見啊，現代的男生都被那些追女一百零八招什麼亂七八糟的書給教壞了。

羅雲初和他說了一會子話，臨走前，她私下又給了她弟弟羅德二兩銀子，她知道她這弟弟除了讀書就是種地，手裡也沒什麼進項。給他點銀子傍身，行事也好方便點。羅德一開始不願意要，後來還是她拿出做姊姊的款兒來，他才慢吞吞地收下的。

她之所以不給羅母，是因為羅母一向節儉慣了，得了銀子也只會把它存起來，情願勒緊褲腰帶過日子也捨不得拿來買點肉加菜，她還不如給弟弟呢，這樣一來家裡還有可能吃上幾頓肉。

「娘、阿德，我走了啊。」看了眼快下山的太陽，羅雲初忙告辭了。

「妳既打算回去，娘也不留妳了。得了空記得回來看我們啊。」羅母叮嚀。

「曉得了，你們快回去吧，不用送了。」

趕回去的路上，羅雲初尋思著哪天她抽空買些下水回娘家，教她娘做一些菜餚，好吃又不貴。

想到羅德也將於明年參加鄉試，她心裡將羅德和宋銘承兩人比對了下，發現比起略顯腹黑的宋銘承來說，羅德還是比較單純的，相對來說，宋銘承比羅德更適合官場。

接下來兩天，羅雲初忙妥了家務後都會窩在屋裡做針線女紅，飯糰得知羅雲初要給他做新衣服，興奮極了，也不出去玩，直圍著她轉悠，一直追問她什麼時候做好。對於新衣服，孩子都是難以抗拒的，她明白飯糰興奮的心情，自己小時候不也是這麼過來的嗎？

羅雲初的針線女紅真不怎麼樣，會做，但速度卻比烏龜還要慢，花了整整一天，臨近太陽下山時，她才將飯糰的一套小衣服做了出來。

給他洗了澡，穿上新衣服後，便讓他去找伴玩了。

羅雲初剛煮好飯，飯糰就垂頭喪氣地回來了，她坐在小兀子上，飯糰慢吞吞地走過來，坐了下來，和她擠在一塊兒。

「怎麼了？」羅雲初捏捏他氣悶的小臉，嗯，總算有點肉了，手感好點了。

「娘，親生的，是什麼意思？」飯糰抬起小臉，眼睛一瞬不瞬地看著羅雲初。

聽到他的問話，羅雲初一驚，誰在他面前說這種話的？「怎麼了飯糰？為什麼想問這個？」

「剛才大伯母說、說，不就是一套新衣服嘛，得意什麼？等你娘有了自己親生的孩子，我就不信她還能對你這個拖油瓶那麼好？」這段話飯糰複述得斷斷續續的，但主要意思他倒抓住了。

飯糰悶悶地問道：「娘，什麼是親生，什麼是拖油瓶？」稚嫩的聲音透露出一股無助，雖然他不知道大伯母說的話的意思，但他直覺的想哭。

羅雲初認真聽完這段話，心裡惱火得緊，她這大嫂也忒可惡了，竟然對一個小孩子說這種話！羅雲初明白她這大嫂還在記恨那兩疋布料的事，如今見著了飯糰的新衣，更是眼氣（注），這是把氣撒在飯糰身上呢。但欺負一個三歲的孩子，也太有出息了吧？再怎麼說飯糰也還是她的姪子啊，她都不會照顧一下他心情的嗎？看來自己得找個機會和她「好好」溝通一下才行。

「娘、娘，妳還沒回答飯糰呢。」飯糰見羅雲初緊繃著臉，有點害怕，微微側過小身子。

察覺到飯糰有點抖的小身子，羅雲初努力地擠出一抹笑。「飯糰乖，這是不好的話，咱們不聽，咱們以後都不理大伯母了好不好？」孩子還小，她也不想和他解釋這些傷人的辭彙。

飯糰似懂非懂地點了點頭，羅雲初放下心，揉了揉他的小腦袋，溫柔地低語。「飯糰好乖啊，一會兒娘給你做羊奶雞蛋羹好不好？」

飯糰眼睛頓時一亮，他努力地回想一下，問：「是，是上次吃的，香香軟軟的那個嗎？」

「是啊，咱們飯糰喜歡嗎？」羅雲初知道這羊奶雞蛋羹是個比牛奶雞蛋羹還要好的東西，可以滋養強身，健腦益智，促進身體發育和大腦發育。上回她試著做了一回，味道還不錯，甜甜軟軟的，飯糰很容易就吃下一碗了。

「喜歡。」飯糰眼睛亮亮地點著腦袋，小小的身子自然而然地偎進羅雲初懷裡，他伸出雙手，努力地環住羅雲初的腰，可惜手太短，沒法抱圓，大腦袋更是一頭栽進羅雲初的懷中。「娘，妳真好，飯糰最喜歡妳了。」

看著他可愛得像隻白嫩的小兔子，羅雲初逗他。「原來在飯糰心裡，給你吃好吃的，你就喜歡了啊。那娘很擔心耶，要是哪天有人給飯糰吃好吃的，飯糰喜歡上了別人不要娘了怎麼辦？嗚嗚……」說到最後，她還假哭上了。

飯糰從羅雲初懷裡退了出來，瞪大了眼，努力證明自己。「才、才不會呢。飯糰最喜歡

注：眼氣，看見美好的事物極為羨慕並想得到之意。

娘了，會一直一直喜歡的。娘，別、別哭。」飯糰緊張地將她的手扳開，看不到她表情的飯糰很是心慌。

「呵呵，飯糰，娘沒哭，逗你的呢。」

「娘好壞，騙飯糰，嗚嗚嗚——」一連兩次驚嚇，飯糰很給面子地哭了出來。

這下輪到羅雲初手忙腳亂了，將哭得抽抽噎噎的飯糰抱起來，讓他坐在她大腿上，輕拍著他小小的背。「乖，飯糰乖，別哭了，娘下次再也不騙飯糰了好不好？」

哭得正起勁的飯糰哪裡理會她，過了好一會兒，在她的輕聲安慰下，他漸漸止了哭泣。

羅雲初心裡鬆了口氣，都怪自己嘴賤，怎麼在這個時候和他開這種玩笑？在孩子們的認知裡，可沒有玩笑一詞。

「來，站著別動，我給你量一量。」

昏黃跳躍的燭光下，羅雲初拿著一根細線幫二郎量身。二郎呵呵地笑著，羅雲初讓他幹麼就幹麼，抬手就抬手，不動就不動。兩人的身高有一段差距，羅雲初的身高只到二郎的肩膀上去一丁點，除了肩寬比較難量外，其他的部位都還好。

「爹、爹，飯糰的新衣服好看不？是娘做的喔。」飯糰在炕床上站了起來，轉起了圈圈。

飯糰現在穿的這套是羅雲初考慮好久後才做的衣服，無袖小T恤和短褲。那T恤，羅雲初還找了塊紅色的布在前面給他縫了個類似蘋果的大口袋讓他裝東西，飯糰穿上後，露出藕節般的小手臂小腿，整個人可愛極了。這套衣服羅雲初一開始只讓他在屋裡當睡衣穿，後來見他白天穿回之前的衣服後大汗淋漓的模樣，就心軟了，拿出這套衣服給他穿上。

所幸，大家對這另類的衣服接受度頗高，是因為飯糰還是孩子吧，若是大人，估計會說什麼傷風敗俗之類的話。還有一些小孩子見飯糰穿著可愛，也回家鬧著讓他們娘給做一套。那些婦女們被鬧騰得沒法，只好上羅雲初這兒請教衣服的做法，羅雲初也不藏私，藏也藏不住，那套衣服簡單，看一眼就能明白，遂一一和她們細說了。

「好看好看。」看著可愛的兒子，二郎眼裡充滿了笑意，不住地點頭。

「飯糰小心點，別掉下床了。」這炕床挺高的，要是摔下來就不好了。

「娘，我有看腳下喔，不會掉的啦。」他一屁股坐在床上，噘著嘴說道。

「好好，飯糰不會掉，是娘白擔心了。」對這枚寶貝小疙瘩，羅雲初樂得哄他。

媳婦兒子熱炕頭，二郎覺得自己的心裡漲漲的，滿滿的。

「二郎，明天你照著我測量的方法幫三弟量一量吧，趁現在空閒，把你們的衣服都做了。」她看著兄弟倆的衣服都挺舊的，有些還磨損了，既然要做衣服，就一起做了吧，布料有了，不過是費點兒功夫罷了。不過古代的忌諱就是多，量身會有肢體接觸，還是讓二郎去做吧。

聽到媳婦連她兄弟的衣服也一道做了，他欣喜。「娘那頭？」

「娘那邊我今天已經去量了。」羅雲初低頭，記錄剛才量得的尺寸。

女紅針線就是這般，做習慣了速度自然就快起來，所以後來的三套衣服，羅雲初只花了兩天時間就縫製好了。

「娘、娘，哥哥又拿青蛙來了。」飯糰一隻小爪子緊抓著裝青蛙的布袋口，屁顛屁顛地跑到廚房，探頭進去，在廚房沒見著人，噘了噘嘴，轉過小身子，往房間裡跑去。可憐布袋裡的青蛙了，一直在慘叫，由於飯糰還是個小不點，那布袋比他腰際還長，他只好拖著走。

「娘，娘！」

「怎麼了？」羅雲初穿了件天青色的衣服，從房裡徐徐踱出來。

「娘，看，哥哥讓我拿青蛙回來。」說著，他吃力地將布袋舉起來。「娘，我們去煮給花花牠們吃吧。」扯著她的衣袖，就想把她拉到廚房。

羅雲初接過，蹲下來，摸了摸他的腦袋。「你哥哥呢？」天孝已經有兩、三天沒出現在她眼前了。

「在那兒！」飯糰轉過頭一指，順著他所指的方向看過，果然看到天孝站在不遠處，一臉躊躇，不敢靠近。

羅雲初朝他招招手，天孝挪著步子，慢吞吞地走過來。

飯糰口中的花花正是分家時他們分得的老母雞，經過老母雞的努力，他們家雞的數量達到了十二隻，每天這些小雞崽就跟在老母雞後面，在院子裡四處刨食。羅雲初前世在農村裡待過，知道餵食蚯蚓或蟲子，雞鴨長得特別快而且肥。蟲子難得，蚯蚓易尋，於是羅雲初每次到後面的菜園子翻地的時候，總會讓花花領著牠的徒子徒孫飽餐一頓，但菜園子也就那麼點大，總有翻完的一天。

看著在院子裡無聊的打蒼蠅的天孝，羅雲初想起了以前到田間釣青蛙的事來，於是便拿著破舊的布料做了兩只布袋，再用竹篾做了個開口，教給天孝釣青蛙的技巧。孩子的好奇心和模仿力都是超強的，沒兩下，天孝就學會了，當時飯糰在一旁看著，覺得好玩，鬧著也要釣，羅雲初沒法，只好做了一只袖珍的布袋以及找了一副小型的釣竿給他玩。

第一天天孝釣了青蛙，不知有何用，全拿了回來給羅雲初。羅雲初給他裝了一口袋從貨郎那兒買來哄飯糰的糖，也不避他，將那些青蛙燙熟了剁成一塊塊來餵雞鴨。天孝默默地看著，以後每天早上或晚上沒事的時候總會到田間釣青蛙，後來大胖那些七、八歲的娃娃們見著好玩，也有樣學樣地釣了起來，卻又不知這青蛙的用處，於是全給了天孝，讓他全帶回來了。羅雲初得知後，每天都會給他一些從貨郎那兒買來的吃食，或給他兩、三枚銅板讓他買些糖或零嘴和小夥伴們分著吃。

不過天孝自從知道了這青蛙的用途後，以後他釣回來的青蛙總是給她一半，然後拿一半回家，羅雲初知道了，也僅是笑笑沒有說什麼。但她那大嫂卻是個藏不住事的，得知了後將兒子狠狠地誇了一通，又到外頭誇耀了一遍，這下好了，全村子的人都知道用這法子養雞最是易肥。不過或許是羅雲初大方，她家的雞鴨都沒缺過青蛙。

天孝默默地將剛才藏在身後的布袋拿了出來，遞給羅雲初。「二嬸，給妳，這是我自己的，剛才飯糰拿的是大胖他們的。」

羅雲初看著這個半大的孩子，笑道：「今天收穫挺多的嘛。」羅雲初掂量了下手中的布袋，大概有近兩斤吧，往常只有一半。

「嗯，二嬸，今天的全給妳，妳別生我娘的氣好不？」天孝企求地看著她。「那晚她不是故意的，她只是被妹妹鬧煩了。」

鬧煩了就能拿孩子撒氣嗎？儘管惱怒她的行為，卻也沒有為難孩子的想法，羅雲初摸了摸他的頭，微笑著說道：「天孝是個好孩子。」

「飯糰，你的錢錢借娘一下好不好？」自羅雲初手頭寬裕點後，她就喜歡往飯糰兜裡塞一、兩枚銅板，所以飯糰從沒缺過錢，每逢有走村的貨郎到來，他總會問過娘了，才顛顛兒地跑去買糖的。至此，飯糰也成了村子裡最被羨慕的孩子。

「嗯嗯，給娘用。」能幫到娘的忙，飯糰笑得一臉滿足，一雙爪子把肚子前的口袋撐開來，示意羅雲初往裡面拿錢。

接著她便在飯糰的兜裡掏了掏，掏出兩枚銅板。「來，天孝拿著，去找大胖他們玩吧，記得有好吃的要一起吃喔。」

天孝拿了錢，看著羅雲初欲言又止，明顯心裡還掛著剛才的問題。

羅雲初嘆了口氣。「大人的世界，天孝不懂。天孝只要開開心心長大就好了，去吧，去玩。」

「飯糰跟哥哥去玩嗎？」

飯糰搖搖頭，指著布袋裡的青蛙，奶聲奶氣地說：「不去了，在家，幫娘餵花花。」

「好，走吧。」捏捏他的小臉，站起來，牽起他往廚房走去。

「天孝，別想那麼多，好好玩。」

天孝走出大門前，回頭看了一眼，飯糰正圍著羅雲初轉，臉上的笑容就如天上的太陽那麼明媚。突然間，他很羨慕飯糰這個堂弟，雖然不是親生的，但二嬸待飯糰的好卻是大家都有目共睹的。雖然他娘也很疼他，但她有時候做的一些事總讓他感到羞愧，不若二嬸行事大方得體。自己的娘和二嬸一比，就高下立見，雖然自己很不願意承認，但事實就是事實。不過再怎麼樣，娘還是他娘，想到這兒，他在心底嘆了口氣。

晚上，收到新衣服的宋銘承很意外，他已經很習慣除了他娘會每年給他做上一、兩套衣服外，他的大嫂或之前的二嫂從不會關心他沒有得穿，而他，已經學會不再奢望與期待。想不到今天竟然收到一件新衣裳。

「二嫂，謝謝妳。」捧著那衣裳，宋銘承真心地道謝，前天二哥拿著根繩子拉著他量來量去為的就是這個啊。他杵在那兒，想起自從這新二嫂嫁進來後，對他的照顧並不少，可以說，許多東西，他二哥有的，他也有。

「咱們是一家人，客氣啥。」羅雲初不以為意。

一家人嗎？宋銘承有點怔忡地看著收拾飯桌的二嫂。說實話，他經歷過幾個嫂嫂，大嫂如何，他不予置評，而他第二任二嫂是個地地道道的潑婦悍婦，因此，除了自己血脈相連的兄弟姪兒，他實在很難對她們產生認同感。他已經好久沒有感受到這麼強烈的歸屬感了，呵。

「對了，一會兒你拿回去試試，不合適再告訴我，我改改。」因為宋銘承是小叔，不可能像她給二郎做衣服似的，半成品也可以讓他穿上去試。做他的衣服時，她是一股腦兒按著那尺寸做的，也不知道偏差會不會太大。

「等等，還有，一會兒我讓你二哥給你送羊奶過去，你看書也別看那麼晚，油燈昏暗，仔細傷了眼睛。」她羅雲初對宋銘承就像對自己的弟弟一樣，見他晚上仍舊看書，關心的話很自然就說出口了。

「好的，我知道了。」宋銘承走到門口時，回頭看了一眼猶在忙碌的二嫂一眼。心道，新二嫂是個好女人，希望這次二哥能幸福。

剛才羅雲初的話完全是出自真心的，二郎在乎他這個弟弟，她完全出自於愛屋及烏的心理，況且她小叔這人真的挺不錯，什麼鄉試在即要好好籠絡他什麼的，羅雲初真沒想那麼多。

晚點羅雲初給宋母送衣服的時候，趁她心情好，將那晚宋大嫂罵飯糰的話委婉地轉述了一遍。宋母聽完後，臉上的笑容沒了，將羅雲初打發走後，狠狠地捶了床兩下。想到方氏，她就牙根緊咬，她暗忖，這老大的媳婦，真是欠敲打！她或許會偏袒大兒媳，這都是看在兒子和孫子、孫女的分上，但不代表方氏就能隨意欺辱她另一個孫子！

達到目的的羅雲初很高興，步子都輕快了許多，哼，叫妳欺負飯糰！羅雲初明白，像宋母這樣的人，將兒子和孫子看得極重。說句妄自菲薄的話，在宋母心裡，十個她和大嫂加起來，都比不上他們一根手指頭！可笑的是，她大嫂卻看不明白這點，自以為得婆婆的意。

余府之事一過，羅雲初也沒大在意，本以為以後再無交集的，孰不知，宋余兩家淵源頗深，不過這是後話了。

接下來一連幾日，宋大嫂都是蔫蔫的，沒什麼精神。也是，一連幾日被宋母指使著倒夜香、洗豬圈什麼的，連飯也不能好好吃一口，精神頭能好得起來才怪。羅雲初看著，暗自高興。

不過宋母並沒有往死裡折騰，幾天，意思意思就夠了，還要顧及天孝他們的感受不是？緩過神來的宋大嫂看到一身清閒的羅雲初更是暗恨不已，她可記得清清楚楚，那晚她這二弟妹剛送了新衣服過去，第二日她那婆婆就開始折騰她了，要說這事和羅雲初沒關係，打死她都不相信！

於是，她見著了羅雲初必定是白眼相加的。羅雲初無所謂，白眼就白眼唄，反正於她又不會少塊肉，扔多少過來她就接收多少，來一隻收一隻，扔兩隻收一對！

不過某日，宋大嫂從鎮上回來，對她的態度整個就變了。事有反常即為妖！羅雲初心中警覺。

第十八章　和諧生活

俗話說，飽暖思淫慾，最近收入了一筆錢，地裡又沒什麼重活幹，於是，心情愉悅的宋二郎渾身的精力沒有地方可使，晚上便努力耕耘起媳婦那塊地兒來。

「呼，好累，我不來了。」無力的羅雲初從二郎身上翻下來，也不理會他，丫的，她就是被他纏得不行了才答應用這個騎乘位的，嗚嗚，哪裡知道這樣好累。好吧，她承認，她就是一個懶女人，能躺著絕不坐著，能坐著絕不站著，在床上也是，屬於那種出工不出力光享受的。

羅雲初翻身那會兒乳波蕩漾，直把二郎瞧得眼睛都直了，他忙矯捷地一個挺身，坐了起來，朝羅雲初白嫩的肉體撲去。

「欸，輕點，別亂咬！啊，好疼。」羅雲初胸前的小紅棗被他一口叼住，用力地吸吮起來，時不時地還啃上一啃，疼癢的感覺讓她一把扯住他的頭髮。

宋二郎鬆開嘴，雙手分開她圓潤的臀部，一手扶著粗脹的凶器，抵向她滑膩的腿間，一陣推擠，它就填滿了她的身體。

「啊……嗯……」二郎甫一進入，那種灼熱充實的飽脹感就讓羅雲初軟了身子，已識情慾的她下身越發濡濕，讓他的動作更加順暢。

「媳婦，勾住我的腰。」二郎的嘴唇挨在她的耳旁說。羅雲初沒有一絲猶豫，一雙修長的美腿立刻向後，夾住他的雄腰，交叉在他的臀上，這樣子她整個人就掛在了他的身上。

「啊……」酥爽至極的感覺傳來，羅雲初不由得呻吟出來，雖只是簡單至極的小小音節，卻更勾起了二郎的慾火，他動作越發的勇猛，「啪啪啪……」每一次撞擊，他都用盡全力，腿間擺動的幅度極大，狠狠地頂弄著身下的嬌妻。

「啊……」在他不斷的進攻下，羅雲初已經不行了，俏臉暈紅，不住的嬌喘。終於，她夾在二郎腰上的美腿倏地緊繃，抽搐著達到高潮，發出一聲高亢壓抑的叫聲，長長的，餘音嫋嫋。下體不住急促收縮，全身無力的向前倒向床榻，只有被男人緊握住的雪臀還高高翹起，不斷捱受他的撞擊。

二郎看著他媳婦粉嫩暈紅的臉蛋，還有那嬌慵無力的媚態，更是情動，腰部的動作一直都沒停頓過。

「臭二郎，你到底好了沒啊，欸……別那麼用力啊，啊嗯……」趁著他撤出的空檔，羅雲初推拒著，扭著柳腰試圖躲避他的進攻。可惜她的扭動只將他的腫脹摩擦得更火熱。

這都做了多久了，有完沒完啊！雖說適當的性生活有利於身心健康，但他也太過了吧。她早早地就被他拉上床做運動，做到現在還沒完，真是累死她了。

「媳婦，快了，別躲，嗯。」二郎的大掌戀戀不捨的從她的雪丘撤下來，撫過細嫩的肌膚，在她挺俏的臀部掐了一把後將她的柳腰握住，阻止她的逃離。粗大的凶器對準了那溫潤滑膩的甬道深深一刺，直沒根部，感覺到她洩身後嫩肉的緊縮和纏繞，二郎舒服的嘆了口氣。

「啊……」被他的粗長滿滿的貫入，敏感的她被他飽滿的男性煨得一陣痠軟，光是被他進入，她就幾乎快昏了過去，全身不住顫動。

「噢啊……嗯呀……！」二郎把放在她腰上的手滑開，改為伸到她又白又嫩的嬌乳上搓揉，羅雲初在婉轉嬌吟的同時，亦不斷扭腰擺臀，迎合著他的聳動。

「媳婦，好緊好滑。」粗喘著，二郎按著在她腿窩間開始用力進攻，一下下聳動著窄臀，在她腿間狂野地衝刺著。

「嗯啊……啊……快點出來，啊……」他的每一下挺進都將灼熱的硬碩送入她的最深處，甚至讓她感到些許疼痛，可是在疼痛中又夾雜著一股被人充實的滿足感。

最後的瘋狂後，在他的低吼聲中，最後一記深刺，射出一波精華。

癱軟在他懷中喘息著的羅雲初察覺他半疲軟的硬碩彈跳了一下，把她嚇了一跳，橫了他一眼，啞著嗓子道：「你好了喔，再來的話，以後就不給你吃了。」

這話果然奏效，二郎的硬碩頓時軟了下來，蔫蔫的，完全沒有剛才雄赳赳氣昂昂衝鋒陷陣的樣子。

「媳婦……」二郎小聲的哀求，在品嚐了她的美味之後，二郎實在不願意再勒著肚皮過日子，哪天晚上不來場床上運動，他就覺得一天心裡都空落落的。每天他都想儘快把活兒幹完，然後晚上就可以抱媳婦睡覺了。

看著那雙和飯糰相似的黑漆漆亮晶晶的眼睛，露出小狗一樣的乞求眼神，羅雲初覺得心都要酥了。不過，為了以後的「性福」著想，她還是硬起心腸來拒絕他。「一晚最多兩次！」

「那……那……」二郎眼睛一亮，剛才他只做了一次。

「今晚不行，從以後開始！」羅雲初拉過被子蓋住雪白的身子，凶巴巴地道。

「哦。」蠢蠢欲動的某部位頓時洩氣了，老老實實的待在家裡吧，不能去媳婦家那裡串門兒了。

「明天給我上山砍柴去！」省得你精力過剩。

家裡沒柴了嗎？這幾天他打了好幾擔柴了啊，不過他習慣於一些小事上聽媳婦的話了，當下答道：「哦，好。」

「你讓讓，我口渴，去倒杯水。」運動過後，果然很缺水分。

「媳婦別動，我去幫妳倒。」二郎按下她，掀開被子下床去了。

對於他衣服也不披一件直接溜鳥的行為，羅雲初很無語，幸虧飯糰睡著了，要不然被孩子看到多尷尬啊。

喝了水，兩人熄燈安歇了。

「二弟妹，聽說妳前些日子在余府得了不少好東西？說出來讓大嫂我眼饞眼饞唄。」剛從外頭回來的宋大嫂，看到在一旁攪拌豬食的羅雲初，停止腳步，一臉八卦地問。

「不就那兩疋布嘛，當日我們剛到家妳回來都見著了。」羅雲初疑惑，都過去好幾天了，她怎麼好奇地問起這個問題來了？鎮上鎮上，莫不是誰和她說過什麼？不過余府的事，沒什麼人知道啊，而且余府的人也不會滿大街地去說嘴啊。對了，還有常叔，不過他也不是那種碎嘴的人，算了，懶得想那麼多。

「除了這就沒別的了？」哼，別以為她不知道。

「除了這哪裡還有什麼？」羅雲初佯裝一臉不解地反問。

既然開了口，宋大嫂索性就攤開來說。「聽說妳手上有張做糖水的方子？就是前些日子妳做的那個什麼香芋綠豆冰的。把做法給我，我明天做給娘吃。」哼，妳不給就是不孝！

「告訴妳也沒用，家裡如今都沒有香芋了，沒法做。」材料都沒有，妳說要做，誰信啊？

「我看妳是捨不得吧?」果然被常大嫂說中了。

「是又如何?」東西是我的，難道妳要我就得雙手奉上不成?

「哼!」得意什麼?以後有得妳哭的!見拿不到，宋大嫂也沒多作糾纏，往東廂房走去。

這讓羅雲初納悶了，這大嫂不是應該死纏爛打的嗎，怎麼那麼爽快就走人了?不像她的秉性啊。算了，想不通就不想了，餵豬去，不糾纏更好，她又不是受虐體，人家不糾纏非得上趕著被噁心啊。

宋大嫂這幾日老往鎮上跑，孩子也不管，全扔給宋母，對宋母板著的臉也視而不見，每天都樂呵呵的回來，滿面紅光，活似人生三大喜事發生了一樣。羅雲初注意到這一現象，有點不安，和二郎提了提，二郎聽完皺了皺眉頭，說會和大哥說說的。

羅雲初遂丟開手，不去管這事了，轉頭忙碌起她弟弟的終身大事來。趙家嫂子相中了一個姑娘，叫曾寧清，那姑娘的娘和她沾了點親戚關係。姑娘家裡有四個姊妹，底下還有一個弟弟，她排行第三，基本是屬於爺爺不疼姥姥不愛的。她父母也都是老實巴交的農民，只要求男方不是偷雞摸狗之輩便可，聽到了趙家嫂子介紹的羅德，覺得人不錯，曾父曾母都很滿意。只是，他們家窮，出不起什麼嫁妝，若是男方這邊不介意的話，可以去相看相看。

趙家嫂子也如實地和羅雲初說了，她接著又瞭解了曾姑娘的一些基本情況，如身形、容貌、性情等，便決定抽空去見上一見。

挑了個雙方都同意的好日子，備了些薄禮，羅雲初攜趙家嫂子出發了。曾家所在的村子離古沙村大約有三里路，走了幾刻鐘便到了，趙家嫂子領著她來到一處破舊的院門前。敲了門，來開門的是一個滿頭銀絲，身形矮小的老嫗，那老嫗見了她們，緊張得手抖了抖。

趙家嫂子略給她們做了個介紹。「二郎家的，這位是我堂舅媽，大家都叫她曾大娘，妳跟著叫就行。舅媽，這位是古沙村宋二郎家的媳婦，妳叫她宋二嫂子就成。」

「曾大娘好。」

「好好好，一起進去吧。」待他們進來後，她復又把門給掩上了。

進了門，羅雲初才發現，這個家，真的很窮，非常窮！破舊的籬笆圍牆，三間正屋也是矮矮舊舊的，東西兩廂屋頂竟然是茅草蓋的。到了客廳，羅雲初打量了一下，發現這些桌椅用著都有些年頭了，不是缺胳膊就是缺腿兒的，壞了又被人修了修繼續用。

接著便有人給她們上茶，羅雲初注意到上茶的姑娘很緊張，卻仍力持鎮定的樣子，她留意了一下。這姑娘的頭髮梳得一絲不苟，衣服雖破舊卻很乾淨，靠近的時候也沒有異味，顯然是個愛乾淨的姑娘。她之前就得知曾三姑娘前頭的兩個姊姊都嫁人了，弟弟、妹妹還小，想必這位就是曾寧清了。說實話，她對曾寧清的第一印象還算不錯。

上了茶後，曾老實便讓她到一旁站著去了。

接著雙方聊了開來，都圍繞著當事人雙方的基本情況以及發生在他們身上的一些趣事，羅雲初儘管把注意力都放在談話上，但仍會時不時地關注曾寧清那邊。文靜嫻雅，不多嘴，問到她問題，回答的時候聲音雖然略小但吐字清晰，眼神也長得好，不錯不錯。

坐了小半個時辰下來，羅雲初心中已經有了主意了。婉謝了曾家留飯的好意，兩人便打算告辭。

此時一直很少說話的曾老實說道：「宋二嫂子，我老曾實話實說了，我對妳家弟弟很滿意。如果你們羅家不嫌棄的話，娶我女兒不需要什麼貴重的聘禮了，只要面子上過得去就行，因為我家實在也拿不出什麼好嫁妝來。我也只希望女兒能嫁個好人家，和和美美的過日子而已。」大家都是這幾個村子裡的人，彼此的情況都知道一些。羅德什麼性情，曾老實都略有聽聞。

「唉，我可憐的娃啊，投錯了胎，跟著我們淨是吃苦哇。」曾老實的一席話，惹得曾大娘紅了眼眶。

羅雲初看著也感觸頗深，自己不也是因為嫁妝少才嫁到宋家當填房的嗎？所幸，她運氣不錯，二郎還是個不錯的男人。

「曾大叔、曾大娘，這事我作不了主，我得回去和我娘商量一下，過兩天給你們消息怎麼樣？」這事關她弟弟的幸福，可不能草率了，儘管她對曾寧清挺滿意。

「行，不管成不成，這都是她的命啊。」說著，曾老實撇過臉。又說了一會子話，曾大娘就讓曾寧清將她們送到門口。一路上，曾寧清挺害羞，也不多話，對羅雲初亦不巴結諂媚，可見其心思純樸無奸猾，甚至連回答羅雲初的問題時都有些結巴。

回去的途中，趙家嫂子問起羅雲初的想法，她實話實說了。

趙家嫂子聽罷，點點頭。「這個自然是要的，不過我這表妹確實是個好樣的，不是我王婆賣瓜，她家那個樣子妳也看到了，以後嫁了人也少不得要幫襯一下娘家的。說來說去，還是這個家耽誤了她們這些女兒啊。」

只是羅母聽完羅雲初的話，眉頭緊皺，問道：「沙田村曾家的，是不是曾老實那家？」

「是的。」她娘知道這家，她不奇怪，她在這片土地上都待了幾十年了，周圍的人估計都認識得七七八八了，就算沒見過，也聽說過。

羅母一屁股坐在椅子上，然後就氣呼呼地數落開了。「不，如果是這家的閨女，我堅決不同意。沙田村曾老實家是出了名的窮啊，初兒，妳就給妳弟介紹這樣人家的女兒？妳到底當不當他是妳親弟弟啊！」

什麼這樣人家的女兒？人家只不過是窮了點，又不偷又不搶的，怎麼到了她這裡就低人一等了？她這老娘是真不知道她家的現狀還是仍在自欺欺人啊？真當自己是地主人家呢，還肥燕瘦隨便挑！

她之前私下問過弟弟的意思了，他聽了，問明了是哪家的姑娘，想了想便微微點頭同意了。他那麼爽快，當時羅雲初還著實愣了愣呢，她遲疑地問道：「那姑娘，你認識？」

想不到阿德那娃兒紅了紅耳根，小聲地道：「見過兩次。」見他姊一臉呆滯，怕她對曾家姑娘有什麼不好的想法，忙補充。「有一次是在路口買豬肉的時候碰到的，有一次是在鎮上遇到的。」

「哦。」羅雲初放心了，也沒有多問。「那一會兒咱去和娘說吧。」

「姊，妳說娘會答應嗎？」羅德有點擔心，他明白他娘想給他最好的，可是家裡這個情況，哪能啊？

「放心，咱們好好和她說說，她也是為了你好，說清楚了她會同意的。」拍拍他的肩膀，羅雲初知道要說服她那老娘有點難度，不過她決定了，必要的時候，她就扮黑臉吧。

「妳給妳弟找了這麼個媳婦，是想拖死他嗎？妳到底存的什麼心啊？」

羅雲初見她仍在不停地抱怨和數落，忍不住出聲打斷她。「娘，您就醒醒吧，想想這些日子妳吃的閉門羹。我們家未必就比人家曾家富有！憑什麼嫌棄人家啊？」

「死丫頭，嫁人幾天翅膀就硬了是不？就看不起娘家了是不？」羅母被羅雲初的話說得沒臉，手指用力地點了羅雲初的額頭幾下。

羅雲初捂著額頭，正要回答，卻被羅德一陣搶白。

「娘，姊說得對，咱們家也窮。這次曾家願意把女兒嫁過來，如果您真看不上曾家女兒的話，那我就不娶了吧，我不願意看到您為了兒子的親事低頭哈腰的。」說到最後，羅德一臉落寞。

羅母一聽兒子說不想娶媳婦了，頓時急了。「兒呀，這曾家真不夠好，你再等等，娘已經託人給你說了唐西村陳富裕家的二女兒，估計這兩天就有消息了。」

聽到唐西村的陳富裕這幾個字，羅德閉了閉眼。陳富裕在唐西村是出了名的富戶，她去提親，除了自取其辱沒外，還能得到什麼？想到此，他的心疼了疼，他無力地道：「娘，別忙了，我不娶了。」

此時羅母心慌了，阿德這孩子她是知道的，決定的事一般都難改變了。「好好好，娶曾家的女兒，咱娶曾家的女兒，娘不去折騰了，都依你好不？」

「不了，不娶了，娶了人家女兒過來也是吃苦，還不如咱娘兒倆自己過算了。」羅德明白如果他這樣答應了，娘一定會埋怨曾家和姊姊的。

「我的兒啊，娘為了你什麼都願意啊。你不娶媳婦了，讓娘怎麼活喲？」羅母抱著羅德哭了起來。

羅德一臉無奈，任她抱著，雙手拍著她的背。「娘，嫁高娶低的道理我們都懂，我實在不願意娶個嬌氣的女子回來，萬一是個不馴的，娘，我不想您難受。」

「嗚嗚，兒啊，娘難受哇，嗚嗚……」聽到兒子的話，羅母心裡更難過了，這麼孝順的兒子，卻娶上不一門好媳婦。

羅雲初在一旁看著，心裡也難受，但她知道這是個過程，讓她娘面對現實，心裡痛苦和難受是肯定的，過了就好了，總比一直自欺欺人誤了弟弟的年華來得好。

哭了好久，羅母才抬起頭，羅雲初早就備了水，給她遞了條濕布巾，羅母擦了把臉，臉色總算好多了。「德兒，別再說不娶媳婦的話了，娘聽著難受。你姊既然說曾家的姑娘好，自然有她的道理，且聽聽你姊怎麼說吧，若是個好的，咱們娶了便是，咱們家再窮，也窮不過曾家！我想那曾老實肯定樂意結這門親的。」

羅雲初姊弟一聽，就知道他們的娘妥協了。

羅德心中自然是樂意的，他輕輕點了點頭。

見兒子答應了，羅母心裡高興，連帶地對素未謀面的曾家女兒也多了幾分好感。「初兒，妳說說，曾家有說嫁哪個女兒過來嗎？她人品性情怎麼樣？」

羅雲初忙把她所知的消息說與羅母聽，羅德也在一旁聽得入神。

羅母聽罷，道：「聽妳這麼一說，倒是個好姑娘，就這麼著吧。找個日子換庚帖吧。」

母女倆接著便又討論了一會兒嫁娶所需要的禮品之類的，待吃了午飯，羅雲初才告辭回家。

男大當婚女大當嫁，羅曾兩家都有心婚嫁，這程序走起來雖然繁瑣，但也快速。

接下來一段時間，宋大嫂仍然是早出晚歸的，據說，大郎說過她了，但她不知道和大郎說了什麼，大郎也漸漸默許了她早出晚歸的事。羅雲初娘家那頭弟弟正在議親，正是忙碌的時候，娘家那頭就她一個姑奶奶，羅德又沒了父親，這婚事雖然是母親在操持，但羅雲初少不得要搭把手。所以這段時間她都在忙著這個，也沒有心情去留意大嫂的行蹤，就是飯糰，她忙碌的時候還帶在身邊照看。

她弟弟成親要採辦的東西挺多，娘家的現錢也不怎麼夠。羅雲初和二郎商量了，從家裡拿了十兩銀子給娘家。

提親、訂親、成親，一路的禮儀忙下來，忙得羅雲初頭暈腦脹，剛喝過喜酒又見了新娘，她和二郎便攜著飯糰回家了。

飯糰今天穿得很喜慶，肩負著滾床的任務。最近飯糰被羅雲初養得胖了點白了點，穿上那紅豔豔的喜服，整個人就像年畫娃娃一般招人。當小小的他照著羅雲初的吩咐在鋪好的婚床上滾了三圈後，可愛的他馬上被一群大娘大嬸抱住，狂親了好一陣子，差點把他給嚇哭了，好在羅雲初一直在旁邊，他才沒有哭，不過那糾結的小模樣，真的很招人稀罕啊。

「娘，飯糰的臉痛痛。」飯糰皺著小臉說道。

「來，娘看看。」

羅雲初想把飯糰從二郎手中接過，卻被二郎側了側身，擋過了。「媳婦，飯糰我抱著就好，妳看看他的臉吧。」兒子越來越重了，他抱久一點都覺得手疼，他不願意累著媳婦。

羅雲初笑笑，隨他，抬起飯糰的小下巴，左右瞧了瞧，心疼地道：「嗯，左右兩邊臉頰都有點腫，飯糰乖，忍忍，回去娘給你搽點藥。」又給他吹了吹。

得到疼愛的飯糰乖巧地點了點頭，不再鬧人。

一家三口回到家時，發現門口圍了不少村子裡的人，而院子裡傳來一陣爭吵聲，羅雲初心裡很不安，她和二郎對視了一眼，二郎把飯糰交給她。「飯糰妳抱著，我先去看看家裡怎麼回事。」

「娘？」或許是感覺到氣氛的緊張，飯糰顯得很不安。

「沒事，飯糰別怕。」羅雲初抱著飯糰，慢慢朝大門走。

「李大娘，來宋家鬧騰的都是些什麼人哪？感覺怎麼那麼像道上混的？」

「誰知道呢，要不你進去問問？」

「開什麼玩笑，裡面那群凶神惡煞的，妳竟然叫我進去問問？小爺我又不是嫌命長！」

「欸，那個不是鎮上那個李大耳的乾兒子嗎？」

「哪個哪個？」

「穿藍色錦緞的，長得很壯的那個，喏喏，最右邊的。」

「李大耳？不是鎮上有名的放高利貸的嗎？宋家大婆娘啥時候膽子那麼大，敢惹這種人了？」

「作孽哦，這宋大嫂怎麼惹上放高利貸的人了？」

「是啊，這方氏怎麼膽子那麼大呀。」

聽著周圍人七嘴八舌的議論，羅雲初的心驀然一抽，抱著飯糰的手緊了緊，擠開人群，往院裡走去。

「這是宋二嫂子？」

「是啊是啊，宋二郎才娶了幾個月而已呢。」

「唉，命不好啊。她大嫂惹上那種人，宋家哪裡還有好日子過！」

「關人家二郎家什麼事呀？人家早分出去單過了好不？憑啥讓人家二郎一家給老大一家兜屎兜尿的啊？」

「兄弟，這你就不懂了吧，再怎麼說他們都是一家人，打斷骨頭還連著筋呢。」

聽著這議論紛紛的話，羅雲初心亂如麻，對宋大嫂更是恨上心頭。走進院子裡，見除了四個陌生的粗壯大漢外，宋家的人全都到了，宋大嫂跌坐在地上，淚水模糊了整張臉，頭髮也散了，衣服也髒了，天孝、語微縮成一團，明顯被嚇著了，臉上還有未乾的淚痕。

宋母和宋家三兄弟都鐵青著臉，宋大郎頹喪地說道：「要錢沒有，要命你就拿她去抵吧，她所做的一切，我們宋家都不知情！」

「欸，宋大哥，別這麼說嘛，你們是夫妻耶！妻子欠的債，丈夫哪裡有置之不理的道理？而且你妻子欠的債，咱可是白紙黑字明明白白喔，你妻子總共欠債一百五十八兩，一日不還漲一吊錢！你們可得想清楚了。」李金財笑嘻嘻地說道，視線在眾人身上轉了一圈，待看到羅雲初時，眼神一呆。

不只李金財看到了羅雲初，跪坐在地上的宋大嫂也看到了，她激動地掙扎著站起來。

「賤人，都是妳，都是妳害的我！妳個掃把星，要不是妳，我怎麼會變成這樣！」

宋大郎忍無可忍，當場甩了她一巴掌，恨道：「自己作的孽，還好意思攀咬人家?!」

第十九章　蠢女人

察覺到宋大嫂的異動時，二郎就將羅雲初護在身後，所以羅雲初沒有看到宋大嫂被打的場面，不過聽聲音，估計很痛。

被甩了一個耳光，宋大嫂一下子懵了，回過神來後，她指著宋大郎的鼻子罵道：「你打我?!宋宏威，你竟然為了這個女人打你媳婦?!」

「老子打的就是妳！妳也不看看這個家被妳折騰成什麼樣子了？妳還好意思怪人家呢！老實告訴妳吧，這一切都是妳沒有腦子造成的！」

「我折騰？我還不是為了這個家！」宋大嫂哇的一聲，一屁股坐在地上，大嚎了起來。

宋大郎冷哼一聲，別過頭。

「好了，你們宋家的家事，我李金財可沒有興趣聽也沒有興趣管，我只想知道，什麼時候能拿回這一百五十八兩？」這樣的鬧劇，李金財見多了，不耐煩極了。

「錢都被這婆娘敗光了，你要錢就問她要去吧，誰借的你問誰要，和我們宋家無關！」宋大郎指著兀自哀嚎的宋大嫂說。

宋大嫂聽了這話，嚎得更大聲了。

「哼，白紙黑字上寫著呢，她是以宋家大兒媳的身分欠下這筆債的。你們宋家別想賴帳，即使到縣老爺那兒打官司也是你們沒理，不信就試試。」他李金財還沒遇到過敢欠債不還的呢，宋家可不要來挑戰他的耐性。

「那我把她休了，她就不是宋家兒媳了！」

此話一出，眾人皆驚，宋大嫂更是驚得忘了哭泣，一臉不可置信地看著她丈夫。

天孝已經懂事了，聽了這話，渾身一震，眼淚撲簌撲簌地掉下，他掙扎著站起來，跑過來一把抱住宋大郎的大腿。「爹，我要娘，你不要趕娘走，嗚嗚……」

語微尚且懵懂，但她也被這場面嚇著了，跌跌撞撞地跑到父兄身邊，抱著她爹的另一條大腿，嗚嗚地哭了起來。

宋大郎看著身下的一雙兒女，滿臉愁苦。

飯糰掙開羅雲初的手，跑過去，踮起腳尖，用小手努力地給他哥哥擦眼淚。「哥哥，別哭，嗚嗚，哥哥哭，飯糰也想哭。」飯糰雖然不明白家裡發生了什麼事，但見到疼愛自己的哥哥哭了，他的眼眶也跟著紅了起來。

「飯糰，嗚嗚……」天孝放開他爹的大腿，和飯糰抱頭大哭。

「好了，一個個別哭哭啼啼的，看得我心煩！又不是我拿刀逼著你們借高利貸的。我再給你們兩天的期限，後天我來拿錢，一共一百六十兩，一個子兒都不少！如果不還，就別怪我不客氣了！你們家裡的東西多少也能當幾個錢，還有，我看你們宋家的媳婦也挺標致的嘛，賣到城裡的青樓，多少能拿回點本，不信你們大可以試試看。」說著，李金財的眼睛在羅雲初身上溜了一圈。

二郎擋在她前頭，瞪著李金財。「你敢?!」

「你們不還錢試試看，看我敢不敢！記住，兩天，多一刻都不行，小的們，我們走。」說完，李金財招呼著其他三個壯漢大搖大擺地走了，村民忙給他們讓開了一條路。

宋銘承接著便將大門關了起來，圍在外頭的眾人見沒熱鬧可看了，紛紛作鳥獸散，仍有幾人意猶未盡，留在門外蹲點。

「這到底是怎麼回事?!怎麼就欠了李大耳的錢了？」一直沒說話的宋母，鐵青著臉問道。

「你讓她說吧。」宋大郎一個字也不想多說。

「大郎家的，妳來說！」

宋大嫂聞言，仰起淚痕滿面的臉，指著羅雲初。「要不是她，我怎麼會欠了這一屁股的債？都是她害的我啊。」

羅雲初覺得自己真的很無辜，她什麼都沒做！也不明白這到底是怎麼回事，她氣憤地從二郎的背後走出來。「大嫂，妳口口聲聲說我害妳欠了一屁股債，有什麼證據？」休想把這些莫名其妙的髒水往她身上潑！

「妳還說不是？都是妳害的我，都是妳害的我，要不是妳那什麼勞什子香芋綠豆冰，我怎麼會落到如此地步啊！」

宋母聽得糊塗了。「到底怎麼回事？從頭說起！」

回想起整個過程，宋大嫂真覺得自己心如刀割，眼淚止不住地往下流。

「那天，她給飯糰做了套新衣服，語微鬧著要新衣。我就尋思著到鎮上扯兩尺好布回來給他們兄妹各做一套。」

「講重點！」

「後來遇到了常叔的大媳婦水如玉，她和我透露說，二弟妹有天在他們那兒賣一個叫香芋綠豆冰的糖水，一天就賺了五百多文錢。還有去了一趟余府做了一次這糖水，便得了兩疋好布料以及幾十兩銀子，當時我很心動，覺得這是門賺錢的路子。水如玉說想和我合作，讓我回來問二弟妹要方子，於是我便回來問了二弟妹，但是她沒有給我。」宋大嫂不滿地瞪了羅雲初一眼，覺得如果那時她爽快地給了，就沒有後面的這些事了。

「過了兩天，水如玉傳話給我，說她有辦法拿到方子，只不過要花一些銀子。她引見了余府的一個廚娘給我認識，那廚娘姓李，據那李姓廚娘說，這是她無意中見他們府上二小姐的貼身丫鬟做過，她便記在心裡。」

「買一個方子便花了一百多兩？」宋母不信。

「不是，買方子只花了二十兩。」

「那其他的銀子都花哪兒去了？而且妳之前不是說水如玉要和妳合作嗎？這些欠債她怎麼沒和妳分攤？」宋母直指關鍵。

「本來是打算五五分帳的，因為我想占大頭，所以是六四分，我……」

「妳的意思是，妳借了一百多兩的債全是妳自己的？沒有水如玉的分？」宋母忍著氣，打斷她。

宋大嫂縮了縮脖子，點了點頭。

其餘人都不忍地撇過頭，見過蠢的，卻沒見過這麼又蠢又貪的！

「後來那個李廚娘說，她那兒有一批香芋，她本來是想自己開店的，可是他們余府的小姐要回京了，她也一同回去，所以這批貨她急需脫手，便便宜賣給我們了。那一屋子的香芋，我們買了，花了一百兩！」

一百兩的香芋！連市場對產品的反應都不清楚就買那麼多的材料，真不知道該說她們蠢還是說她們大膽好了。

銀子的數目仍然對不上，宋母繼續問：「還有呢？」她倒要看看，這女人還做了什麼蠢事！真真是頭髮長見識短！

「還有一百二十兩，水如玉買了兩個鋪子，每個花了五十兩，還買了幾頭羊以及其他的一些小東西。」

五十兩的鋪子，稍微貴了點，但還能接受。

「妳借了那麼多錢就沒想過還不上的後果？」一直不說話的宋銘承忍不住了。

「當時我們想，每碗賣八文錢，像二弟妹之前賣的一樣。一天賣一千碗，就有八兩銀子了，這樣一個月下來，就能將欠的債還光了。」

嗯嗯，好想法。「結果呢？」

「嗚嗚，除了第一天賣出一百多碗，後來一直都沒賣出超過三十碗！」她真不明白錯在哪裡啊，全都是照著李廚娘教的法子做的。

「大嫂，咱們鎮上的人加起來怕都沒有一千人。」羅雲初聽得直皺眉。都不考慮市場飽和度的嗎？「而且，妳們買的香芋是今年剛從地裡挖出來的？」

「是啊，今年新挖出來的，新鮮著呢。」沈浸在悲傷中的宋大嫂終於收起了對羅雲初的敵意。其實她心裡也明白這和羅雲初沒什麼關係，但她就是忍不住，想把罪責推卸到別人身上，這樣她心裡才會好受點。

新鮮妳個頭！這時節的香芋根本就不好吃！忍無可忍，羅雲初朝她低吼。「大嫂，這個時候的香芋不好吃，種了這麼多年的地，這妳都不懂嗎？」

宋大嫂懵了。「我以為做這個香芋綠豆，只要是香芋就行。」她完全沒想到。

「走，我們去余府，找那李廚娘理論去！」能拿回多少銀子是多少！

「可是、可是，李廚娘已經走了啊。」

「走了？」

「是的，我們後來到余府找她，卻被告知她不是余府的家生子，是余府到了古龍鎮後在鎮上雇的，因雇期到了，才放出府去的，如今不知去向。」

「妳個蠢女人，我早說了，讓妳別和那水如玉瞎摻和，妳偏不聽。妳沒那個腦子，學人家做什麼生意，現在好了，整個家都被妳拖垮了！」宋大郎氣得胸膛起伏不止。前陣子他就說她了，可她偏不聽，他以為她總有個分寸的，哪知會是這般，早知如此，還不如他當時心一狠把她鎖在家裡呢。

「我不也是為了這個家嘛，前陣子天孝、語微房裡進了蛇，語微嚇得病了幾天，你不知道當時我有多怕，要是他們兄妹倆有個萬一，我也不活了。我想賺錢啊，賺大錢，然後建個大房子給他們住。」難道她這樣也有錯嗎？

天孝、語微聽了，跑了過來，抱著宋大嫂哭做一團。

良久，除了宋大嫂母子三人的哭聲外，大家都沒有作聲。

飯糰已經被羅雲初抱著睡著了，看著懷中眼睛微腫的飯糰，她很是心疼。對她大嫂，她真是哀其不幸，怒其不爭，人蠢不要緊，還要攤上個貪字，這不是要命嗎？如今這個結果，完全是咎由自取。

嘆了口氣，宋銘承站出來說：「事已至此，該怎麼辦，總得拿出個章程來。」

「大郎，你怎麼看？」從沈思中回過神來的宋母問道。

「娘，別理這婆娘了，兒子休了她便罷。一百五十八兩，就算我們宋家砸鍋賣鐵都不夠還啊。」宋大郎很痛苦。

宋母責怪地看了他一眼，又見兩個孫兒哭得著實可憐。不過儘管她心裡已經有了主意了，但這女人著實可恨，的確該讓她長長記性。「方曉晨，妳不只是我宋家的媳婦，還是方家的女兒，這次妳惹下的禍確實讓我們宋家承受不起，妳且回娘家住一段日子吧。如果妳娘家肯拿出妳欠下的一半銀子還債，那妳明天就回來。如果不願意，妳就別回來了吧。」

「娘，不要啊，這次我真知道錯了，嗚嗚，我真會改的。大郎，求求你了，看在孩子的分上別休我，我會改的，真的真的，我發誓。」宋大嫂一聽宋母直呼自己的名字，再聽到這麼決裂的內容，心神俱裂。她抱著宋大郎的腿哀求著。

不管宋大嫂心裡願不願意，還是被送回娘家了。宋家的氣氛很壓抑低迷，大家都沒什麼心思吃飯，隨便應付了點東西就各自回房了。宋大嫂不在，羅雲初便替她給語微洗了澡，看著他們兄妹倆上床歇著了才回房哄飯糰。

把三個娃安置妥當後，夫妻倆躺在床上，羅雲初忙碌了一天了，挺累的，但是就是睡不著。

「媳婦，大哥好可憐。」抱著媳婦，想著今天的鬧劇，二郎的心情也不是很好。

羅雲初窩在他的懷裡點了點頭。「嗯。」的確，攤上這樣的媳婦，不可憐才怪。

「大哥若休掉大嫂，這債倒是撇清了，但兩個孩子該怎麼辦呢？」想到孩子，二郎很憂心。雖然他也休過妻，但目前兄弟倆的情況不一樣，之前李氏沒有孩子，而且她也確實觸犯了他的忌諱，他休了也沒什麼心裡負擔，但他大哥不一樣。而且他已經休過一次妻了，大哥再鬧出休妻這齣，以後讓人怎麼看待他們宋家？再者，大嫂的出發點是好的，如果就這樣被休了，旁人肯定會指責他們宋家不仁不義。

「再娶一個不就得了。」對她這位大嫂，羅雲初實在沒什麼好感，可憐之人必有可恨之處！

「媳婦，哪有妳說的這般容易啊。另娶一個還不知道會不會對兩孩子好呢，都說後娘惡毒，我看是難了。」宋二郎話沒說完，腰間那塊嫩肉就被擰了。

「後娘惡毒？嗯？」這不是把她也捎帶上了？

二郎忙討饒。「嘿嘿、嘿嘿，當然，咱媳婦例外，例外。」嘶，好疼。雖然他長得皮粗肉厚，但也有弱點的啊，比如這裡那裡。

羅雲初這才鬆開了手，凝重的氣氛被這樣一鬧，空氣都變得輕快了許多。

「再娶一個，未必會比現在這個好喔，而且對孩子來說，親娘永遠是不可替代的。」說話時，二郎悄悄看著羅雲初。

「二郎，你就別瞎操心了，這一攤子事是大嫂整出來的，若她真疼兩個孩子，她會想辦法解決的。娘不是說了，只要她娘家拿出一半的錢來，她便能回來了。」羅雲初知道他今晚一直有意地刺探她對此事的態度，他不挑明說，她也就儘量避開。

雖然說她心裡也明白，在此事上，他們家多少可能都要出點血，但此刻的她懶得想。反正還有時間，她幹麼要上趕著給她大嫂擦屁股？若是她大嫂之前對自己很好，那她為其奔走操心再多也不為過。但她嫁進來後，一直找她麻煩的，就是她這位大嫂了，她的心胸沒有那麼寬闊，別人打了她右臉，她還將左臉伸上去讓別人打！以德報怨從來沒在她的字典裡出現過，說她小氣也罷，冷血也罷，她心裡就是不樂意幫忙！

不過，二郎這個一條腸子通到底的傢伙，啥時候變得這麼精明起來了，都懂得來刺探軍情來了？

聽了懷中女人的回答，二郎很糾結，他實在想不出啥來套話了，索性攤開來說吧。「媳婦，三弟說，這次娘為了天孝、語微他們，是不會讓大哥休妻的。」

三弟說的？他倒看得明白！「哦，不休就不休唄，娘既然有此打算，那她肯定有這能力的啦，咱們就不用瞎操心了，睡吧。」她婆婆手上有錢，她是知道的，她嫁進來後，二郎前前後後給了十多兩呢。

看著兀自閉眼睡過去的媳婦，二郎很糾結。「媳婦，娘手上沒那麼多銀子，這些年我們給她的，七七八八加起來也才五十多兩。」

羅雲初睜開眼，她明白了，不把眼前男人的問題給解決了，她甭想睡覺了。「那大哥他們原來不是有積蓄嗎？我前陣子老聽大嫂嘮叨著要蓋房子呢。」

「我今晚問大哥了，他們原來有四十兩的，後來他瞧著大嫂最近不大對勁，藏起來三十兩了。不過有十兩被大嫂敗了。」

聽到二郎透的底，羅雲初心裡一呆，原來宋家不算窮，那為什麼頓頓吃雜糧飯？轉念一想，她就明白了，宋母的這筆錢應該是為了三弟參加科舉而攢下的吧，不會輕易動用，而大哥大嫂那筆，是他們這麼多年的積蓄，哪裡又肯輕易動用？

五十兩加三十兩，八十兩了。加上之前買的那兩個鋪子，如果賣掉的話，即使賤賣也有六十兩吧，差不多了，她才不信宋大嫂在娘家借不到一點銀子呢。如此想，羅雲初便這麼對二郎說了。

二郎無奈地說道：「鋪子只拿回一個，另一個常叔那邊也有損失，他們拿了。」

那就是一百一十兩左右，還差五十兩，好大一筆錢！如今他們這個小家的全部財產加起來有四十兩左右，把他們家的家當都拿出去還是不夠，不過就算夠她也不願意！

「三弟說他那裡攢了十兩，可以拿出來應急。」潛在的意思就是，三弟連吃奶的力氣都使出來了，我們也應該盡一點兒力吧？

還差四十兩了。「那大嫂娘家呢，應該能拿出點銀子吧？」至少給個十幾二十兩的啊，這樣大哥那邊再賣點雞鴨糧食，了不起她把之前宋母給她的金步搖貢獻出去，反正不是她辛苦賺的，她不算太心疼。

「媳婦，妳不知道大嫂的娘家，那叫一個冷漠和摳門，以前咱們家日子過得艱難的時候，大嫂想回去借點糧食，她娘家人都不肯借，這次想從他們手裡借錢，我看是難了。」

「二郎，我明白你的意思，你想幫大嫂對不對？」

「不是，我想幫的是大哥和天孝他們。而且大嫂那頭肯定是拿不出那麼一大筆錢，如果還不上，母債子還，天孝得背負多大的重擔啊。」二郎的態度很堅決。高利貸要的是錢，得不到錢他們是不會甘休的。

「媳婦，我知道妳心裡不願意，但大哥小時候對我和三弟是真的好，有時他分得一個窩窩頭，他寧願自己餓著肚子，也要把它分給我和三弟，我實在不想他好好的一個家就這樣散掉。」接著二郎摟著羅雲初，絮絮叨叨地訴說著他們小時候的事情。

羅雲初默默地聽完，二郎停下後，沒一會兒就傳來一陣輕鼾。她摸了摸他的臉，心裡暗暗下了一個決定，接著便合上了眼，在他的懷中沈睡過去。

次日一早，羅雲初漱洗後就來到了宋母的房裡，兩人關起門，談了許久。羅雲初出來時，心裡狠狠鬆了口氣，臉上也露出了一絲笑意；而宋母則一臉凝重，其中還帶了一點破釜沈舟以及置之死地而後生的狠勁。

吃過飯，宋母讓天孝帶著弟弟、妹妹在院子裡玩耍，便領著眾人進了客廳。

「方曉晨，我決定休了，這樣的女人，我們宋家要不起。」宋母開口，眼光若有似無地掃了羅雲初所站的方向一眼。

「娘——」宋母態度的轉變，讓大郎很驚訝，想到要休妻，他眼中劃過一抹痛楚。「休了便休了吧。」

二郎無措地看著他娘，宋銘承很意外，這情況出乎他的意料啊。他順著他娘的眼光看了過去，卻見他二嫂一臉平靜地站在那兒，彷彿早就知道了般。他擰著眉頭，這情況？

「雖然休了方曉晨，但並不代表沒事了。高利貸的，我們都知道，只認錢，得不到錢他們是不會善罷甘休的，李大耳的手段我們也聽過不少。方家那頭的人品怎麼樣，我們心裡都有數，別說一百兩，我看一兩都難。當然，他們方家自己解決這事自然是最好，不過……」

她覺得是不太可能的了。「唉，總之咱們得做好兩手準備啊。」

「娘——」想到自己妻子給家裡惹的禍，大郎既氣憤又愧疚，剛才休妻的猶豫消失無蹤。

「大郎，這不是你的錯，如果說你有錯，我們大家都有錯，如果不是我們對她的關注不夠，她也不至於闖下如此大禍。事已至此，多說也無益，我們都該為此事負一定的責任。我這裡有五十兩，本來是打算明年三郎鄉試時給他做盤纏的，現在先拿出來應急吧。」

接著宋大郎和宋銘承都把銀子拿了出來，二郎焦急地看著自家媳婦，家裡如今有多少銀子，他也不清楚，自他把財政大權交與他媳婦後，他就沒過問過。

「二郎，家裡還有三十兩，對了，娘之前給我的那支金步搖，你一道拿了過來吧。」連金步搖都貢獻出來了，她就不信誰還敢有意見。別怪她暗自留下十兩，這十兩銀子是要應急的，萬一家裡的人有個頭疼身熱的，請大夫也要錢不是，一個銅板都拿了出來，到時可怎麼辦？

「現在一共有了一百二十兩，今天你們兄弟仨一道去一趟鎮上，把那鋪子給賣了吧，順便把這金步搖當了。如果鋪子賣的價錢好，這金步搖就活當，若是不好，就死當吧，能多當點錢。我和二郎媳婦一會兒把那些糧食雞鴨再整理一下，也拿到鎮上去賣了吧。」

羅雲初聽到鋪子，心中一動，但思及口袋裡的錢，便也只能遺憾地在心裡搖了搖頭。

「娘，二弟、三弟，這些銀子就當大哥借你們的了。等大哥有了銀子，一定會還你們的。」感謝的話，他不會說，但這份親情，他會記在心裡。

「大哥，話別說那麼生分，別忘了我們是一家人。」宋銘承摟了他大哥一下，鼓勵的意味很濃厚。

「大郎，別怪娘，而是這個家再也禁不起折騰了，在沒確定你媳婦真的改好之前，我是不會讓她回來的。」宋母語重心長地道。

「娘，兒子都明白。」宋大郎沈痛的說。

氣氛很壓抑，大家的興致都不高，但飯還是要吃的。三兄弟去清點糧食雞鴨了，宋母坐在院子裡摘青菜，順便看著幾個娃，羅雲初則鑽進了廚房。家裡現在這種情況，也不可能分開來煮了，羅雲初是個有眼力見的，自然不會做這種讓人心生不快的事。其實她心裡也在嘆氣，休了大嫂後，可能又要吃大鍋飯了，唉。

羅雲初將煮飯的小鍋換成大鍋，飯也是煮七個人的分，將前兩天晾著的小芋頭全倒進鍋裡，放上水架上柴火。本來他們家的廚房比大哥那邊小，在那邊煮飯會方便許多，但羅雲初不願意到那邊去煮，如果去了就感覺自己占了老大那邊的便宜一樣，這邊小是小點，卻是自己的，讓她有種歸屬感。

吃飯前，他們剛好忙完。宋大郎進廚房幫忙搬煮飯的鍋，看到灶裡有好些燒得火旺的炭，眼睛在廚房裡掃了幾眼，沒發現他要的東西便問道：「二弟妹，裝炭的那個甕呢？」

「什麼甕？」一旁清理廚房的羅雲初不明所以。

「裝炭的甕啊，難道你們這些炭都不裝好來的嗎？這樣到冬天冷的時候沒有炭盆怎麼辦呀？」宋大郎一臉可惜地看著灶裡的炭。

她又沒在這裡過過冬天，她哪裡知道？而且之前這具身體的記憶許多都模糊了，只記得一些大事而已。

「不行，我過去拿那邊廚房的甕過來，要不然太浪費了。」

羅雲初看著他風一般地跑了出去，沒一會兒就拿著一個大海碗口大的甕進來。

「大哥，家裡一年冬天要用很多炭嗎？」她可不敢直接問，這個地方冬天都用炭的嗎，這樣的問題對一個土生土長的本地人來說太不正常了。

「冬天冷著呢，不過家裡的炭不多，也僅能在最冷的那個月用一下而已。」

「冬天那麼冷，炭不夠用，為什麼不買點呢？」她記得這個炭很便宜的啊，前世在老家時，她爸就燒過，上等的炭在那時也只賣幾毛錢一斤。

大郎怪異地看了她一眼，還是回答了她的問題。「炭也分等級的，像銀絲炭這種上好的炭，全是炭商供給官家或大戶人家用的，咱們這樣的家庭哪裡用得起？而那些炭碎炭頭之類的，咱們自己平時裡攢著就有了，何必花那個冤枉錢？」

聽完他的話，羅雲初若有所思。

大郎將灶裡的炭一一挾進去，然後蓋上蓋口，道：「好了，二弟妹，去吃飯吧，孩子們也該等急了。」

「嗯。」她決定等忙完了大嫂這件事，向二郎打探一下情況，如果可行，那就太好了。想到這兒，她的心情驀然好了許多。

吃了飯，三兄弟提著大郎家的雞鴨，扛著大郎家的糧食，出發了。

經過他們的村民，見他們這樣，都知道宋家準備扛下這筆債了，都暗自點頭。這樣的人家，值得來往。

羅雲初留在家裡帶著三個孩子，中午的時候羅德來了，原來他聽說了宋家的事，不放心，就過來看看。

聽到他姊將家當全拿了出來應急，羅德從兜裡拿出五兩銀子。「姊，這銀子是昨天所得的禮金，妳拿著。」

「我拿了家裡怎麼辦？」娘家如此掛念她，她很欣慰。越是這樣，她就越不能要。

「沒事，咱家還有糧食呢，我留下了一兩，夠我們用一陣子的了。等過個把月地裡的莊稼成熟了，再拿點兒去換錢就行了。」羅德笑笑。

羅雲初把銀子推回去，看了眼門外，壓低聲音道：「弟弟，其實我還藏有十兩銀子，所以你放心吧。」

羅德很驚訝，見姊姊朝他擠擠眼，他笑了。「那行，如果有困難，妳再和我說吧。」

送走了羅德，羅雲初的心情好了很多，便拿了針線活出來做。

晚上天擦黑的時候，宋家三兄弟才回到家。這讓已經煮好了飯菜等門的羅雲初鬆了口氣，這古代就是這點不好，通訊不方便。

「先去洗手吃飯吧。」

「這麼晚了你們咋還沒吃啊，餓壞了咋辦？」二郎責怪地說道。

「放心吧，孩子我都讓他們喝了碗湯墊肚子，你們沒回來，我和娘都沒胃口。」

估計在外面餓得狠了，三兄弟吃得很香。見這樣子，羅雲初心裡便有底了，提著的心放下了一半，不知不覺恢復了正常的食量。

「怎麼樣？」撤了飯菜，宋母便迫不及待地問道。

「那些糧食和雞鴨賣了一兩八十文，鋪子賣了三十五兩，金步搖當了八兩，死當。」大郎說著，看了羅雲初一眼。

「媳婦，金步搖是我作主死當的，活當是五兩，但家裡不能一文錢也沒有。」二郎也略有不安。

「二郎，我明白的，你做得對。」她拿出來的東西，就沒想過拿回去。

「那我們現在一共有了一百六十四兩，總算是夠了。」宋母默默地在心裡算了下。

大家心裡鬆了口氣的同時，又為這錢揪心，十年的積攢、十年的努力就這麼沒了。羅雲初也明白這種感受，辛辛苦苦幾十年，一夜回到一無所有，放在誰身上都讓人難以接受。

這麼一想，大家的情緒都怏怏的，大郎將那包銀子遞過去。「娘，這銀子妳收著吧。」即將失去的東西，拿著揪心。

宋母接過後，從裡面拿出四兩，遞給羅雲初。「二郎媳婦，現在妳當家，這銀子妳拿著。」

「這？」羅雲初看了看二郎，見他對自己笑笑，又點了點頭。

大家都點頭同意，羅雲初便接了過來。

次日，李金財早早便領著幾個小弟來到宋家。他們到的時候，宋大嫂也回來了，身上的衣服依然是那天那件，才兩日不見，她的臉色就憔悴許多，眼袋腫大，黑眼圈明顯，臉色蒼白沒有血色，完全不復當初紅光滿面的模樣，想必她在娘家也過得不是很好。

「銀子呢？」大郎凶巴巴地問道。

宋大嫂搖了搖頭。

「沒有銀子妳來做什麼？」宋大郎率先撇過臉，他怕自己忍不住。他是恨她的，但見到她如今這個樣子，他又於心不忍。

宋母見宋大嫂沒拿回一兩銀子，雖說是意料之中，但心中還是忍不住失望。

「宋宏威，我是來拿錢的，銀子準備好了沒？」李金財一腳踏上一張椅子，掏了掏耳朵，大剌剌地問道。

羅雲初看不過去，抓住椅背，一扯，便把椅子從他腳裡抽了出來。

李金財沒有防備，差點兒摔了一跤，氣得轉過身，對著罪魁禍首就想破口大罵，見到是羅雲初，又愣了愣。

「這椅子是給屁股坐的，不是給你的腳踩的。」羅雲初面無表情地說道。

「呃。」對著漂亮女人，李金財發不起火來，便衝著一群臭男人發火了。「趕緊還錢，否則別怪我不客氣！」

宋母氣得將手裡的那包銀子扔到地上。「銀子在這兒，數數吧。」

李金財朝一個小弟使了個眼色，那小弟便把地上的銀子撿了起來，又數了數，然後朝李金財點了點頭。

「宋家果然是家底殷實啊，短短兩日便湊出了一百六十兩，不錯不錯。」

「拿了銀子就滾吧。」宋母恨恨地道。

「行，那我便告辭了。」說著就往大門走去。

「慢著，借據拿來。」羅雲初想到這個高利貸是有借據的，他想不給借據光拿銀子，哪有這麼便宜的事！

李金財轉過身，見是她，悻悻然的，伸手往懷裡掏了掏，然後把借據遞了過去。羅雲初拿過後，遞給宋銘承，宋銘承看過，然後點了點頭。

「好了吧？好了咱就走，對了，宋大嫂，鑑於妳的信用良好，咱們李記錢莊下回還歡迎妳來借錢。」說完便大搖大擺地走了出去。

「大郎，將休書給她，讓她走吧。」宋母現在一看這個女人就煩，要不是她，宋家也不會落到這個地步！

大郎從懷中掏出一紙休書，遞給她。

宋大嫂不接，她直接跪在宋母面前，淚眼淒迷。「娘，我知道錯了，請您看在這十年的情分上原諒我這回吧。」

「想想妳犯的錯吧，一百六十兩，夠妳一輩子吃喝不愁的了。為了替妳還債，我們宋家可以說得上是砸鍋賣鐵的了，對妳，我們宋家真的算是仁至義盡了。我也求妳了，高抬貴手放過我們宋家吧，我們一家子真受不了這樣的事再發生一次了，難道妳真的要把我們宋家折騰死，妳才肯甘休嗎？就當為了天孝、語微，妳放過宋家，好嗎？」

「娘，不會有下次了，您相信我一回吧，我真的知道錯了，我會改的。」宋大嫂見宋母一點也沒有軟化的痕跡，心很慌。

「唉，遲了遲了，妳走吧。」宋母擺擺手。

「大郎，求你和娘說說吧，看在我們夫妻十年的分上，嗚嗚……」

宋大郎撇過臉，不發一語。

「為什麼，為什麼你們就是不肯給我一次機會？我真的改了啊！」宋大嫂失聲痛哭。她不明白，為什麼宋家肯替她還債，卻仍要休了她呢？她在娘家待了兩天，大哥的冷臉、大嫂的冷嘲熱諷讓她受不了，爹娘也都一逕沈默，一句話也不幫她說。此時她才明白過來，原來宋家才是好的，如果宋家也不要她了，娘家又容不下她，那她又應該何去何從？

羅雲初不忍地別過臉，可憐之人必有可恨之處。有的錯，不是說知錯能改就能犯的，有的錯，是一輩子都不能犯的。而且現在才兩日，誰也不敢保證方氏從此之後就不會犯錯，這個，還是觀察一陣子再說吧。

天孝、語微從屋裡跑了出來，母子三人抱在一團，哭了許久。

「走吧，孩子我會照顧好的。」宋大郎嘆了口氣，淒涼地說道。到了這一步，到底是誰的錯？

見丈夫和婆婆都不曾妥協，宋大嫂知道這事是不會有轉圜餘地，她咬咬牙，放開孩子，便往大門走去。

天孝要去追，羅雲初趕忙抱住他。天孝此時哪裡還有理智，拳頭拚命地往羅雲初身上招呼，直打得她渾身發痛。她暗自後悔，手腳那麼快做什麼？給人家當免費沙包打了。但此時更不能放手了，她咬著牙堅持了下來。

良久，懷中的半大小子總算不鬧騰了。天孝又哭了許久，才抬起淚痕斑斑的小臉說：「二嬸，妳去幫我把娘找回來好不好？我知道娘欠了別人很多錢，天孝來替她還，天孝明天就去鎮上找活兒幹，所得的錢都用來給娘還債。二嬸，妳幫我找我娘回來好不好？我和妹妹不能沒有娘啊。」

「錢錢，娘，飯糰有錢，都給哥哥，幫……幫還債。」飯糰一直跟在一旁，此時拉著羅雲初的手，就往他肚子前的口袋伸去。「娘，飯糰以後都不買糖了，錢也全給哥哥。」

「飯糰乖。」羅雲初摸了摸他的頭。

「天孝是好孩子，你娘欠的錢你奶奶和爹爹已經替她還完了。」

「那為什麼還要趕娘走？」他不明白，已經不欠債了，為什麼不能像以前一樣呢？

「天孝、飯糰，做錯事就要受到懲罰喔。」

飯糰似懂非懂地點了點頭。

天孝沈默了一會兒，問道：「那我娘還會回來嗎？」

「會的。」大嫂，為了天孝、語微兩個孩子，請妳，一定要努力。

第二十章 想通

「媳婦，那金步搖的事是我對不住妳，等以後我掙了錢再幫妳買個更好的。」宋二郎有點無措地說道。昨天回來的時候他不好當著眾人的面安撫媳婦，晚上估計是累過頭了，一沾床他倒頭就睡，連澡都沒洗。今天他才想起這個事來，可是大家又忙著應付高利貸，實在是找不到獨處的機會，一整天他心裡一直惦記著這個事，食不知味。好容易挨到了晚上，才找到機會說。

「你今天眼睛一直跟著我轉，就想和我說這個？」羅雲初側過臉，看著他，燭光在他臉上跳躍著。

二郎點頭如搗蒜，滿眼期待地看著她，希望她能點頭說個好字。

羅雲初低頭沈思，其實對二郎把家裡的銀子都拿去應急這事，她心裡真是五味雜陳。她心裡不怪二郎，即使他作主死當了那支金步搖，可這銀子大部分是二郎賺的，金步搖是宋母給的，因為那些都不是自己掙的，所以花了也不心疼。她嫁來宋家，就掙了三十兩，她給了娘家十二兩，自己手上又拿了十兩，吃虧的八兩可以忽略不計。而且這三十兩還有二郎的一份功勞，況且她婆婆和丈夫都打算這麼做，她強拗著有什麼用呢。

俗話說嫁雞隨雞，嫁狗隨狗，在那個時候，女人是拗不過男人的。就算她不答應，難道就能鬧著回娘家？如果她這麼做了，一句不識大體的帽子便壓在了她頭上！那她還不如大方點呢，至少還落得個好名聲。

如今這事做都做了，銀子也花了，何必想那麼多假如的事找不痛快呢？

想到自己偷偷藏起的十兩銀子，她抬眼看了二郎一眼，決定攤開來說，且看看他的態度如何。「二郎，我有件事要告訴你。」

「什麼事啊媳婦？」二郎不明所以。

「其實咱們家之前共有的銀子是四十兩不是三十兩。」明媚的大眼緊緊盯著他臉部的表情。

二郎一呆。「那還有十兩……」

「我藏起來了。」咦，沒有變臉？對於她私自留下來這十兩銀子，羅雲初的心裡完全沒有負擔。她大哥家作為惹出這事的，包括那些雞鴨糧食換得的錢也只拿出三十多兩，他們二房拿出的銀子近四十兩，比他多多了。

二郎鬆了口氣，笑了笑。「媳婦真聰明，前頭我還擔心妳沒有銀子用，偷偷把那些銅板都留給妳了，估計也有一吊錢吧。」

「你沒把那些銅錢拿走？」他拿了銀子後她一直都沒有打開木盒子看過，所以她不知道他還給她留了錢，雖然只有一點，至少他想到了她不是？

二郎憨憨一笑。「媳婦，之前我心裡估摸著，當了金步搖和賣了鋪子，所有的銀子加起來盡夠了，所以就沒拿那些銅錢。而且、而且妳也要用錢啊，買紅繩針線什麼的都要的。」拿走這麼多，他心裡已經很愧疚了。把那些銅錢拿走？他做不到。

他心裡還算有這個小家，這次算他過關，不過有個問題還是要問的。「二郎，如果下回家裡還發生這種事，你還會把咱們全部的家當全拿出去嗎？」她擔心以後遇到類似的情況，二郎也會如此嗎？她對「自己」的財物看得緊，做不來這麼大方呢。

千萬別回答是，要不然這日子沒法過了。此次她心裡沒有怨，無非是因為這些銀錢不是自己賺的罷了。還有一點讓她如此沒有意見地將銀子拿出來就是，高利貸的難纏，前世今生的一些見聞讓她明白他們不好惹，拿不到錢他們是不會甘休的，她不想家裡的人有個什麼再來後悔。不過如果以後他們共同賺的銀子被他如此無私地拿出來貢獻給大家庭，她一定會受不了的。

二郎皺著眉頭，不確定地說：「媳婦，這事不可能發生第二回了吧？」一次就夠了，況且大嫂也被休了，他不信家裡還有人像大嫂那麼蠢的。

「我說的是如果。」

「會吧，我也不知道。」他一臉糾結和茫然。

羅雲初真想一掌把他拍飛了！雖是意料中的答案，但她還是忍不住生氣了。「那你不管你兒子和媳婦的死活了？」

「當然管啊。」兒子媳婦呢，能不管嗎？

「到時你銀子都沒有了，怎麼管？」羅雲初咄咄逼人。

眉頭一擰，他不會把銀子全拿出去的。「我、我，我會給你們留一部分的！」

這還差不多，羅雲初剛想讓他過關，不過，留一部分是多少？「留多少？」千萬別像這些一樣，留那麼點兒。如果這樣，別怪她消極怠工，反正銀子有一天也會花在別人身上的，她何必那麼拚命地攢家私？

他撓撓頭，想了想，搖了搖頭。「不知道。」

羅雲初想了想，便停住了話，她知道再問下去，答案一定會讓她吐血的。這個問題等以後將他調教好了再問，她一定要教會他量力而為，讓他以後以他們這個小家為主的。

「媳婦，妳生氣了？」見羅雲初突然不問了，二郎以為她生氣了，忙伸手抱過她。

「沒有。」羅雲初硬邦邦地說。哼，你讓我心裡不舒服，別怪我讓你忐忑不安！

「累了，睡吧。」她拉過被子，兀自閉眼睡過去。獨留她男人在一旁無措地看著她。

羅雲初一連幾天，心裡都是怏怏的，家裡有個胳膊肘兒隨時準備往外彎的男人，真讓她鬧心。儘管心裡拚命告訴自己別介意，但難免會有這樣那樣的擔憂，不過她沒有表現在臉上。如今他們錢也拿出來了，力也盡了，她可不想在這當頭因為她的態度問題讓人有什麼不好的聯想。只是現在做什麼都提不起勁，一點熱情都沒有。

「咋啦？妳大嫂那攤子事不是解決了嗎？看妳連說話都走神，想什麼呢？」趙家嫂子擀著餃子皮，趁著空檔瞅了她一眼。

羅雲初回過神，笑笑，包餃子的動作卻沒停。「沒什麼。」

「見外了不是？」趙家嫂子換了個站姿，更方便講話。「幫大郎媳婦那事妳心裡不舒坦？」

「哪有啊。」承認了就啥都沒撈著了，至少現在婆家全體對她都很滿意，而且外界對她的評價也不錯。不過她確實也沒有不舒坦就是了，她只是擔心以後。

趙家嫂子只當她臉皮薄不好意思，笑了笑。「其實二郎算好的了。今天他能這麼對兄弟，他日他便也能這麼掏心窩子地對妳。」

嗯，這話有道理。其實她也知道，二郎這樣已經算很好了，這個時代不像他們現代那麼冷漠，兄弟間的情誼大家通常都看得很重，家族關係比什麼都來得重要。二郎他只是把兄弟親情看得很重而已，比起許多現代男人這樣那樣的缺點來說，好很多了。況且他大嫂惹出的這個事，他真不能不管，毋債子還這話在這個時候是很有道理的。宋大嫂的死活沒有人會關心，但他們卻不得不管天孝，大房就這麼一個兒子，即使宋大郎不管，宋母也不會答應的。

宋家大房算是陷入了困境，大家恨不得把宋大嫂打殺了解恨，但事已發生，這也不是大郎他們願意的，誰沒有個困難的時候？兄弟親人是要來做什麼的？血緣關係是要來做什麼的？難道不是互相扶持的嗎？二郎重兄弟情，一家子最親的人就那麼幾個，一個巴掌都數得出來。錢財是身外之物，沒了可以再掙，人遠比它重要得多。

這便是二郎，讓她又愛又恨！她不認為這是聖人什麼的，一個人用比對旁人更柔軟更寬容的心對待自己的親人家人，沒什麼不好。而且二郎非常信任妻子，讓她管了家後就沒過問過家裡有多少銀子，所以她才得以偷偷存下那十兩銀子。這點比很多人來說要好多了。

她也非常確信，如果有一天她遇到了困難，二郎也能這麼掏心掏肺地對她，即使有一天他們落魄到只有一碗粥，二郎至少也會分她一半。

重兄弟親情是好事，但如何掌握這個度，這便是二郎要學習的。羅雲初在心裡嘆了口氣，這事不能操之過急，慢慢來吧。

趙家嫂子繼續往下說。「前些日子，我姨媽家的大女兒在夫家受了點兒委屈，回娘家鬧著要和離，家人怎麼勸也勸不住。和離後，沒多久，她又嫁了個殺豬的。那殺豬的，看著是個好的，誰知道是個喝醉後會打媳婦的，偏他又貪杯。這不，她才嫁過去多久啊，就渾身是傷，跑回娘家哭訴，我姨媽姨父無奈，出面調停，那殺豬的每次都答應得好好的，卻每次都失言，我表妹那段日子跑回娘家的次數不下十次，後來無法，我姨媽姨父也只得叫她忍耐。」

打媳婦的男人都不是好東西！聽到此處，羅雲初問道：「這日子怎麼過下去啊？」三天兩頭被打的，誰受得了哇？

趙家嫂子看了她一眼，笑著說道：「妳想說，為什麼不和離是吧？」

羅雲初點頭。是啊，已經和離過一次了，這次情況那麼嚴重，為什麼不？

「若這次她再和離，這輩子基本是嫁不出去了。所以即使她想，我姨媽姨父也會攔著的。她和離過一次，這事要放在豪門貴族身上，估計已沒有二嫁的機會了。咱們農村相對城裡來說，會寬鬆一點，但也不是毫無約束的。唉，這世道，還是女子艱難啊。」

羅雲初深以為然地點了點頭。

「所以呀，二郎家的，看開點兒吧，比起別人來，二郎算是不錯了。前些日子妳弟弟的親事，二郎出了不少力吧？」趙家嫂子勸道。

是啊，阿德房裡的不少家具是二郎幫著張羅的。銀子不夠，雲初取了十兩銀子回去，二郎也是全力支持的。嗯，做人要知足，特別是做女人，好吧，今天晚上她炒個他愛吃的菜，慰勞一下他吧。

「嫂子，大胖呢？」想明白了，她便轉移話題。

趙家嫂子見她似乎想通了，便順著她的意思轉移了話題。「那小子，指不定又到哪兒瘋玩呢。」

「孩子調皮點好。」

提起這事，想起這些街坊鄰居的幫忙，羅雲初忙道：「嫂子，這次謝謝妳幫忙啊。」

高利貸這事發生後第二天，和宋家交好的一些人家都找上門了，都表示願意幫忙，每家都願意借點錢給他們度過難關。錢不多，都是一兩幾百錢的，但這雪中送炭的情誼卻難能可貴，這些人中就有趙家大嫂。

趙家嫂子知道她說的是借銀子那事，她心裡很高興，嘴上道：「客氣啥，我們趙家和宋家多少年的老鄰居了。況且我們家也沒啥錢，出不了多大的力。」

「呵呵，不管怎麼樣，還是得說聲謝謝的。」

晚飯的時候，二郎看到飯桌上出現了他愛吃的香辣肚鍋，那顏色香氣讓人一看就食指大動。他心一喜，媳婦終於肯理他了嗎？這兩天媳婦對他不冷不熱的，也不給他做好吃的了，飯桌上的菜一律都以清淡為主，吃了幾頓，他嘴巴都淡出鳥來了。最重要的是媳婦不理他，讓他心裡憋得難受。他知道他肯定做錯事惹媳婦生氣了，但他想了又想，頭都大了，就是不知道哪兒做錯了。

想不通的他又想討媳婦歡心，於是他在家時就圍著她轉，活兒他都包幹了。豬圈羊圈他搶著洗了，廚房裡的柴他劈了，堆在廚房南邊的牆壁旁，估計可以用好久好久了，菜園子裡的地他翻了，每天媳婦洗澡用的水他也早早地備好了

「吃飯吧。」

途中，羅雲初給他挾了一次菜，二郎受寵若驚地抬起臉看向他媳婦。

「看啥呢，快吃吧。」羅雲初催促，這人也真是的，沒看到他三弟還在呢。

「哦哦。」二郎捧起碗，大口大口地吃了起來。

宋銘承含笑地看著這一幕，心道，二哥真被二嫂吃得死死的。

此事算是揭過去了。

宋大嫂走了，她留下來的爛攤子也解決了。她的行蹤也時不時地傳進宋家的耳朵裡，聽說她回娘家了，聽說她受不了親人和眾人的冷言冷語離開娘家了，聽說她去了鎮上，聽說一堆一堆的聽說，已經激不起宋家眾人的關心，她既被休了，那便和他們宋家無關了。

打那之後，宋大郎更沈默了，除了休息，幾乎都是去地裡幹活，孩子也全由宋母照看著。

天孝、語微兄妹也受到了影響，特別是天孝，彷彿一夜之間長大了許多，家務活很多都是他幹的。養雞養鴨，燒水煮飯，這些他以前不怎麼會的活兒，現在都一一學會了。

這些羅雲初都看在眼裡，她在心裡嘆了口氣，家家有本難念的經，她幫得了一時幫不了

一世，這些都是要他們自己克服的。大鍋飯在第三天就結束了，是她大哥提出來的，為此羅雲初心裡鬆了口氣。老實說，她是個很隨興的人，有時心血來潮喜歡做一些奇奇怪怪的吃食，他們自己一個小家外加宋銘承都是好說話的，隨便她怎麼折騰都行，做了什麼便吃什麼。但如果和婆婆、大哥他們一起吃，便不可以那麼隨興了，有許多菜都得考慮宋母的口味。

既然兩家分開吃，羅雲初把之前拿的四兩銀子分了二兩半出去。少拿幾百錢，她沒看在眼裡，卻能讓二郎心裡好過點。一兩多的銀子，她精打細算，日子照樣能過得有滋有味。

羅雲初捉了一把麥麩，再把剁好的青菜放進木兜裡，然後拌了點米水進去攪拌，拿著這新鮮出爐的糙食到後院餵了雞鴨。回來後看到二郎仍在努力地劈柴，給他倒了碗涼的開水。自她嫁進來後不久，有次看到二郎弄田回來，從井裡打起一桶水，端了個大瓢咕嚕嚕地喝了起來，飯糰也有樣學樣，喝得肚子圓溜溜的，當時沒把她擔心壞了，生怕爺兒倆要鬧肚子。後來儘管他們啥事都沒，她還是決定每天燒一鍋開水，放涼了給他們喝。一開始二郎還不大樂意，涼開水畢竟沒有井水冰涼，奈何羅雲初堅持，也就從了。

「二郎，你明天得空，咱們去鎮上看看好不？」這兩天她從眾人口中得知，上等的炭如銀絲炭，在最冷的時候可以賣到七、八文錢一斤哩，如果真是這樣，那真是太好了。不過那銀絲炭長啥樣，她得看看，是不是和以前她老爹燒製出來的一樣才能確定。

「去鎮上做甚？」二郎擦了把汗，接過水，咕嚕咕嚕地喝了起來，喝完將碗遞了回來。

「咱們家的香芋太多了，我琢磨了幾種吃食，明天想做一、兩種拿到鎮上去賣，也好賺點小錢貼補家用。」

宋家散盡家財，只換來大半屋子的香芋，幾乎把宋家屋子的每個角落都堆滿了。特別是宋大郎現在住的房間，大半的空間是堆著香芋的，這是近百兩銀子買來的香芋啊。常叔他們只要了一小部分，大部分都被他們請牛車運回來了。

這個時節的香芋真不好吃，不香不糯，吃在嘴裡沒啥味道，勉強可以當作一種糧食來吃而已，可接連吃了些日子，宋家眾人幾乎是聽到香芋就怕。前頭羅雲初也不去費那個神，天天吃香芋雜糧飯或香芋雜糧粥，連吃了幾天，大家實在是受不了了，連她自己也一樣。於是她開始變著花樣給他們做，什麼香煎芋糕、香芋卷、甜糯香芋餅、茄汁香芋卷、蔥香芋泥等等，能用到的食材她都用了。這樣又撐了一些日子，但花樣再多也壓不住它是香芋這一事實，而且還是不成熟的！於是大家又吃煩了，強烈要求它們和番薯雜糧飯混著吃。

其實他們拉回的那大半屋子的香芋，親近的鄰里都分到一些，羅雲初的娘家更是分到一車那麼多。不過看到那小小個頭的香芋，有些芋身上頭還長著粗壯的根，一看就讓人食慾全無。

不過大胖和村子裡其他的娃娃倒很喜歡吃羅雲初做的一系列香芋的食品，這讓她看到了希望。所以才有了到鎮上賣香芋吃食的想法。

「哦。」二郎努力想了想，似乎是個不錯的主意，一來可以把那些香芋給消滅一部分，二來如果可行的話還能賺回幾文錢。「媳婦，妳想做啥吃食啊？」

「香煎芋糕和竹香芋兒卷吧。」想了想，似乎只有這兩樣會受歡迎，至少大胖的最愛就是這兩樣。

「媳婦，咱們沒有爐子啊。」香煎芋糕似乎是熱呼著才好吃的吧？「而且常叔那兒我們是不能去了。」

也是，發生了那事，不管是水如玉還是宋大嫂的錯，兩家都回不到當初的交情了。

沒有爐子，那做甜糯香芋餅和竹香芋兒卷好了。竹香芋兒卷不需要火，可以在家做好了再拿到鎮上去賣。雖然甜糯香芋餅若能煎一煎趁熱會更好吃，但條件不允許，那也試試。

她和二郎說了，二郎想了想，沒啥壞處，便點頭了。

甜糯香芋餅的做法簡單，只需將煮熟的香芋去皮壓碎，趁熱加入糯米粉，拌勻，加少許冰糖水，用手略微捏成小圓餅，然後在鍋裡放一點油，煎至兩面微黃即可。

而竹香芋兒卷的做法大同小異，亦是將香芋蒸熟壓成泥，拌入糯米粉，加入調料調味後做成棗狀，用竹葉捲起，再用猛火蒸熟。這樣做出來的竹香芋兒卷細潤滑糯，竹葉卷蒸熟後，清香沁人，非常不錯。

香芋做的這些吃食，很多都要用到糯米粉，家裡每年種植的糯米本就不多，一年下來有二、三十斤便是豐富的了，而且前段日子的糯米粉消耗極大，此次若是真能賺到錢，便要買些回來才行了。

羅雲初怕明天趕不及，當晚吃了飯便忙碌了起來。二郎也來幫忙燒火什麼的，小倆口帶著飯糰點了油燈在廚房裡忙和著，一家子有說有笑，氣氛很是溫馨。做甜糯香芋餅的時候，她突發奇想，試著用羊奶替代冰糖水，做了一些。且看明天的情況如何吧，哪種受歡迎下回就多做些。

待羅雲初將最後一個竹香芋兒卷包好的時候，飯糰已經睏得睜不開眼了，腦袋不住地點著。

「媳婦，我看著火，妳先帶飯糰回房吧。」廚房幾個灶都燒著大火，悶熱得慌，讓媳婦和兒子回屋裡涼快涼快吧。

「嗯。」羅雲初忙洗了把手，然後抱起睡得迷迷糊糊的飯糰往屋裡走去。

「娘？」感覺被抱入一個溫暖熟悉的懷裡，飯糰努力地睜開眼睛。

「乖，睡吧，娘抱你回房。」羅雲初拍拍他的背，輕哄。

「嗯。」飯糰在她懷裡蹭了蹭，又睡了過去。

次日一早，兩人早早便起床了，二郎拿著鋤頭去地裡看莊稼。羅雲初做好了飯菜，又把家裡的牲畜伺候好了，接著在屋旁摘了些新鮮的芭蕉葉，洗乾淨晾乾，一會兒到鎮上會用到。她忙和好的時候，二郎扛著鋤頭回來了，兩人吃了些早飯墊肚子便出發了。

宋母知道他們要去鎮上賣這些香芋的吃食，亦希望他們此行順利，主動幫他們帶飯糰。坐著陳大爺的牛車，到了鎮上，羅雲初從兜裡掏出兩枚銅板付了車資。兩人帶的東西有點多，一擔籮筐，裡面裝著甜糯香芋餅和竹香芋兒卷還有一張凳子。二郎一下車，便將擔子挑了起來，末了還伸手想將凳子提在手裡，卻被羅雲初閃開了。

「二郎，擔子挺重的，你專心挑就好了，凳子我來拿吧，反正就一、兩手的東西，累不著我的。」

二郎點了點頭，道：「手疼了就告訴我。」

羅雲初點頭，但心裡卻不以為然。

二郎熟門熟路地在南街挑了個人流來往密集的地兒放下擔子，周圍擺攤兒的人挺多的，什麼賣冰糖葫蘆、胡餅，桐皮麵、煎魚飯、油餅、熬物、冷淘、饅頭都有，看樣子大多數人也是剛來不久，正忙搭攤子生火之類的。

隨著行人的增多，攤主們都吆喝開了，整條街一下子變得熱鬧起來。

「酸甜冰糖葫蘆咯，一文錢一串，划算得很咧。」

「胡餅，胡餅，香噴噴的胡餅，兩文錢一個，包准你吃了還想吃。」

「桐皮麵，桐皮麵，又勁又滑的桐皮麵，五文錢一碗啊，獨家手藝，獨特風味。」

羅雲初夫妻兩人年輕，抹不開臉面叫賣。她見整條街的攤販們都如此，心一橫，正想開口，卻被二郎一把拉住。「媳婦，我來。」

「甜糯香芋餅，好吃的甜糯香芋餅，五文錢一碗。」

「竹香芋兒卷，清香不膩人的竹香芋兒卷，一文錢一個，好吃又便宜啊。」

二郎的嗓門大，沒一會兒他們的攤子上便圍著一群好奇的人。

「咦，這是啥新鮮吃食？在古龍鎮上還沒見過呢。」

「是啊是啊，老闆，這是一文一個？」

「是的，便宜又好吃。」

「那先來一個嚐嚐，好吃了我再買那個餅。」

「好咧，您接好。」

嚐過的人許多都覺得不錯，便又試了那甜糯香芋餅。覺得好吃的人，又買了一些，讓羅雲初用芭蕉葉包了拿回家給家人嚐嚐。旁的人見了，覺得這芭蕉葉包著的吃食新鮮又有野趣，都圍了上來買了一些試試。

「給我來五個竹香芋兒卷。」一個年輕漢子遞過來五文錢。

「抱歉，竹香芋兒卷只剩下兩個了，請問你還要嗎？」羅雲初抱歉地笑笑，心裡卻很開心，想不到這麼快就賣完了。兩籮筐的貨呢，這才多久，不到一個時辰吧，就賣完了，看來這些吃食在鎮上還是很有市場的。

「怎麼才轉一圈回來就沒了？」那漢子輕聲嘟囔著，接著便道：「兩個就兩個，要了。」說著便拿回三文錢。

「二郎，賣完了，別招呼客人來了喔。」羅雲初叮嚀，貨都沒了，還招客人過來，這不是找罵嘛。

「賣完了？香芋餅呢？」二郎瞪大了眼。

「看，都賣完了。」羅雲初笑著掀開籮筐，讓他看清裡面除了幾張新鮮的芭蕉葉外啥都沒了。

「好快。」二郎喃喃。

「媳婦，妳坐一會兒，我來收拾。」站了近一個時辰，他倒沒什麼，媳婦一定累了吧。

羅雲初笑呵呵地坐在他們帶來的椅子上，看著他麻利地收拾著籮筐，其實也沒什麼好收拾的。她則在心裡盤算著，昨晚她數了數，花近兩個時辰做了近兩百個竹香芋兒卷，一百八十個甜糯香芋餅，其中三十個是用羊奶做的。甜糯香芋餅是三個一碗，羊奶香芋餅每碗比甜糯香芋餅賣貴了三文錢。那麼他們這次差不多賣了五百三十文錢，嗯，半兩銀子呢。

「二郎，這次咱們差不多掙了五百文錢呢。」羅雲初挨近他，壓低聲音說道，語氣中難掩開心。
「真的啊？」二郎也很意外，這一文、兩文的賣，想不到也能賣五百多文。
「嗯，二郎，你知道鎮上哪裡賣炭嗎？帶我去一下好不好？」她心裡一直記掛著這事。
「妳去那兒做啥？」賣炭的，似乎在東街街尾有一家。
「就想去看看。」在沒確信前，她實在不想多說什麼，萬一不成，豈不是讓他失望了？
「好吧。」本來他想把媳婦送上牛車，然後去看看有沒有活兒幹的，現在麼，先領媳婦轉轉，也不差這點工夫。
東拐西彎，走了一會兒，二郎便在一處不顯眼的店門前停了下來。「到了。」
「媳婦，妳進去看看吧，我在外頭等妳。」二郎挑著一對籮筐，不好進去。
「一起進去。」羅雲初不由分說，拉著他的手進去了。
掌櫃的抬頭看了兩人一眼，見他們不似大富人家的管事，便沒有起身，吩咐店裡的夥計招呼，便埋頭整理帳冊去了。
「兩位，想買炭嗎？」店夥計笑著問，一雙利眼不住地在兩人身上打量著。
二郎有點侷促，不知道媳婦為什麼要來這兒。
「先看看再說。」

「哦，那你們隨便瞧瞧，有需要再叫我。」

羅雲初點點頭，然後便四處看了起來，這個店並不大，只把幾種炭放成一排，她走了過去，看看摸摸。她也分不清哪種是哪種，指著一種又長又輕的炭問店夥計。「這種炭多少錢一斤？」這種炭和她老爸燒出來的差不多。

「夫人您還真識貨了，這便是上等的銀絲炭啊，現在買五文錢一斤。」

「五文，好貴，外面賣的冷淘，一碗也才五文錢。」話雖這麼說，但羅雲初心裡很高興，哈哈，五文錢一斤！一百斤五百文，一千斤就是五兩銀子了，能不讓她高興嗎？而且山上的木柴又不用錢，等於零成本啊，當然，人工是要的。

「欸，夫人，現在這個價錢您嫌貴，等過一、兩個月天真冷下來時就漲到七、八文錢一斤了，恐怕到時您想買還買不著呢。要不，您瞧瞧次一點兒的吧，喏，就是銀絲炭旁邊那袋，只要兩文錢一斤，再過去那袋更差點的只要一文錢。這些不貴了吧？」店夥計一臉苦口婆心地勸著，彷彿他多為顧客著想一般。

呵呵，價格還能再漲？七、八文錢，唔，好價錢好價錢。羅雲初覺得自己不能再想下去了，要不，一會兒她肯定會樂得笑出聲來的。

「這位小哥，我想問，你們店收不收炭？就是像這種的？」羅雲初指著那銀絲炭道。

店夥計狐疑地打量了她一眼，敢情這位不是來買炭的而是來賣炭的？「這得問掌櫃了。」

羅雲初明白地點了點頭，走過去，問道：「掌櫃的，你們這兒收銀絲炭不？」

那掌櫃聞言迅速地抬起頭，精明的眼睛上下打量著她，斟酌著說道：「這得見到貨才能確定。」

「掌櫃的，你就給個大概價錢吧，如果品質比起那袋銀絲炭只好不差呢？」不把話說死，奸商的本性，唉。

「嗯，若是這樣的話，兩文錢一斤吧。」掌櫃給出價錢後就盯著羅雲初看。

果然是奸商，一下子就被他吃掉一半的價錢！「嗯，明白了，掌櫃的，告辭了。」羅雲初一臉不爽地準備走人，這是做給他看的，讓他知道，她可是有倚仗的。

「夫人，等等，哎喲，價錢好商量。不過老朽很想知道，妳真有這種炭賣呀？」雖然這位夫人的言行舉止看起來不同一般的婦人，但她身後跟著的漢子卻是地地道道的莊稼漢啊，他剛才瞧著就眼熟，現在倒想起來了，這不是經常幫對面裝卸搬運貨物的漢子嗎？

「有又如何？沒有又如何？」羅雲初閒閒地反問。

「呵呵，真有的話，價錢咱們可以再商量商量嘛。」掌櫃乾笑著。「對了，老朽姓柳，還沒請教夫人和這位相公怎麼稱呼？」

你給的價錢我可看不出你有商量的誠意。不過羅雲初沒把這話說出來，笑了笑道：「柳掌櫃你好，我相公姓宋。」

「原來是宋相公和宋夫人。」

柳掌櫃還待說些什麼，卻被店小二打斷了。「掌櫃的掌櫃的。」

柳掌櫃正欲呵斥，卻被店小二口中的消息驚著了。「俞管家來了。」

俞管家來了？一定是來提炭的，這可是筆大生意呀，馬虎不得，他忙道：「宋夫人，老朽在此告罪一聲。若妳真有銀絲炭要賣的話，下回妳帶貨過來吧，價錢好商量，品質真好的話，每斤不會低於三文錢的，若是差的，妳就當老朽今天這話沒說吧。」別把他當作不識貨的冤大頭。

柳掌櫃朝他們拱了拱手，便出去了。

「二郎，走吧。」得到想要的資訊，羅雲初很滿意。

二郎點了點頭，兩人剛走到門口，便瞧見一位四十出頭，留著八字鬍的中年男子走了進來，渾身上下透露出一股幹練的勁。羅雲初忙拉了二郎側過身站在一旁。

「俞管家，這邊請這邊請，進來喝口熱茶，這兩、三千斤炭不是一時半會兒就能裝好的。」柳掌櫃熱情地招呼著那位中年男人。

離開那炭店，走遠了，二郎才疑惑地問：「媳婦，妳剛才和柳掌櫃說那些？」二郎很糾結，家裡沒有什麼炭要賣啊，他不明白媳婦想做什麼。

「二郎，走，咱們去買些骨頭和下水，回去咱們再慢慢細說。」今天賺了錢，未來的「錢途」又是一片光明，羅雲初的心情很好。

羅雲初一口氣買了三斤豬大骨，四斤下水，打算回去處理好後，分個一、兩斤給大哥他們，反正不值什麼錢，一家人也無須太過計較這個。想起家裡所剩不多的糯米，兩人又去買了十斤。回去的時候，有賣梨的農婦經過，羅雲初見個頭大，長得又水靈，便又掏出五文錢買了五斤梨。

現在天氣乾燥，小孩子多補充點水分也是好的。近日來她早晚都煮一些魚腥草、野菊花、板藍根之類的涼水給飯糰喝，但這兩天他仍然有點咳。見到這梨，正好買回去做冰糖燉梨給他喝喝。

回到家，正是未時，大郎還沒去地裡幹活，正好大夥兒都在，羅雲初便拿了一大半的梨用冰涼的井水洗了，招呼著大夥兒一塊兒吃，順便把今天買賣的事和他們說了。

「想不到這香芋做的吃食能賣這麼多錢。」宋大郎感慨，他家婆娘也折騰過這個，為什麼折騰來折騰去反倒欠了高利貸一百多兩銀子。而二弟妹一天卻輕輕鬆鬆地賺了幾百錢？莫非這就是命？

「大哥，那是二嫂手藝好，這錢不是誰都能賺的。」宋銘承斯斯文文地咬了一口梨，微笑著說。

「這倒是條好路子。」宋母沈吟，自家底被掏空後，隨著日子一天天過去，三郎趕考的銀子還沒著落，她心裡很焦急，心裡曾不止一遍地暗罵方氏這個掃把星。「若每日都能掙上幾百錢，那咱們家的日子便也好過了。」

羅雲初可不像宋母那麼樂觀，這集市五日才有一回，平日裡估計人流並不多。而且今天生意那麼好，也有人們圖個新鮮的因素在內，若天天都去，每日能掙上兩、三百錢已是極好。而且光指著這錢，也忒沒意思。

思索著，她在心底斟酌了語句，接著便把她之前的打算說了。她只道，以前她無意中得知一個燒炭的方法，據說出窖的全是銀絲炭，方法她依稀記得個大概，可以試試，同時又把今天去柳掌櫃那兒瞭解到的行情拿出來說了說。

此話一出，全家人眼睛都亮了，賣炭是個好路子啊。要是真能成功，努力點，年前賺個上百兩應該不是問題。

以前得知的方法？她在娘家時怎麼沒教教她弟弟呢？若是她家富起來了，她便不必嫁來他們宋家了不是嗎？宋銘承很容易便察覺到這點不正常，他定定地看著他二嫂，兩人視線相對時，羅雲初沒有絲毫閃躲。宋銘承見她雙目清澈，便放下了心，朝她點點頭，笑了笑。

羅雲初知道她這小叔不好糊弄，不過她一心為了宋家，沒有什麼見不得光的地方，也不怕他懷疑什麼的。

這燒炭的過程並不算太難，只需在山上弄出一塊地挖窯，把比較大的木頭鋸成小段，每段長短差不多。堆好後，把木頭燒著，等木柴燃透後，放到木炭窯裡，燒得差不多了再把窯封死，待裡面氧耗盡，火熄滅，木炭就燒好了。

啥時候該把木柴扔進窯裡，這得根據經驗，一時半會兒羅雲初也解釋不清楚，只得試過才知道了。

「這條路子不錯。」宋大郎很激動很興奮，聽了過程，他發現許多事他都能做。

「唔，可以試試。」宋銘承亦點頭，原理是上行得通的。

「那便試試吧。」宋母拍板。

二郎很高興，自己媳婦又為家裡找了條路子，不管成不成，他都打心底歡喜。

「我去整理工具，明早就去山上。」宋大郎風一般地走出去，眼見著就要出了大廳。

眾人搖了搖頭，好久沒見到大郎如此鬥志昂揚的一面了。

「大哥，等等，今天賺了五百錢，這一百錢你拿著。」羅雲初叫住大郎。

宋大郎臉上的笑容收了起來，嚴肅地問：「二弟妹，妳這是做什麼？」

宋銘承臉上的輕笑也不見了。

她又重複了一遍。

「二弟妹，妳賺了多少錢都是妳的，不必給我們。妳真當我是大哥，就把這些錢收回去，下回也別這麼做了。」宋大郎語重心長地勸道。比起妻子，二弟妹這麼做雖然見外，心腸想法都是好的，這麼一想，他的氣便消了。

「是啊，一家子，不必如此見外，也不必分得如此清楚。」宋母嘆道。

「這本就是妳和二郎應得的，我一分力也沒出，妳給我錢，這不是羞辱我嗎？就為了那點子香芋？別忘了，那些香芋你們也是出了錢的，有分的。」宋大郎難得聰明了一回，一下子就想明白了其中的關節。

羅雲初不是不明白，但有句話叫親兄弟明算帳，她這樣也是防著以後為了錢的事，兄弟吵起來。

「大哥，我代雲初向你道歉。」二郎拿過羅雲初手上的錢，愧疚地說道，其實他是支持媳婦的。

「嗯，我接受，下回可不許這樣了啊，要是再這樣，大哥就真生氣了。」宋大郎笑著說。「我去整理農具了。」看他的背影，剛才的興奮勁，完全不見了。

大夥兒又聊了一會兒，便散了。羅雲初回房之前，宋母笑咪咪地安慰她。「二郎家的，妳大哥就那脾氣，妳也別放心上，妳呀，就是太客氣了，一家子人，不必如此生分。對了，一會兒飯糰如果醒了，妳如果忙的話，就讓他來我這兒吧，我幫著帶帶。」

羅雲初道了謝，便回到西廂房。如今她婆婆對她的態度好了許多啊，她心裡明白，剛嫁進來那會兒，她婆婆還是偏疼大嫂的，如今她對自己態度的轉變，也算是自己努力後的收穫吧。她把她婆婆當作上司般敬著，雖然一直沒有表現得多親熱，但許多事物她都秉著做兒媳婦的本分。

很多時候，一個人若看妳不順眼，妳做什麼也討不了她的歡心；若一個人看妳順眼，和妳一見如故的話，妳便是什麼也不做或做錯了，也能得她的青睞，眼緣便是這麼奇怪的東西。好在宋母不是那種執拗的人，羅雲初通過這些努力還是得到了肯定，這亦是她慶幸的地方。也不是說她一定要得到婆婆的好感，但婆媳相處好了，總比婆媳關係惡劣，把家裡鬧得雞犬不寧的好吧？至少二郎也不用做夾心餅乾，不必夾在她們之間為難，這便是她的初衷。

第二十一章 有奔頭

飯糰睡到傍晚才醒來，給他洗了把臉，羅雲初便拿出今兒個買的大雪梨哄他。

果然，睡眼惺忪的他頓時眼睛一亮，整個人精神起來了。捧著洗乾淨的大梨，一口咬下去，可惜這梨的皮有點厚，而他的小綠豆牙又不給力，只咬到一整塊皮帶著點梨肉。

「娘？」小傢伙一對爪子捧著大梨，可憐巴巴地看著她。

「來，娘給你削皮。」

羅雲初從廚房裡翻找出一把小刀，拉著飯糰來到大棗樹下，那裡放了幾把小兀子。天孝正在那裡寫字，院子周圍隔著不遠就種著一些驅蚊的艾葉，這是她有一回跟二郎去山上的時候發現的，她以前的老家就喜歡種一些來驅蚊，所以她也挖了幾株回來種著。現在即使在屋外，也少有蚊子叮咬了。

其實茉莉也能驅蚊，可惜她在周圍都沒見著有人種植，只能待以後上山的時候找找看了，遇到的話再移植一、兩株回來，這樣一來，她每天煮羊奶就不必那麼麻煩了。

以前羅雲初常吃水果，早練就了一手削皮的好技術，特別是削梨和削蘋果，薄薄的一層皮削下來都不會斷的，隨著梨皮從梨身上脫落，一顆鮮嫩多汁的梨便在她手中誕生了。

「娘好棒！」飯糰拍著肉爪子，星星眼崇拜地看著她。

「來，飯糰，給你。」羅雲初剛想把削好的梨給他，驀然想起他還沒洗手，手一縮。

飯糰滿懷期待地等著他娘給梨，最後關頭又被她扣住，頓時耷拉著腦袋，滿眼委屈地看著她。

「飯糰還沒洗手喔。」羅雲初摸摸他的頭，安慰著。「飯糰是個乖孩子，洗了手再吃好不好？」雖然說不乾不淨吃了沒病，但孩子的腸胃弱，還是得注意病從口入啊。

飯糰愣愣地點著頭。

「二嬸，我帶飯糰去洗手吧。」天孝自告奮勇地拉著飯糰往廚房走去。

沒一會兒便回來了，飯糰開心地舉起白嫩的小手。「娘，洗乾淨了。」

「嗯，飯糰，拿著。」羅雲初將梨放到他的小手心上。

「娘，這梨不白了，變黃了。」他皺著小臉，噘嘴不滿地瞪著梨，彷彿要將它的顏色瞪回來似的。

「飯糰知道為什麼嗎？」這個梨對他來說大了點，羅雲初用刀子將它切成一片一片的，遞了一片給他。

飯糰搖了搖頭，表示不知道，然後伸手接過那片梨，他咬了一口，白白細細的小門牙在紅嫩的嘴唇裡若隱若現的，招人得緊，小傢伙吃起東西就像小松鼠般可愛。

「呵呵，梨肉變黃了，那是因為它的皮皮，也就是最外面的那層衣服被我們剝掉了，露出的肉肉被一隻看不見的手摸了好多下，摸著摸著就變黃了。」羅雲初用淺顯易懂的話和飯糰解釋著水果中維生素C氧化的現象。她知道古代沒有空氣一說，只好用一隻看不見的手來替代了。

飯糰猛地抬起頭來，雙眼瞪得大大的，驚恐地看著她，小嘴脹鼓鼓的，嘴裡還有未嚥下去的梨。「娘……我……的肉肉……也……會會變黃嗎？」他怕，他不要啊，嗚嗚……

此時羅雲初正端了只碗在喝水，聞言，水全噴了出來。太刺激了……也太可愛了……不可抑止地笑了一陣，天孝和飯糰兩個娃娃不明所以地看著她，飯糰則一臉委屈。

好不容易羅雲初止住了笑，摸了摸飯糰的腦袋和小臉。「飯糰別怕，你的小肉肉和梨的肉不一樣，放心喔，飯糰的小肉肉不會變黃的啦。」

小傢伙聽聞這樣，知道他的肉肉在脫了衣服後也不會變黃，這才放下心來，開心地吃著梨。

夜深人靜，二郎側過身，粗重灼熱的鼻息在她的耳際頸項噴薄著，腿不自覺地蹭著她。

「媳婦，我們……我們……」二郎小聲地哀求著。

就著跳躍的燭光，羅雲初看著那雙黑漆漆亮晶晶卻露出小狗一樣的乞求眼神，心頓時軟了下來。

聽到他的哀求，以及他肢體上的暗示，羅雲初心裡直打鼓，晾了他有一段時日了，其實她氣也消了，只不過危險期尚未過，她一直沒敢回應他的熱情。

自宋大嫂那事後，每晚她都讓飯糰跟著他們睡大床，以此來拒絕他的求歡。

「小別」勝新婚，但如果日子久了，夫妻情分會受影響的，所以今晚她即使擔心承受不住他連日積壓的熱情，對他的求歡也就半推半就了。

見這次羅雲初不像之前一樣推開他，反而默許了他的動作，二郎心裡狂喜，終於，終於能吃肉了嗎？他厚實的狼爪微抖地頂開棉被，摸上了那久違的嬌嫩雪乳，一陣揉捏。連續一段吃素的日子已經把他下面的小兄弟餓得頭暈眼花了，指不定哪天就來個霸王硬上弓了。

「要死了，孩子還沒睡著呢。」羅雲初被他的猴急唬了一跳，情急地看向睡在內側的飯糰，見他沒有異動，這才放下心來。

二郎不顧她的反抗，起身將她壓在身上，頭一低便把她給吻住，將她的抗議封之於口。哼哼，天大地大，吃肉最大，誰管兒子是醒著還是睡著呀，不過卻也堅定了他要賺大錢的想法，到時蓋一座大房子，把這些小蘿蔔頭都扔別的屋裡去！

「唔，把……番團……包……到小床……傷去……」把飯糰抱到小床上去。羅雲初雙手在他的臂膀上推拒著，唔唔地道，可惜渾身嬌軟無力的她怎推得開身上孔武有力的男人？

二郎嫌她的手礙事，右手將它們反剪在她頭頂，兩條腿有力地壓制著她的下身。那一團灼熱的硬碩抵著她的小腹，似曾相識的傢伙讓羅雲初身上泛起一股躁熱感，讓她感覺到雙腿之間潮濕滑膩起來。

他左手則向她的下身攻去，撕扯著她的褲子，連帶將她的褻褲也一道脫去。而他的嘴也沒閒著，在她小衣的盤扣上動作著，沒一會兒，便把盤扣解開了，露出了她白嫩的肌膚，羅雲初從來不知道他的嘴這般靈活。

接著二郎將她的雙手搭在他的勁腰上，接著便埋首於她的胸前，兩只雪丘一只陷入了他帶繭的大掌裡，另一只陷入了他火熱的嘴中，雪丘上的紅棗在他技巧的揉捏下更顯紅豔。當左手察覺她已為他的造訪做好準備時，二郎戀戀不捨地放開雪乳，抬起她的左腿，扶著硬物對準了入口。

羅雲初感覺到一個火熱的、分量十足的東西正抵著她的羞人之處，但它並沒有急著進來，而是在入口周圍來回的磨蹭著，這讓她體內的反應更火熱了。

知道她已經為他的造訪準備好了，宋二郎心一熱。「媳婦，我要進去了喔。」

沒等羅雲初回答，她便感覺它挾著雷霆萬鈞的威勢擠了進來，由於它太巨大了，羅雲初只好努力地叉開腿，默默地承受著它的進駐。她感覺到自己的下面繃得好緊，正緊密地包裹住裡面的灼熱，不停地抽動著，她甚至可以感覺到它的跳動。

當它進了一半時，兩人都舒服地吁了口氣。

「媳婦，寶貝，咱們有段日子沒親熱，想不到妳還是那般又緊又滑，愛死我了。」二郎親密地在她耳畔低語，不時地伸出舌頭舔弄她敏感的耳垂。

「媳婦，我要動了喔。」二郎將她的腿抬了起來，放在肩上。

羅雲初感覺到他將自己微微撤退，退到了入口，並且把他的上半身壓在自己身上，腰部用力開始聳動起來。

羅雲初只感到那巨物緊緊抵住花壺，最隱秘處湧現出一種難言的酥癢感覺，如萬千蟲蟻細咬細吸，她忍不住輕輕扭動柳腰，藉以消除騷癢感。

「嗯……唔……」羅雲初扯過一旁的被子，咬住，生怕她的呻吟聲會將睡在內側的飯糰弄醒。

二郎每次衝刺都直抵最深處，有時會抵著它頑皮地揉動一番，羅雲初能明顯地感受到身體裡他的粗壯和硬挺，隨著快感的累積，她不自覺地扭腰相迎，配合著他的進出。

「媳婦，來，咱們換個姿勢。」二郎將直挺挺的硬碩拔出，將她翻了個身，讓她趴跪在床上。

快感連連的羅雲初立即感覺到一陣空虛，儘管這個姿勢很讓她覺得害羞，但此刻她只想讓他儘快回到她的體內，給她慰藉，於是便順從地做了，將略微豐滿的臀部撅了起來。

此時二郎已按捺不住，他跪在羅雲初的兩腿之間，托起那雪白的大腿，腰部猛然向前一頂，又重回到先前那暖巢。

他的一雙大掌扶住她的腰固定了她的位置，腰部便開始快速地前後擺動起來，長硬的灼熱在她體內不知疲倦地進出著，退出時只留前端在裡面，進入時便盡根而沒。

餓了許久的二郎猶如一隻發狂的野獸，不斷地在羅雲初身上發洩著他積累許久的熱情，只見他小腹如鐵，長槍似鋼，緊貼著豐聳的玉臀，狠狠撞擊著流著蜜的桃源福地。

羅雲初此時除了呻吟外，連配合都不能了。

「嗯，二郎，我快到了，我要抱……抱著……你……」羅雲初低吟著。被他狠狠地蹂躪了許久，快感排山倒海而來，她只覺得他那粗碩的硬物像是頂到了她的心坎，又酥又癢，又痠又麻。

二郎如她所願，將她烙煎餅般翻了過來，堅挺毫不費力地回到她的身體裡，羅雲初雙腿夾在他的腰上，上下挺動著屁股，配合著他的節奏。二郎似乎也意識到她將要高潮，進出的頻率又快又狠。

突然，羅雲初一陣痙攣，全身不停地顫抖，就如觸電一般，充實甘美，愉悅暢快。她的雙腿死死地圈住他的腰，整個人騰空摟著他的脖子，好一會兒她才放開他，癱軟在床上。

在她用力緊縮的瞬間，二郎一個深刺，在她的體內釋放出自己。

激情過後，羅雲初忍著痠軟的身體，想把飯糰移到小床上去。誰知道那莽漢待會兒還會不會鬧她啊，預防萬一吧。此次飯糰睡得沈，沒有醒來，如果一會兒在情動的時候把孩子吵醒，她還真不曉得怎麼解釋了。

「媳婦，我來我來。」二郎看著媳婦難受的樣子，情知是剛才將她折騰得狠了，頗不好意思。

羅雲初也由著他代勞。「你輕點兒。」要是把飯糰弄醒了，讓他自己哄去。

「嗯，曉得了。」睡夢中被人抱起，飯糰哼唧了幾聲，把二郎嚇了一跳，以為這小子要醒了。

見他之後沒啥動作了，才放下心來，將他的小身子放在床上，又拉過他的小被子將他蓋好，幫他把帳子放下塞好，這才回到大床上。

掀開被子鑽了進去，大掌下意識地往羅雲初的身上摸去，卻被她拍開了。「明天要去山裡呢，別鬧了。」燒炭第一天，她得跟著去看看，也好給點建議，雖然她沒燒過，但她畢竟見過她老爸燒啊，比起毫無經驗的宋家三兄弟，她算是師傅級別的人了。

「哦。」二郎悻悻然地止了動作，鬱悶，他啥時候能擺脫這種半飢不飽的日子啊，他要吃肉，要吃飽啊。

羅雲初可不管他，靠著他的肩膀閉上眼睡了過去。

次日一大早，他們都起床了，隨便整點吃的應付了早飯，一行四人帶上水便踏著晨露上山去了。途中也經過他們那十畝山地，看著莊稼的長勢極好，花生咋樣看不出來，但黃豆莢已呈半飽滿的樣子，微微向地裡彎著腰。地裡的木薯偶爾有一些露出肥大的莖塊，看來這些莊稼都照料得不錯啊。

看過莊稼，兄弟三人的心情都不錯，臉上的笑容也多了起來。越往上走，人們耕種的田地就越少，路也越小，道路兩旁的植物長勢就越茂盛。

沒多久，幾人就走到一處平坦的山嶺坡地，羅雲初瞧了瞧，便讓他們都停了下來。她注意到了，周圍的樹木都長得很勻稱，大小比較一致，而且這片地的大樹不多，不容易引起火災，在這兒燒炭最好不過了。不過正因為沒有很多大樹，估計會被曬得夠嗆，但算了，在不遠處那兒有兩棵大樹，如果要休息，到那兒也成。

「就在這兒吧。」

接著三兄弟便動手收拾起來，羅雲初亦拿著鐮刀將周圍的樹砍起來。她來之前就準備好了手套，此時正好派上用場，山上植物多，芒草荊棘也多，稍不注意就被割出一道口子或者被刺幾下，有了手套，她就不怕芒草了。本來她也有給二郎三兄弟準備的，但人家嫌棄這樣不夠男子漢，遂沒有戴。她才不管他們呢，皮粗肉厚的傢伙，被割活該。

忙碌了近兩個時辰，才把那片地的植物都給砍掉，大的根也被挖了起來，露出一小塊地，上面完全沒有樹木。

「夠大了嗎？」宋大郎擦了擦汗，問道。

「夠了。」其實一個窯用不了太多的地，她整那麼大，就是為了方便放木柴以及燒好的木炭而已。

「嗯，那咱們動手挖窯吧。」

「大哥，別急，咱們休息一會兒，喝點水再說。」羅雲初抬頭，看了一眼火辣辣的太陽。鬱悶，好在她戴了帽子，要不然非給它曬脫皮不可。

「也好。」

四人來到大樹下補充了水分，又侃了一會兒，大郎、二郎便要去幹活，羅雲初和宋銘承兩個懶人，也慢騰騰地站起來，跟著一道幹活去了。真是太鬆懈了，一休息就完全不想幹活，看來大哥說得對，幹活就得一鼓作氣啊。

兄弟齊心，其利斷金。這話果然不錯，這才多久啊，窯就挖好了。

羅雲初看著新鮮出爐的炭窯，很是滿意。「不錯，就是這樣的。」

「二弟，你們三人先回去，回去你們讓個人給我送點吃的來就成。我就留在這兒砍點樹，今兒個太陽大，砍下的樹木讓它曬一、兩天就能燒窯了。」

剛才聊天的時候，羅雲初又把之前燒炭的方法改善了一下，這樣子燒出來的炭會更均勻，量也更大。其實也沒什麼特別的，前頭說，把木頭燃盡後再放到窯裡封死，而現在則是，讓木頭在炭窯中點燃，燒到一定程度，封閉炭窯不讓空氣進入，用餘熱繼續加熱木柴乾餾，水分和木焦油被餾出，木柴便碳化成為木炭。

為了讓木頭在窯中燃燒，木頭的水分當然不能太多，所以提前把樹木砍好很有必要。

三人都明白，他們大哥是頭強牛，決定的事誰也拉不住，於是便囑咐他若太熱就到樹下休息，不可頂著太陽猛幹活，以免中暑。

大郎點頭答應了。

三個人回到家時，飯菜已經做好了，是天孝和宋母一起做的，味道雖然沒有羅雲初做的好吃，但對於餓腸轆轆的他們來說已是美味無比，眾人也不挑剔。

「一會兒我去山上就行了，媳婦妳和三弟都留在家吧。那些活兒我和大哥幹著便成。」放下碗，二郎道。

儘管累，羅雲初還是願意和二郎一道去的，她在山上雖然做得不多，但也多少能幫到點忙。她和三弟都表示一道去，卻被二郎和宋母勸著了。

「媳婦，娘年紀大了，看著娃兒還成，家裡活兒多，還要妳多多操持哩。」這活兒是大男人幹的，媳婦還是在家，把家裡照顧妥當吧。

羅雲初哪裡不知道是他心疼自己？

「還有三弟，你去了幹活也沒我和大哥快，在家多看點書，明年咱家還指望你呢。」

吃了飯，二郎便想立即到山上給宋大郎送吃的，被羅雲初拉著休息了一會兒。剛吃飽就去，哪成啊。

讓他休息了一刻鐘左右，她見他實在是坐不住了，屁股在那椅上東挪西挪的，羅雲初便不再攔著了，遞給他一壺鹽水，讓他一道帶上山。在太陽底下幹活，出汗多，需要大量地補充鹽分才行。

羅雲初休息了一會兒，便燒了桶溫熱的水，沖洗了一番。

宋銘承待在屋裡看書的時間越來越多了，連教導幾個孩子的時辰也縮短了一半。

羅雲初知道二郎他們幹那活兒很要力氣，晚上的時候，她把昨天買回來已經處理好的下水都拿了出來，大火爆炒，抓了一把辣椒放下去。這個時節，太清淡的菜讓人沒胃口，還是一些酸酸辣辣的菜讓人食慾大開。

果然，晚飯的時候，大郎和二郎兩人比平時多吃了一碗。

飯後，全家人坐在院子裡納涼，飯糰三娃兒則圍著打鬧；想著即將展開的生活，大家都覺得這樣的日子很有奔頭。

——未完，待續，請看文創風156《親親後娘》2

親親後娘

全套三冊

步步為營，活出自己的一片天／紅景天

小資女穿成農家女，感情小白直升人妻人母，
她外表很淡定，內心很慌張！
都說後娘難為，可這粉嫩嫩的繼子對了她的眼，她比親媽還親媽！
看她怎麼把柴米油鹽醬醋茶的平淡生活過得有滋有味～～

怎麼也想不到，她一覺醒來，睜開眼竟已是穿越身，
再想到自己詩詞歌賦、琴棋書畫、宮鬥經商樣樣不通，
羅雲初淡定的接受穿成三級貧戶當農家女這個事實。
雖說嫁的是個「三手男」，不過看他體格好肯吃苦兼顧家愛妻，
她實在也沒什麼好挑剔～～
重點是，附帶的現成兒子是個超萌小正太，
第一次見面時，怯生生望著她的模樣讓人母愛氾濫，
這嫁人的「附加贈品」真的太超值了！
為了沒安全感的小娃兒，她這後娘前前後後顧得周全，
生孩子這件事也得排在後頭，旁人愛說閒話由他們去，
關起門來，他們一家人其樂融融才要緊，對吧！

顛覆史實　細膩深情／懷愫

既然身為堂堂正妻，就得顯出該有的威風來！

過勞死就算了，還穿越時空當個不受寵的正妻……
要是那些小妾真以為能把她踩在腳底，可就大錯特錯了！

溫柔嫻淑，是滿懷計謀最好的保護色；
女人心機，足將男人玩弄於股掌之間。
看她發揮智慧大展魅力，定要丈夫只愛她一人！

正妻不好當

全套五冊

文創風 150 **1**

在現代要是過勞死，還能上個新聞，提醒大眾注意身體健康，
在古代嘛，累死、寂寞死、傷心死，那都是自己不爭氣！
虧這個身體的原主還是個正經八百的嫡妻，
誰知有面子沒裡子，徒有端莊大方之名卻不得寵愛，
幾個側室都是明著尊敬，暗地裡使絆子，要她不見容於丈夫。
周婷一醒來，就面對這絕對不利的情勢，
要是有個穩固的靠山也就罷了，偏偏她還剛死了兒子……

文創風 151 **2**

既然身不由己，來到這個光有身分還不夠尊貴的地方，
唯一能讓日子好過一點的方法，就是發揮身為「正妻」的優勢，
光明正大設下許多小圈套，等那些豺狼虎豹自行上鉤，
打擊敵人之餘，還博得溫良恭儉讓的美名，真是不亦樂乎。
原本周婷就想這樣舒心過完一生，豈料丈夫發現她的轉變後，
竟像戀上花朵的蜜蜂，成天黏答答，非要將她吃乾抹淨才甘心，
惹得她心思盪漾，覺得多生幾個孩子也不錯……

文創風 152 **3**

明知每回小選大挑，府上都會被塞進好些個侍妾，
但「只見新人笑，不聞舊人哭」這事可不許發生在自己身上！
周婷成功打趴後院所有女人，讓丈夫再怎麼飢渴也只上她的床，
非但無人說她善妒，從上到下、從裡到外還全是讚美聲。
就在她以為所有事情全在掌控中時，那個被她養在身邊的庶女，
竟受了生母指示，企圖向她施蠱……

文創風 153 **4**

既然「家事」搞定了，接下來就是發揮賢內助的本事，
這頭打點、那邊安撫，幫助丈夫在爭奪皇位上取得有利的位置，
好讓兒子、女兒未來的路平平順順，一生無憂。
只不過……既是九五至尊，未來後宮佳麗自然不會少，
成全他長久以來的心願是一回事，要端著皇后的臉面故作大方，
實際上卻委屈了自己，她真能做到嗎……？

文創風 154 **5** 完

面對那一屋子等著遷入皇宮中，好接受冊封的側室與小妾，
無論如何也無法讓人舒心。
原以為所有的甜蜜都將隨著皇帝、皇后分宮居住而漸漸淡去，
想不到丈夫卻信守諾言，非但只寵幸她，還打破傳統，
跟她「同居」起來，教周婷又驚又喜。
偏偏這時還有人不死心，非得把自己逼上絕路不可，
很好，就別怪她手下不留情，使出看家本領掃蕩「障礙物」了！

文創風
155

親親後娘 1

國家圖書館出版品預行編目資料

親親後娘 / 紅景天著. --
初版. -- 臺北市 : 狗屋, 民103.02
冊 ; 公分. --（文創風）
ISBN 978-986-328-233-4（第1冊：平裝）. --

857.7　　102026181

著作者	紅景天
編輯	黃暄尹
校對	黃薇霓　曾慧柔
發行所	狗屋出版社有限公司
地址	台北市104中山區龍江路71巷15號1樓
電話	02-2776-5889～0
發行字號	局版台業字845號
法律顧問	蕭雄淋律師
總經銷	知遠文化事業有限公司
電話	02-2664-8800
初版	103年2月
國際書碼	ISBN-13　978-986-328-233-4
原著書名	**《穿越之农妇难为》**，由北京晉江原創網絡科技有限公司授權出版

定價240元

狗屋劃撥帳號：19001626

網址：love.doghouse.com.tw　E-mail：love@doghouse.com.tw